W0399092

Angel of Greenwood

Le plus puissant des Scribes
est celui qui n'a peur de rien.
C'est ce que j'aspire à devenir.

Mary Elizabeth Jones Parrish,
autrice sans peur de *Événements du désastre de Tulsa*

Je te rends hommage.

Titre original : *Angel of Greenwood*
Édition originale publiée en 2021 par Feiwel and Friends Book,
une marque de Macmillan Publishing Group, LLC
Texte © Randi Pink, 2021
© Slalom 2023 pour la traduction française
Autorisation de publication négociée par l'intermédiaire de Gallt and Zacker Literary Agency LLC.

Slalom, un département d'Édi8
92 avenue de France, 75013 Paris
www.slalom-editions.fr
Correction : Agathe Camus
Couverture : Rich Deas
Loi n° 49-956 du 16 juillet 1949 sur les publications destinées à la jeunesse, modifiée par la loi n° 2011-525 du 17 mai 2011.
ISBN : 978-2-37554-334-4
Achevé d'imprimer en France en décembre 2023
par Normandie Roto Impression s.a.s. (2304859)
Dépôt légal : janvier 2024

RANDI PINK

Angel of Greenwood

Traduit de l'américain
par Marie Chuvin

Relecture sensible et notes de Kanelle Valton,
Diplômée de Sciences Po Paris
Spécialiste de l'histoire afro-américaine
et des questions raciales

Slalom

Jeudi 19 mai 1921, *J-12*
ANGEL

Tout était en ordre en ce dix-neuvième jour du mois de mai. L'année 1921 s'annonçait prometteuse. Un petit risque de tornade taquinait Greenwood Avenue de ses vents d'est tièdes et de sa poussière qui piquait les yeux ; pourtant, les rues bourdonnaient. Du côté où habitait Angel Hill, on n'entendait que les volettements des oiseaux et les cris de joie des enfants au loin.

Le père d'Angel fit signe à sa fille de le rejoindre sur la balancelle du porche, à l'avant de la maison. Une fois qu'elle fut installée, il lui attrapa les joues et plongea ses yeux si profondément dans les siens qu'elle y distingua son propre reflet qui l'observait. La chaleur de l'Oklahoma faisait perler de la sueur par chacun des pores de son père ; elle le trouvait si fatigué. Elle s'obligea à lui sourire.

— Pitié et vérité, dit-il en berçant sa limonade entre ses genoux frêles. La pitié va avec la vérité et la vérité avec la pitié ; ça n'est pas possible autrement. Dieu nous les a octroyées toutes deux et elles s'accordent tels l'oiseau et la brise. Que comprends-tu de ça, Angel, ma chérie ?

— Je ne sais pas bien, répondit-elle. La pitié, c'est comme la clémence, alors que la vérité, c'est quelque chose de fiable.

La première est un sentiment, une émotion insaisissable, tandis que la seconde possède une authenticité concrète. On ne peut pas vraiment pardonner aux gens si l'on n'est pas honnête, alors peut-être que la vérité, c'est une sorte de pardon. Mais papa, comment peuvent-elles s'accorder pour créer quelque chose ?

— Tu ne vois donc pas ? demanda-t-il alors que de petites larmes brillaient au coin de ses yeux fatigués. Elles sont liées par la lutte. Même porté par la brise, l'oiseau lutte sans cesse contre les vents. Ça a l'air facile pour lui, ça a l'air agréable, mais ça ne l'est pas. Observe-le et dis-moi à quoi il aspire, selon toi.

Il désigna le martinet à gorge orange dans le ciel. Le bec clos imprimait sa direction au petit corps qui, sans cesse, planait et piquait, planait et piquait dans les courants, pour finalement se réfugier dans un arbre à savon.

— Il veut... se reposer, proposa Angel.

— C'est exactement ça, répondit son père tout bas. Il cherche le repos au milieu du tourbillon. Il cherche l'impossible.

Lorsque Angel tourna les yeux vers son père, elle le vit pleurer pour la troisième fois en ses seize années sur terre. En découvrant son menton tremblant, le visage d'Angel se creusa et elle fronça les sourcils dans une mimique à fendre l'âme.

— Papa, pourquoi tu pleures ?

Elle rattrapa avec le pouce des larmes sur le point de tomber.

Il y eut un silence, puis il dit avec un sourire vacillant, mais courageux :

— Mon combat à moi est presque terminé, ma chérie. Mais le tien ne fait que commencer, et cela me désole. Je souhaite que tu ressentes la pitié. Je prie pour que tu connaisses la vérité. J'espère que tu éprouveras ce bonheur de te trouver là, sur une balancelle, auprès d'un homme qui t'aime plus que la vie même. Mais je sens dans ce vent les troubles à venir. Pendant un temps, nous y avons échappé à la manière de ce martinet réfugié dans l'arbre. Pourtant, ils se rapprochent, ma chère enfant. J'en suis convaincu.

De nouvelles ombres se formèrent sur son visage, sous ses yeux, sur son front et dans le creux de ses épaules voûtées. Lui-même semblait devenir ombre. Une ébauche en quelques traits de ce qu'il était il y avait seulement quelques mois. Angel le connaissait. Et quand il était silencieux, elle voyait passer des éclairs dans ses yeux. Dans ces moments-là, elle lisait les pensées de son père : « En être réduit à ça. »

De légers ronflements accompagnaient sa poitrine qui se soulevait et s'abaissait. Il s'endormait si facilement, à présent. Il passait de l'éveil à l'absence au monde en une seconde.

— J'ai un cadeau pour toi. Il sera prêt ce soir, murmura-t-elle à son oreille endormie. Tu marcheras à nouveau, mon papa chéri. Tout seul, à nouveau.

La mère d'Angel passa la porte à moustiquaire en dénouant son demi-tablier.

— Il faut qu'on le mette au lit, dit-elle, en essayant de faire bonne figure. Tu es prête ?

— Oui, chère Maman, répondit Angel avant de soulever le bras inerte de son père pour le passer autour de son cou.

— Il est temps de se coucher, déclara sa mère sous le grand soleil du milieu d'après-midi.

Puis elle souleva l'autre bras et le plaça sur son épaule fatiguée.

— Mon beau mari. À la une, à la deux...

Vendredi 20 mai 1921, *J-11*
ISAIAH

La plupart des gens de Greenwood assistaient à la lecture de la Bible du vendredi soir à Mount Zion ; du côté où habitait Isaiah Wilson, le silence régnait. Assis en tailleur sur le rebord de la fenêtre de sa chambre, il lisait. Depuis que son père était tombé sur le champ de bataille pendant la Grande Guerre, Isaiah lisait et écrivait voracement. Cette fois, il avait choisi de la poésie, qui lui procurait un sentiment de calme. Les rythmes, méthodiques et constants, et les rimes, occasionnelles, occupaient son esprit. Autrement, il était frustré. Récemment, il s'y était essayé, à plusieurs reprises. Il reconnaissait qu'il n'était pas si mauvais, d'ailleurs.

Du coin de l'œil, il les vit soudain apparaître, pour la deuxième fois cette semaine.

— Les jeunes Blancs, dit Isaiah à voix haute dans sa chambre sombre. Ces foutus garçons Blancs.

Isaiah avait une vue parfaite, panoramique, sur leur rassemblement, de l'autre côté de la voie ferrée. La meute s'accroissait ; la semaine dernière, ils étaient douze, aujourd'hui seize. Ils avaient l'air d'avoir à peu près son âge, dix-sept ans, et ils préparaient un mauvais coup – c'était la seule chose dont on pouvait être sûr.

Ces derniers temps, le Ku Klux Klan rôdait autour de Tulsa. Il montait en puissance depuis la fin de la guerre. Et soit ces garçons portaient déjà la capuche blanche, soit ils n'allaient pas tarder à le faire.

Ce fut à ce moment qu'il aperçut Angel Hill, une fille qui vivait à quelques rues de là, au loin, en train de marcher, seule. Isaiah sentit son estomac se retourner, parce qu'elle ne pouvait pas deviner que ce groupe de Blancs était là.

Vu que Greenwood était désert, Angel tomberait dans l'embuscade, pas de doute. Et même de loin, Isaiah devinait que l'envie de faire un mauvais coup démangeait ces gars-là. Il était paralysé par une peur qu'il n'avait jamais éprouvée auparavant. Et une question, aussi – est-ce qu'il fallait qu'il intervienne ?

Angel était grande mais maigre et frêle, elle n'imposait pas vraiment le respect. Elle cheminait le long de la route, toujours inconsciente du danger, en tenant fermement dans les bras un appareil qui ressemblait à une paire de béquilles, ou de prothèses ; elle portait une longue aube et faisait des pointes gracieuses dans la nuit qui tombait. Elle était une cible idéale.

Depuis son perchoir, Isaiah vit le moment où les garçons la remarquèrent. Le petit groupe se tapit dans les fourrés et attendit qu'elle soit à portée de leurs coups, comme des serpents dans l'herbe haute. Isaiah plongea aussi, sans le vouloir ; il se cacha derrière les rideaux de sa chambre pour rester hors de vue. Il savait que son père aurait été déçu de son manque de courage, mais quelque chose en lui l'empêchait de s'impliquer.

Isaiah ne connaissait même pas Angel Hill. Enfin, si, mais il la connaissait aussi bien que n'importe qui connaissait n'importe qui d'autre à Greenwood. Bon, en fait, s'il fallait qu'il soit totalement honnête, il la connaissait.

Isaiah l'avait vue danser une fois, lors d'un concours de talents. Il se rappelait qu'il avait été jaloux d'elle, parce qu'elle était entière, elle n'avait à répondre à absolument personne.

Isaiah se souvenait qu'elle avait marché pieds nus jusqu'au centre de l'estrade. Il avait attendu le pianiste ou le violoniste qui l'accompagnerait – mais personne n'était venu. Il n'y avait qu'elle seule, dans un silence de plomb.

Le public avait ri de ses mouvements bizarres, saccadés, et Isaiah savait qu'ils ne saisiraient pas. Mais dans ce silence, lui avait compris. La confiance en soi que ça demandait. La force. Pour se tenir seule, sans personne pour l'accompagner, et bouger son corps comme pour secouer ses chaînes. Isaiah l'avait vue, ce jour-là. Alors que tout le monde se moquait d'elle parce qu'elle était elle-même, Isaiah l'avait vue en secret. Il avait regardé ailleurs, faisant mine de rien, mais, Dieu tout-puissant, il l'avait vue.

À présent, caché derrière son rideau, Isaiah se racontait qu'il ne la connaissait sûrement pas assez bien pour sortir et s'interposer. Il s'emmaillota encore plus dans le tissu pour que, de l'extérieur, on ne puisse plus voir que son œil. Elle s'en sortirait très bien sans lui. Elle courrait.

— Cours, murmura-t-il. Maintenant.

Elle s'enfuirait, pensait-il. Bien sûr qu'elle s'enfuirait. Tout le monde s'enfuirait à sa place.

Mais quand les garçons surgirent de derrière les buissons, Angel ne se mit pas à courir. Au lieu de quoi, elle se tint droite, se déployant de toute sa hauteur face à la troupe indigne. Elle se redressa comme elle l'avait fait sur scène, ce jour-là, au concours de talents. Isaiah aurait voulu prendre une photo à la dérobée, ou écrire un poème. Le contraste entre eux était net. Puissant. D'une intensité qu'il n'avait jamais vue. Angel brillait presque ; c'était un miracle qu'ils puissent la regarder sans se protéger les yeux.

Ils s'adressèrent à elle. Certains décrivaient des cercles, comme des rapaces autour d'une proie, quelques-uns ricanaient, le reste traînait un peu en retrait. Ces lâches. Isaiah n'entendait pas ce qu'ils disaient, il mit donc ses deux mains sur l'appui de la fenêtre tout doucement et il souleva la guillotine.

Ce fut beaucoup plus bruyant que prévu, et tous, chacun des seize Blancs mais aussi Angel Hill, tournèrent la tête dans sa direction. Isaiah s'enfonça plus profondément dans le rideau et pria pour qu'ils ne le repèrent pas. C'était peut-être le cas, puisqu'ils reportèrent leur attention sur Angel.

— Qu'est-ce que t'as là, ma p'tite ?

— Ça vaut queq'chose, j'parie.

— On dirait bien.

— À vrai dire, répondit-elle d'une voix lente et réfléchie, sans l'ombre d'une peur, je ne suis pas sûre que ce soient vos affaires.

— Hé, tu as du nerf.

Ils se rapprochèrent de sa stature hiératique, et Isaiah eut un déclic. Il ne pouvait pas rester là les bras croisés, à se cacher dans un rideau, pendant qu'Angel Hill était piégée par une telle racaille. Il ouvrit la bouche pour leur crier quelque chose, mais avant qu'il puisse faire quoi que ce soit, elle laissa tomber l'objet qu'elle tenait et s'enfuit dans la nuit.

Les voyous s'esclaffèrent et se mirent à inspecter l'équipement par terre. Soudain, le garçon le plus chétif qu'Isaiah ait jamais vu souleva les béquilles et les jeta contre le sol du plus fort qu'il pouvait. Puis il jura car il n'avait fait que les érafler.

Les quinze autres types se marrèrent ; c'est là que le garçon, pris d'un accès de rage, perdit toute retenue. Il se mit à cogner les béquilles, de toutes ses forces, sur la voie ferrée. Quelques minutes plus tard, elles étaient en pièces.

— Ouais ! cria-t-il dans la direction où Angel Hill avait pris la fuite. Qu'est-ce tu dis d'ça ?

Isaiah les regarda se retourner et quitter le quartier de Greenwood en donnant des coups de pied dans les petits cailloux et la poussière. Une chose terrible flottait dans l'air, Isaiah le sentait. Quelque chose allait arriver.

Samedi 21 mai, *J-10*
ANGEL

Le père d'Angel dormait encore quand, avec sa mère, elle mit la cuisine en ordre avant l'arrivée des sœurs Barney. En disposant sur la table les nœuds et les barrettes rose fuchsia, Angel revoyait dans son esprit le garçon soulever les béquilles de son père et les écraser au sol sans aucune raison. C'était la personne la plus en colère qu'elle avait jamais vue. Plus en colère que tout être vivant.

Ça ne faisait même pas douze heures que le groupe avait fracassé les béquilles contre la voie ferrée. Elle avait économisé pendant un mois, elle avait aidé sa mère à tresser les cheveux des gens pour les acheter, et ça lui avait pris encore trois semaines de bricolage et de fignolage pour qu'elles soient parfaites pour son père.

C'était un homme tellement fier, son père. Avant d'être frappé par la maladie, il savourait la vigueur conférée par sa force naturelle. Quand elle était petite fille, il la lançait tellement haut dans les airs qu'elle avait l'impression de voler. À dessein, sa mère mettait une claque sur les muscles tendus de son bras, et lui répliquait immédiatement avec une tape sur le derrière. Angel se cachait les yeux pour ne pas voir ça, mais elle se rappelait la joie d'être témoin d'un tel amour dans sa maison.

Puis, comme une gifle, la maladie avait rendu tout faible le corps si fort de son père. Il avait longtemps été dans le déni, à repousser l'aide et à continuer à travailler comme si de rien n'était. Puis, un jour, en rentrant du temple, il était tombé durement devant le porche et avait perdu beaucoup de sang, plus que ce qu'Angel aurait cru possible pour un seul corps. Après ça, le déclin avait été foudroyant. Il s'était débrouillé pour garder le moral jusqu'à ce qu'il ne puisse plus marcher tout seul. Ensuite, la joie n'avait plus jamais vraiment atteint ses yeux.

Angel avait espéré que ces béquilles rendraient le sourire à son père. Mais ce triste garçon maigrelet avait fracassé ce rêve en moins de trois minutes. Angel sentit un frisson la parcourir.

— Ma puce, dit sa mère avant d'attraper les mains tremblantes d'Angel et de les porter à son cœur, à quoi est-ce que tu peux bien penser ? Tu es toute pâle, on dirait un fantôme.

Angel n'avait rien dit au sujet des béquilles. Elles étaient censées être un cadeau pour elle aussi. Voir son époux bien-aimé marcher à nouveau aurait signifié autant à ses yeux qu'à ceux de son père. Angel se força à afficher un air détendu.

— Ce n'est rien, maman. Je redoute simplement ces sœurs Barney.

Sa mère relâcha ses mains et secoua sa tête en signe d'approbation.

— Oui, miséricorde, répondit-elle. Ces filles ne cessent de piailler. Je t'enverrais bien ailleurs mais je t'en prie, ma puce, je ne peux pas m'en occuper seule. Et si je t'augmentais ? Je te donnerai dix centimes au lieu de cinq. Qu'est-ce que tu en dis ?

Un sourire ténu flotta à la surface de l'expression fatiguée de sa mère.

— J'en dis que c'est très bien, maman, répondit Angel, en se demandant si sa mère voyait clair en elle, elle aussi.

Mais c'était quand même vraiment très bien. Peut-être que ça ne prendrait que deux semaines à Angel d'économiser pour acheter une nouvelle paire de béquilles.

Soudain, les trois sœurs Barney tambourinèrent sur la moustiquaire de la porte de derrière et s'élancèrent dans la cuisine comme si c'était un terrain de jeu. Une lumière s'allumait à l'intérieur d'Angel quand il y avait des enfants à proximité. Elle avait une capacité à s'identifier à eux, à se mettre à leur niveau. C'était pour ça que sa mère ne pouvait pas se passer d'elle. Angel n'était pas très bonne pour faire des tresses, mais elle savait merveilleusement tenir les filles sagement assises.

— Asseyez-vous !

Sa mère s'époumonait en vain.

— Tout de suite ! Assises, assises ! Seigneur Dieu, ayez pitié ! Assises, assises !

— Pitié, répéta simplement Angel avant de se tourner vers les trois sœurs. Allez, les filles. Prêtes pour la surprise ?

Elles répondirent avec un chœur de « oui » si mignon que même la mère d'Angel inclina la tête sur le côté et, prudemment, leur fit un sourire rayonnant.

— Cette semaine, continua Angel en récupérant un panier en haut de la vaste armoire de la cuisine, un spectacle de marionnettes !

Les trois jeunes sœurs Barney firent de petits sauts sur place et frottèrent leurs mains l'une contre l'autre comme si rien sur cette terre ne valait des marionnettes cousues à la main dans de vieilles chutes de tissu.

— Montre ! Montre ! Montre ! réclamaient-elles.

— Il va falloir que vous restiez assises à vos places, sans bouger d'un cheveu, toutes les trois, leur expliqua doucement Angel. Et vous y aurez droit seulement une fois que vos tresses seront terminées.

Angel remit les marionnettes dans le panier, hors de leur portée.

— Elles ont un chouette spectacle à vous montrer, tout spécialement pour vous, d'accord ?

Les trois sœurs se dépêchèrent d'aller chacune sur leur chaise et attendirent patiemment que leurs cheveux soient graissés, séparés puis tressés. La mère d'Angel regardait faire sa fille, émerveillée.

— Maman ? l'appela Angel pour la tirer de son extase. C'est l'heure du spectacle.

Dimanche 22 mai 1921, *J-9*
ISAIAH

Des enfants traversaient les carrefours encombrés en robes et nœuds papillon, suivis de près par des pères fiers et élégants qui serraient des cigares pas encore allumés entre leurs dents souriantes. Les mères, gantées et chapeautées, menaient la charge et brandissaient leurs sacs devant des hommes à cheval, comme pour les défier d'écraser leurs petites familles. Les tramways sifflaient tandis que les sœurs Barney paradaient sur les trottoirs pour montrer leur nouvelle coiffure. Toutes les boutiques, du barbier au forgeron, étaient fermées pour le jour du Seigneur – c'était ainsi pour tout le monde. Tout le monde y compris Isaiah Wilson, dix-sept ans, qui était assis au premier rang du catéchisme au temple baptiste de Mount Zion.

Alors qu'il ne manquait pas un des cultes ordinaires, le catéchisme était pour lui mortellement ennuyeux. Après une dispute infinie, sa mère l'y avait finalement traîné et il le regrettait amèrement. Isaiah faisait paresseusement quelques traces avec son pied dans l'épais tapis marron alors que la meneuse de chœur énumérait les malades et les absents. Il parcourut le livre de cantiques rouge et or en quête d'un chant dont il voudrait bien apprendre les paroles, mais les seuls qu'il reconnut étaient « *Amazing Grace* » et « *Holy, Holy, Holy !* ».

Il aurait dû emporter son exemplaire usé à la corde des *Âmes du peuple noir*, de son auteur préféré, W. E. B. Du Bois, mais il l'avait laissé sous son oreiller la nuit précédente. Isaiah, à force, avait appris le livre entier par cœur, mais il continuait de le relire, cherchant l'euphorie qui l'avait saisi la toute première fois.

À onze ans seulement, il était tout acquis à la philosophie de Booker T. Washington. Le lycée public de Greenwood portait son nom et Isaiah voulait être prêt pour le moment où il y entrerait. Il avait recherché tous les ouvrages de Washington et les avait dévorés pendant de longues années. Il était piégé dans cet espace familier du « rien ne vaut Booker », quand Mme Edith, la bibliothécaire en chef de Greenwood, lui avait prêté *Les Âmes du peuple noir*. Il avait été libéré sur-le-champ.

Du Bois parlait à Isaiah, à son envie de jouer un rôle actif dans l'avenir de son peuple. Comme Du Bois, il était fatigué d'attendre que quelqu'un d'autre le sauve. Fatigué de bien se comporter devant ces vautours de Blancs pendant qu'ils pillaient tout le dur labeur et la culture de sa communauté. Fatigué d'attendre et de regarder, comme il l'avait fait quelques nuits auparavant derrière son pitoyable rideau. Et fatigué, surtout, d'avoir à anticiper la prochaine attaque. Tout le monde savait qu'elle allait venir, à un moment ou un autre, peut-être même dans une communauté idyllique comme Greenwood. Isaiah le sentait dans ses os et il savait qu'il était assez fort pour l'affronter. Assez brillant. Assez courageux. Assez doué pour se sauver, lui, et sauver tout son peuple. Le livre de Du Bois était un chef-d'œuvre qui mettait en mots la jeunesse et l'identité noire d'Isaiah comme Washington n'avait pas réussi à le faire.

Isaiah prit un crayon à la mine émoussée dans la veste de son costume et commença à transcrire ses passages préférés directement de mémoire, pour passer le temps.

Le chemin de la lutte n'était pas aussi rayonnant pour d'autres garçons noirs : leur jeunesse se perdait en obséquiosité insipide ou en haine silencieuse de ce monde blême autour d'eux et en défiance moqueuse de tout ce qui était blanc ; ou bien se gaspillait en un cri amer – « Pourquoi Dieu a-t-il fait de moi un paria, un étranger dans ma propre maison[1] *? »*

Alors que, perdu dans une vision de lui-même cheminant aux côtés de Du Bois, il était parti bien loin du catéchisme, il sentit qu'on le pinçait à la poitrine.

— Aouch ! s'écria-t-il, attirant l'attention sur lui et sur sa mère, qui s'en excusa silencieusement auprès des membres du temple. Ça fait mal !

D'un mouvement habile, elle lui arracha le petit crayon usé des mains. Elle avait dû regarder par-dessus son épaule pendant qu'il rêvassait.

— Arrête d'écrire ces absurdités militantes, lui ordonna-t-elle dans un murmure. Elles desservent notre cause.

---

1. Tous les extraits de *Âmes du peuple noir* de W. E. B. Du Bois sont traduits par Marie Chuvin [*Note de l'éditeur – Nde*].

Il se dit qu'elle lui en voulait, et aussi qu'elle avait faux sur toute la ligne – coincée dans sa docilité, au cœur d'un monde qui requérait de l'action et du mouvement. C'était à cause de cette mentalité qu'il s'était planqué derrière son rideau quand Angel Hill avait été menacée. Le regret pénétra son corps crispé lorsqu'il se rendit compte de l'ampleur de sa propre couardise. Jamais Du Bois ne se serait caché. Il serait sorti avec fracas, en se révélant tel qu'il était : un héros. Isaiah resta assis à se morfondre jusqu'à ce que ce sentiment le quitte puis, n'ayant plus rien pour écrire, il croisa les bras et bouillonna intérieurement.

Le peuple de Greenwood remplissait le temple d'un verger de chapeaux fleuris et de feutres mous. Une symphonie d'éventails frissonnants agrafés solidement sur des bâtonnets de glace apportait de l'air, tandis que le sermon du pasteur apportait du feu, embrasant la congrégation d'un accord unanime. Isaiah voudrait pouvoir faire la même chose, un jour – fondre tous ces gens en un seul corps, qui se balancerait d'avant en arrière à l'unisson sans jamais s'en apercevoir. Mais il n'arrivait pas même à convaincre sa mère d'aimer Du Bois autant que lui. Pire encore, il n'arrivait pas à se convaincre lui-même d'être courageux.

À la fin du catéchisme, le pasteur donnait la parole aux témoins de la semaine. À soixante-dix-huit ans, la mère Williams, comme toujours, parla la première. Elle remercia Dieu en tremblant d'être là aujourd'hui et de l'avoir réveillée ce matin, et ainsi de suite. Très compétitive et jamais en reste, la mère Jackson, quatre-vingts ans, parla ensuite. Elle remercia également Dieu en tremblant d'être là aujourd'hui et, oui, de l'avoir réveillée ce matin. Elle remporta la manche grâce à une interprétation impromptue de « *A Charge to Keep I Have* ». Ensuite, tout le monde parla à tour de rôle – dans une litanie similaire de mercis, de grâces rendues et de paumes offertes au ciel. Au bout du quatorzième tour, Isaiah eut du mal à garder les yeux ouverts. En plus des témoignages redondants, la chaleur de l'Oklahoma drainait toute son énergie et ses pensées.

— Debout, mon fils ! lui dit sa mère avec un coup de coude. Tu es dans la maison du Seigneur.

Au moment où le chœur entra en procession pour l'office de 10 h 45, ils étaient déjà là depuis deux bonnes heures. Isaiah soupira bruyamment devant le chapeau en dentelle lavande de sa mère, alors qu'elle levait les mains en signe de prière vers la croix de bois suspendue au plafond, et la peinture d'un Jésus pâle aux yeux bleus au centre du mur. Ses angoisses s'amplifièrent encore quand le chœur des hommes s'avança en se balançant sur un rythme déprimant, synchronisé. Ce n'était pas de la musique, plutôt un grognement bas et guttural, un gémissement, sans aucune harmonie ni exubérance. C'était bien sa veine, se dit-il, d'être tombé pile le dimanche où les hommes se lamentaient.

Comme le chœur sinistre chancelait de gauche à droite en grommelant « *This Little Light of Mine* », Isaiah se promit qu'il n'accompagnerait jamais plus sa mère avant l'office. Il avait autre chose à faire de son temps que d'écouter un groupe d'oiseaux barytons expirant à l'unisson. Il pourrait être en train de marcher dans Greenwood avec son meilleur ami, Muggy, dont la famille possédait la boucherie du coin. Ou bien il pourrait simplement être assis sur le porche à écrire de la poésie, à lire quelques-uns de ses textes favoris. Il savait bien qu'il n'aurait jamais dû laisser sa mère l'entraîner là-dedans.

— Que toutes les têtes se baissent, dit le pasteur une fois que le chœur des hommes eut enfin pris place dans la tribune derrière lui. Que tout le monde ferme les yeux.

Après la prière, la mère Evans entonna depuis la chaire un « Notre Père » *a cappella* et trois jeunes filles en longues robes blanches sortirent de la sacristie, s'encourageant l'une l'autre, pour gagner la piste de danse improvisée. Quelques rires secouèrent l'assemblée à la vue de la plus jeune qui se prenait les pieds dans son ourlet, mais ils se dissipèrent vite lorsque la dernière apparut.

C'était Angel Hill.

Devant cette soie d'un blanc immaculé sur une peau d'un noir intense, Isaiah avait l'impression de contempler le soleil en face. Sans qu'il s'en aperçoive, ses yeux avaient commencé à se plisser, mais il se ressaisit rapidement. Peut-être était-il observé. Après un coup d'œil rapide à la congrégation, il se rassura. En ce dimanche matin printanier, étrangement chaud et annonciateur de tornades, tout le monde avait les yeux rivés sur une seule chose : Angel.

Elle dansait en toute liberté. Elle dansait avec passion et avec force, elle se jetait contre quelque chose qu'il fallait défier. Elle faisait tournoyer ses bras musclés et, les poings serrés, elle luttait contre l'air. Elle tourbillonnait si vite sur la pointe des pieds qu'il craignit qu'elle ne heurte les fonts baptismaux, mais non. Elle n'était que puissance et sérénité. Talent et force brute. Mouvement et patience. Ses deux cadettes tombèrent à genoux à ses côtés pour lui laisser l'éclairage qu'elle méritait.

Aux yeux d'Isaiah, elle était la fille qui avait affronté ces garçons. N'importe qui d'autre aurait déguerpi, il le savait. Mais même quand il lui avait murmuré de s'enfuir à travers les rideaux, elle était restée. Dans un face à face avec un mal absolument dépourvu de sentiment. Et là, à peine quelques jours plus tard, elle puisait suffisamment d'amour en elle pour émerveiller toute la congrégation. Elle était fascinante. Ce bref moment, quand il l'avait aperçue ce fameux jour au concours de talents, il avait pu l'enfouir en lui et le nier en bloc.

Ça en revanche... C'était impossible. Il ne pouvait ignorer une telle magie se déployant à quelques mètres de lui à peine.

Le solo d'Angel dura toute la seconde partie du chant mais Isaiah n'entendait plus la mère Evans. Il n'en avait plus que pour Angel qui virevoltait à travers les trente-cinq pâtés de maisons du quartier de Greenwood pour y dessiner un motif bien plus confus et complexe.

À dix-sept ans, Isaiah était le meilleur ami de Muggy Little Junior, bourreau des cœurs autoproclamé de Greenwood Avenue. Il était aspirant fantassin dans la guerre terrestre des changements sociétaux qui s'ébranlait, menée par le seul et unique W. E. B. Du Bois. Et puisque son père était mort quelques années plus tôt dans la Grande Guerre, Isaiah était aussi, et en premier lieu, le chef de famille, l'homme de la maison.

Or un homme, un vrai, ne prêterait pas attention aux cheveux d'Angel, détachés et en bataille, plus beaux que tous ceux qu'il avait jamais vus de sa vie. Un homme, un vrai, ne se demanderait pas si elle aimait Du Bois autant que lui ou même si elle s'intéressait à l'activisme. Un homme, un vrai, ne contemplerait pas la fille la plus bizarre de l'école comme si c'était un ange qui dansait. Et un homme, un vrai, ne se sentirait sûrement pas indigne de la regarder se mouvoir devant lui comme si elle était tissée de poésie vivante, mouvante, parlante.

Il se força à fixer le tapis marron jusqu'à la fin du chant. Et là, tout le monde, jusqu'aux Anciennes, se leva. Les uns pleuraient carrément, les autres cachaient leurs larmes. Isaiah se mis aussi debout pour ne pas se démarquer mais il n'osait pas regarder Angel. Certainement qu'un homme, un vrai, ne pleurerait pas.

Lundi 23 mai, *J-8*
ANGEL

L'avant-dernier jour d'école, Angel était assise sur le perron de sa maison, serrant cinq gros livres contre sa poitrine et fredonnant un « Notre Père ». Comme d'habitude, elle était prête de bonne heure ; elle replia donc sa longue jupe bleu marine sur ses genoux et écouta chanter les groupes d'oiseaux qui se croisaient, perchés tout en haut de son arbre à savon préféré qui s'inclinait. Soudain, les hurlements du bébé de Mme Nichelle transpercèrent la paix de sa rue tranquille.

Tous dormaient ou étaient déjà partis au travail et à l'école, y compris le père du bébé, M. Anniston, le proviseur adjoint du lycée. Angel compatit de tout cœur avec sa voisine, seule avec Michael, leur petit garçon de six mois qui avait la colique. Jetant un coup d'œil à sa montre à gousset qui marquait les secondes, Angel vit qu'il lui restait vingt minutes avant de devoir aller au lycée. Elle sauta sur ses pieds et alla toquer à la moustiquaire d'où provenaient les pleurs.

— Qui est là ? demanda désespérément Mme Nichelle.

— C'est moi, Angel. Est-ce que je peux faire quelque chose ? Je suis à nouveau un peu en avance.

— Tu es un don du ciel, lui répondit la voisine en poussant la moustiquaire, Michael accroché à la hanche.

Il était rouge écarlate d'avoir tant crié et furieux comme un taureau.

— Avoir un moment pour moi me ferait du bien. Je m'en suis occupée toute la nuit.

— Bien sûr, dit Angel.

Elle tendit les mains pour recevoir Michael. Mme Nichelle serra les jambes et marcha vivement vers la salle de bains.

— Prenez le temps dont vous avez besoin.

Angel berça le bébé sur le perron pendant ce qui lui sembla un petit moment ; lançant un coup d'œil aux aiguilles de sa montre, elle s'aperçut qu'une heure avait passé. Sa première pensée fut d'aller voir si Mme Nichelle allait bien, mais Michael s'était enfin assoupi sur son épaule. Elle décida de le laisser dormir. Mais une deuxième heure s'écoula. Il ronflait, produisant de petites bulles de bave. Angel n'osait pas le mettre dans son berceau ; il se réveillerait sûrement et serait en rage.

La jeune fille trouvait son bonheur dans la simplicité de bercer l'enfant capricieux d'une voisine pour l'endormir, de voir de petits oiseaux chasser les plus gros de leurs nids cachés dans l'arbre à savon. Elle pensa à ce que son père lui avait dit : qu'ils cherchaient le repos au milieu du tourbillon. « C'est ce que nous recherchons tous, au fond. » Surtout les Noirs, en ces temps incertains. Parmi eux, il y en avait tant qui avaient traversé la voie de chemin de fer à la recherche de tranquillité et qui l'avaient trouvée là, à Greenwood.

Quand la sueur commença à goutter du bout du petit nez de Michael, Angel se dirigea vers la droguerie des Williams pour y trouver une boisson et de l'air frais. Pendant qu'elle marchait, le soleil se mêla aux nuages qui s'approchaient, tentant vaillamment d'avoir un aperçu du somptueux quartier de Greenwood. C'était un autre de ces jours exactement semblables au précédent, avec une tempête qui n'arrivait jamais mais qui intimait aux gens de rester chez eux. Angel savait que ce n'était que du vent, rien que la fanfaronnade de nuages gris farceurs. Pour autant, à force, avec le minuscule Michael qui reposait sur son épaule douloureuse, ce ciel ondoyant lui faisait remonter de minuscules frissons dans le dos. Son père lui avait dit que Dieu enverrait des signes aux plus observateurs. La majorité s'acharnait à les ignorer avec une foi aveugle, obtuse. Mais une poignée d'élus construisaient leur vie en accord avec ces signes, « comme une locomotive sur ses rails », avait-il coutume de conclure.

La senteur âpre d'un gigantesque genévrier fleurissait les trottoirs de sa rue silencieuse, la distrayant efficacement des menaces du ciel. La maison bleue de Mme Tate au coin était à l'origine de l'odeur. Son arbre raflait tous les prix. Elle l'avait dorloté pendant les sécheresses les plus violentes de l'Oklahoma et même pendant l'étonnante vague de froid, quelques années auparavant. Son mari possédait et tenait la pharmacie de Greenwood et, lorsque leur fils unique, Timothy, s'en était allé dans le Sud pour faire des études de médecine, le genévrier était devenu l'objet de tous les soins de la mère éplorée. Et la rue d'Angel, déjà bien tenue, en avait grandement bénéficié. Mais Mme Tate n'était pas aussi agréable que son arbre, tant s'en fallait.

Quand ses yeux apparurent par-dessus un buisson plus grand qu'elle et taillé en cône, Angel fit un bond en arrière, une main tenant fermement le derrière de Michael. C'était une petite bonne femme, qui voletait partout comme un colibri.

Elle portait des chapeaux à larges bords pour se protéger du soleil et des robes à fleurs qui se boutonnaient par-devant.

— C'est juste moi, Angel, la prévint Mme Tate dans un souffle. C'est gentil à toi de t'occuper du garçon de Mme Nichelle. C'est un criard, celui-ci.

Prise d'une envie de défendre le bébé, Angel ignora la pique et se concentra plutôt sur les deux choses auxquelles sa voisine tenait comme à la prunelle de ses yeux.

— Votre genévrier se porte à merveille, je n'ai jamais vu ça. Oh, et comment va Timothy ?

Comme prévu, le visage de Mme Tate s'illumina de ravissement.

— Tim est un ange de petit garçon. Un ange, absolument. Une lettre est arrivée aujourd'hui, tu le savais ? L'écriture d'un champion. J'ai toujours su qu'il serait spécial quand il serait grand. C'était un gentil bébé. Il ne pleurait pas et ne faisait pas de caprices, lui, pas comme celui que tu te coltines.

— Il faut vraiment qu'on y aille, interrompit Angel aussi respectueusement que possible. Le petit chou transpire dans son sommeil. On va à la droguerie des Williams pour se rafraîchir.

Angel se mit en marche.

— À plus tard.

— Repasse par ici quand tu veux, fit Mme Tate en guise d'au revoir. Pour que je finisse de te parler de mon fils. Et du genévrier aussi !

À la fin, Mme Tate hurlait pour se faire entendre. Angel prit mentalement note de faire un détour pour rentrer chez elle.

ISAIAH

Isaiah était incapable de se concentrer sur quoi que ce soit – il était obnubilé par Angel.

Mais ça, ce n'était pas le destin des garçons noirs en 1921. C'était pour les doux rêveurs qui traversaient la vie en trébuchant sur leurs propres pantoufles. C'était pour les gens perdus dans leur monde, qui souriaient à tout sans aucun but précis. C'était pour les garçons blancs.

Les garçons blancs pouvaient s'en sortir dans la vie avec un amour qui occupait toutes leurs pensées. Ils pouvaient soigneusement apprendre les notes de baryton de « Let Me Call You Sweetheart », former un quatuor et chanter la sérénade à l'élue de leur cœur sans craindre aucune conséquence. Ils avaient la chance de pouvoir tomber amoureux sans se soucier d'une révolution ou d'une invasion imminente. Et l'amour, après tout, était la seule chose qui comptait dans ce monde. L'amour poussait un homme à désirer plus que la médiocrité. L'amour d'une famille. L'amour d'une communauté. C'était une force plus puissante que la haine, s'aperçut Isaiah. Une force interdite aux garçons comme lui.

Et pourtant, il était bien là. Il allait à l'école, où il était entouré de l'excellence de ceux qui, auparavant, étaient réduits en esclavage – démonstration éclatante de ce type d'amour puissant, persévérant. De ceux qui s'étaient hissés à la force des poignets pour construire, créer, bâtir, au nom de leur communauté et de leur famille. Mais Isaiah bouillonnait intérieurement de la prétendue distinction entre *eux* et *nous*. Il enviait la simplicité qui régnait à un jet de pierre de là, de l'autre côté des rails. Isaiah n'était pas un, mais deux : lui et son ombre noire. Elle le suivait à la trace et parfois l'infectait, s'emparant de son habileté à naviguer dans ce monde barré d'obstacles à cause de la couleur de sa peau.

Grâce au concept de conscience dédoublée, Du Bois avait dit la même chose dans *Les Âmes* :

> *C'est une sensation bizarre que cette conscience dédoublée, ce sentiment de constamment se regarder par les yeux d'un autre, de mesurer son âme à l'aune d'un monde qui vous considère comme un spectacle, avec un amusement teinté de pitié et de mépris. Chacun sent constamment sa nature double – un Américain, un Noir ; deux âmes, deux pensées, deux luttes irréconciliables ; deux idéaux en guerre dans un seul corps noir, que seule sa force inébranlable prévient de la déchirure.*

Un coup sec à la nuque rappela Isaiah à la réalité triviale de son trajet vers l'école avec son meilleur ami, Muggy Little Jr.

— Redescends sur terre, lui dit-il, tordant son cigare intact entre son pouce et son index. T'as entendu un seul mot de ce que je viens de dire ?

Isaiah haussa les épaules en guise de réponse.

— Je suppose que tu étais en train de parler de... Frances.

— Elle, c'était la semaine dernière, dit Muggy, fier comme un coq. Essaye encore.

— Helen ?

— Y a deux mois.

— OK, Gladys.

Muggy partit dans un rire hystérique.

— Je ressemble tant que ça à un chien fidèle ?

— Arrête et dis-moi, répondit Isaiah. Et non, j'écoutais pas.

— Dorothy Mae, capitula son ami avant de faire une pirouette au milieu de la rue. Une bombe, cette gonzesse. Et plus qu'avenante, si tu vois ce que je veux dire.

— Oui, répliqua Isaiah.

Ils fricotaient un peu, lui et Dorothy Mae, depuis plusieurs mois. Belle, c'est sûr, mais elle n'avait pas beaucoup de conversation.

— Ah, c'est vrai, pouffa Muggy. Il y avait un truc entre Dorothy et toi. Ça te dérange si...

À nouveau, Isaiah haussa les épaules puis il accéléra le pas.

C'était ce qui était attendu des garçons noirs comme lui, se dit-il. Il devait être un Muggy qui se répandait partout inutilement comme les aigrettes blanches des pissenlits dispersées par le vent. Qu'est-ce qu'il pouvait bien faire ? Défier Muggy ? Jamais. Il le paierait cher.

Le commerce familial de Muggy, la boucherie, connaissait une ascension vertigineuse. Même les Blancs traversaient les rails pour mettre la main sur des morceaux découpés par son père. Les Little avaient plus d'argent qu'il n'en fallait pour vivre ; après la mort du père d'Isaiah à la guerre, ils avaient accepté d'en verser un peu à sa mère. Comme la plupart des gens du quartier : depuis le pharmacien de

Greenwood jusqu'aux maraîchers, tout le monde y mettait du sien pour soutenir la famille d'Isaiah. De ce fait, il avait contracté une dette silencieuse envers eux tous, même son meilleur ami. Isaiah ne pouvait jamais se montrer à visage découvert. Il ne pouvait qu'acquiescer et passer son chemin.

— C'est une fille bien, dit Isaiah à propos de Dorothy Mae, toujours avec un pas d'avance pour que Muggy ne puisse pas voir son visage. Mais elle n'est pas à moi pour autant. Tu fais ce que tu veux avec elle.

Il baissa légèrement la tête ; Muggy lui sauta au cou par-derrière, manquant de peu les envoyer tous deux au sol.

— Brave garçon ! applaudit-il. Tu rêvassais à quoi, toi, hein ? Y me semble que t'étais perdu dans la contemplation d'une autre fille.

— En fait, déclara Isaiah en se penchant sur le côté pour permettre à Muggy, qui faisait une tête de moins que lui, de descendre de son dos, t'as entendu parler de la conscience dédoublée ?

Muggy émit un « pfff » audible.

— Pas encore ces stupidités de Du Bois, répondit-il. Regarde autour de toi !

Il écarta les bras et fit deux tours sur lui-même.

— On vit au paradis de l'homme noir ! On est libres d'aller et venir comme on veut, de descendre *nos* rues, de boire *notre* Coca et de bécoter *nos* copines dans les ruelles.

— Oui, répliqua Isaiah, faisant face à Muggy. Mais en tant qu'hommes noirs dans une nation étrangère, est-ce qu'on est jamais vraiment en sécurité ? Et à qui appartient même cette nation ? Sur la terre de qui est-ce qu'on marche ? Sûrement pas la nôtre.

Isaiah fit un geste vers la partie blanche de Tulsa.

— Écoute ça...

Isaiah sortit son exemplaire bien usé des *Âmes* de la poche intérieure de sa veste. Par anticipation, Muggy se boucha les oreilles de façon théâtrale.

— Si tu me lis un mot de plus de ce fichu livre, je hurle, prévint-il d'un ton sec avant de prendre Isaiah par les épaules pour le regarder droit dans les yeux. Rien ne se passe jamais dans le quartier de Greenwood. Si la révolution arrive, on n'a même pas besoin qu'elle vienne ici. On est noirs et on décide de notre destin entre Noirs. En s'occupant de nos affaires, exactement comme eux.

Muggy pointa du doigt un petit groupe d'adolescents blancs qui s'appuyaient contre un distributeur de sodas, de l'autre côté des rails.

— Tant qu'on reste entre nous, on peut vivre comme ça pour toujours. Maintenant, raconte un peu cette fille à qui tu rêvais. Aucun mec ne regarde vers le ciel comme ça si c'est pas en pensant à une fille.

Isaiah jeta un coup d'œil en direction des jeunes que Muggy venait de désigner. C'étaient les garçons qui avaient fracassé la propriété d'Angel Hill. Ils ne s'occupaient certainement pas de leurs affaires. Ça paraissait tellement évident qu'Isaiah ne comprenait pas comment faisait son ami pour ne pas s'en rendre compte.

ANGEL

Ils n'étaient plus qu'à deux pâtés de maisons de leur destination et le bras d'Angel était presque engourdi par le poids de Michael. Petit mais costaud, il lui donnait l'impression d'une pile de livres qu'elle aurait voulu changer d'épaule. En plus, sa sueur de bébé brillait à travers ses minuscules vêtements et avait commencé à tremper son chemisier d'écolière. Elle pressa le pas ; il avait besoin de fraîcheur.

Plus qu'un pâté de maisons et demi, et elle entendit son nom à nouveau.

— Angel, Angel !

M. Morris l'appelait depuis sa balancelle de l'autre côté de la rue. Angel le reconnut à sa voix, sans le voir. Il les regardait, dans son impressionnant jardin rempli d'onagres roses en fleurs et de centaurées juste écloses. M. Morris faisait partie des habitants de Greenwood qu'elle préférait. Doux et patient, il avait récemment pris sa retraite et transmis sa boutique de sculpture sur bois à son fils aîné, George.

Angel lui fit un signe de sa main libre et sourit.

— On s'arrêtera une autre fois, dit-elle.

M. Morris acquiesça, mais elle n'était pas sûre qu'il ait véritablement entendu. Des décennies à travailler auprès des machines avaient eu raison de la majeure partie de son audition.

Il portait une salopette bleue, un béret de vendeur de journaux et il souriait de toutes ses dents.

— À une prochaine fois, alors, jeune dame !

Angel commençait à s'apercevoir qu'une rapide balade dans Greenwood était infaisable. Tout le monde connaissait tout le monde, et avec Michael endormi sur l'épaule, qui plus est un jour d'école, les gens avaient toutes les raisons d'enquêter. Elle hâta encore plus le pas, dépassa les gazons tondus avec soin, les parterres de fleurs bourgeonnants et les monstrueux magnolias qui zébraient les trottoirs de leur ombre, puis elle atteignit enfin Deep Greenwood, la grande rue commerçante.

Soulagée d'en voir les contours, Angel ralentit sa marche pour s'émerveiller des bâtiments en briques rouges et bruns le long de l'avenue. La fine fleur des restaurants, des tailleurs, des épiciers, des quincailliers – tous tenus par des familles qu'elle connaissait. Les trottoirs débordaient d'hommes en costumes accompagnés de femmes élégantes, suspendues à leur bras droit. Greenwood Avenue, noire, brillante et autosuffisante, était la preuve que Booker T. Washington avait eu raison au sujet de la tolérance et du progrès qui en découlait. Il l'avait appelée la « Grande Rue Noire » et cette dénomination lui allait comme un gant. Le succès de Greenwood rappelait immanquablement à Angel cette citation célèbre de l'écrivain :

Le succès laisse toujours des traces.

Angel voyait la sagesse de Washington se révéler dans tout Greenwood. Elle la voyait également dans la voie ferrée qui séparait le Tulsa blanc du Greenwood noir. Ces rails étaient toujours bien présents dans les consciences de part et d'autre. C'était injuste, aucun doute là-dessus, mais l'homme leur avait permis de prospérer côte à côte dans la ségrégation. Et la croissance florissante de Greenwood prouvait qu'il avait eu raison, Dieu ait son âme.

Michael se réveilla d'un coup dès qu'ils entrèrent dans la droguerie bondée, qui faisait office de café. Une kyrielle de questions intéressées accueillirent Angel, mais à présent, elle ne s'en souciait plus du tout.

— Pourquoi tu n'es pas à l'école, Angel ?

— Mme Nichelle a vraiment tiré le gros lot avec ce petit chou, hein ?

— Est-ce que Dieu t'a envoyée tout droit du ciel, mon enfant ? Tu mérites bien ton nom. Les sodas sont offerts par la maison.

Mme Williams mit une boisson glacée dans la main d'Angel et Michael gazouilla joyeusement dans la fraîcheur de la devanture.

Quand le Dr Owens entra dans le magasin, Angel sentit un nœud se former dans son estomac. C'était l'un des seuls habitants du quartier qui connaissait l'ampleur de la maladie de son père, or elle ne voulait sous aucun prétexte en discuter. Salué par tous les clients du petit coin café intégré à la droguerie, il avançait lentement vers sa table.

Le Dr Owens était ce qui se rapprochait le plus d'une célébrité à Greenwood. Homme élégant, aux habits toujours repassés et boutonnés sous sa blouse de médecin immaculée.

Son sourire sans affectation ne quittait jamais ses joues, leur donnant un aspect arrondi, brillant et juvénile. Il passait comme une brise à travers la ville, comme un oiseau aux larges ailes. Sans attaches ni conquêtes connues, c'était le plus désirable et le plus élégant des célibataires. Angel l'aimait bien, mais depuis que son père était tombé malade, tout son coefficient sympathie avait fondu. Désormais, il n'était plus que le porteur de mauvaises nouvelles.

— Puis-je m'asseoir ? lui demanda-t-il.

— Vous pouvez, répondit Angel, faisant de son mieux pour lui faire comprendre poliment qu'elle n'en avait en réalité aucune envie.

Il tira une chaise et son sourire communicatif s'élargit encore sur son visage.

— Comment fais-tu pour le calmer ? l'interrogea-t-il en désignant Michael. Chaque fois que sa mère me l'amène en consultation, la ville entière est au courant. Tu l'as changé en petit ange.

Angel caressa le haut du dos du bébé de ses mains douces.

— Il est en colère parce que c'est exactement ça qu'il ressent : le rejet de la ville. On ne parlerait pas d'un ton aussi réprobateur du tempérament d'un adulte ; pourquoi tout le monde se croit-il libre de commenter celui d'un enfant ? Et d'un enfant qui ne peut même pas se défendre, en plus. Mille choses peuvent le déranger. Un endroit qui le gratte et qu'il n'arrive pas à atteindre, une odeur nauséabonde qu'il ne supporte pas.

Elle sourit et le souleva en l'air.

— Il m'aime parce que j'ose lui faire grâce.

Après son rapide réquisitoire, Angel se rendit compte du long silence du docteur et leva les yeux vers lui pour découvrir de l'inquiétude sur ce visage fait pour la jovialité.

— Angel, commença-t-il enfin, comment est-ce que ça va en ce moment ?

C'était exactement la raison pour laquelle elle ne voulait pas qu'il s'asseye en face d'elle ce jour-là. C'était un docteur exceptionnel, indéniablement, mais il s'immisçait dans des sentiments et des émotions dont il ne savait rien.

— Je vais parfaitement bien, je vous remercie, répliqua-t-elle sèchement. Pourquoi cette question ?

— Votre père...

— Vous désirez autre chose ? demanda Mme Williams en s'adressant au Dr Owens.

Elle avait complètement oublié la présence d'Angel.

— Non merci, madame, lui répondit-il, un sourire de nouveau plaqué sur son visage.

Sans attendre leur invitation, Mme Williams tira la troisième chaise et se pencha vers le Dr Owens.

— Ma fille rentre de Spelman[2] pour les grandes vacances, dit-elle doucement avant de jeter un coup d'œil aux alentours pour vérifier que personne d'autre n'écoutait. Elle était première dauphine aux concours de beauté cette année. Vous le saviez ?

---

2. Les Historically Black College and University (Universités Historiquement Noires) sont des établissements d'enseignement supérieur fondés aux États-Unis entre 1865 (abolition de l'esclavage) et 1964 (loi de déségrégation) pour les étudiants afro-américains. Certaines de ces universités n'étaient pas mixtes : à Atlanta, Morehouse était réservée aux hommes et Spelman aux femmes [*Note de la relectrice – Ndr*].

Le Dr Owens sourit, mais Angel devina que son sourire était faux et préparé.

— Je pense que vous avez dû le mentionner une fois ou deux en ma présence, en effet.

— Elle est vachement courtisée, doc.

— Oui, madame, répondit-il de nouveau. Vous me l'avez dit également.

Pendant qu'ils parlaient, Angel remit discrètement Michael en place et vida d'un trait le reste de son soda.

— Merci pour le Coca, madame Williams, l'interrompit-elle, mais celle-ci la chassa d'une main. À bientôt, docteur Owens.

Le médecin fit mine de se lever, mais Angel tendit la main pour l'en empêcher.

— La prochaine fois, déclara-t-il, il faudra qu'on ait une vraie discussion posée, si vous êtes d'accord ?

Impolie, Angel se dépêcha d'atteindre la porte et de se diriger vers chez elle au lieu de répondre.

Elle fit un détour et suivit la voie ferrée pour éviter Mme Tate. Étonnamment, elle ne rencontra personne. Un très long train de voyageurs passa, voiture après voiture. Angel s'arrêtait toujours pour contempler la beauté des convois, surtout ceux de ce genre-là – d'un bordeaux profond, avec des volutes d'or opulentes. Ce train était principalement composé de premières classes et n'accueillait que les Blancs ; elle ne pourrait donc probablement jamais le visiter. Un coup d'œil opportun par-ci et un regard parfaitement placé par-là, c'était tout ce qu'elle pouvait espérer. Elle distingua les femmes élégantes coiffées de grands chapeaux à plumes qui marchaient dans les compartiments. Elle aperçut aussi, nimbé d'une lumière étonnante, le wagon-restaurant, son préféré, avec ses nappes immaculées, sans un pli, des clients qui riaient et des présentoirs en inox remplis de tout petits biscuits au centre de chaque table.

Michael roucoula à la vue du train et Angel sourit.

— Je sais, petit chou. C'est sacrément beau, non ?

À nouveau, il gazouilla, et compléta son babillement d'un sourire alors que le dernier wagon leur passait devant à toute vitesse.

Quand Angel était petite, son père lui demandait toujours de saluer le wagon de queue jusqu'à ce qu'il ait totalement disparu. Il disait que cela lui porterait chance et attirerait la bonne fortune. C'était pour ça que, quoi qu'il arrive et quel que soit l'air idiot que ça lui donnait, elle agitait frénétiquement la main vers la toute dernière voiture.

Donc elle resta là, les pieds fermement plantés, à dire au revoir au train qui fuyait, qui l'excluait, qui était hors de sa portée. Tout à coup, il avait disparu. Parti vers un endroit qui n'était pas Greenwood.

Après ça, elle rentra droit chez elle pour vérifier si Mme Nichelle était venue la chercher.

— Salut, papa, dit Angel à son père si fragile. Mme Nichelle est passée ?

— Pas aujourd'hui, répondit-il avec un sourire forcé. C'est une bonne chose qu'elle soit mariée avec le proviseur adjoint, sinon je m'inquiéterais que tu fasses l'école buissonnière l'avant-dernier jour de cours. Tu n'avais pas un grand contrôle de latin ce matin ?

— Comme tu dis, renchérit Angel, c'est une bonne chose que le père de ce petit monsieur soit le proviseur adjoint. Et Mme Nichelle accusait vraiment le coup ce matin.

— Je suis certain qu'elle t'en est très reconnaissante, dit-il, grimaçant en se déplaçant sur le canapé.

— Tu veux quelque chose avant que je retourne chez la voisine ?

— Juste m'asseoir avec ma fille préférée un moment, répondit-il, le souffle saccadé.

Quand il souleva son bras, il faillit tomber du canapé. Angel bondit pour l'empêcher de s'affaler sur le sol du salon ; elle l'avait rattrapé à temps, mais Michael avait été projeté contre sa hanche et commença à hurler. Il voulut toucher la joue de son père de ses doigts minuscules et, quand Angel l'en empêcha, il se mit à brailler encore plus fort.

— Donne-le-moi, dit son père, qui était à peine capable de lever son propre bras sans vaciller.

— Tu es sûr ? demanda-t-elle. Tu avais de la fièvre récemment.

— Je pense que je peux encore soulever huit kilos, répliqua-t-il avec un rire fatigué. Viens ici, mon petit gars.

Une énergie invisible s'empara de son père tandis qu'il recevait le garçon dans ses bras. Angel sentit son cœur se briser un petit peu quand elle le vit faire rebondir l'enfant sur ses genoux maigres et fatigués. C'était probablement épuisant et douloureux, mais il le faisait avec bonheur. Une joie semblable s'empara de Michael. Il arrêta de vagir aussitôt qu'il fut assis sur les genoux du père d'Angel.

— Tu vois ? dit ce dernier. Il sait que je suis sur le point de quitter ce monde.

— Papa... tenta de l'interrompre Angel, mais il ne la laissa pas faire.

— Laisse-moi finir, fit-il calmement. Les enfants, à cet âge-là, reconnaissent ceux qui arrivent et ceux qui s'en vont bientôt. Tu n'as jamais remarqué que les bébés étaient attirés par les femmes enceintes ? C'est la même chose. Ils se souviennent de ce que nous avons oublié.

— Papa, commença Angel, Dieu va te délivrer. J'en suis sûre.

La respiration de son père s'accéléra. Puis, après une longue réflexion, il déclara :

— Eh bien, tu sais quoi ? Je suis d'accord avec toi, de tout mon cœur.

Ils se sourirent l'un à l'autre comme s'ils partageaient un secret, et il apparut soudain à Angel que son père et elle parlaient de deux types de délivrance bien distincts. Elle entendait la guérison, et lui entendait la mort.

Elle reprit Michael de ses genoux.

— Tu as besoin de repos, papa, lui dit-elle avant de sortir de la pièce.

— Tu as vu le ciel aujourd'hui ? Et hier, aussi ?

— Oui, je l'ai vu, répondit Angel.

Il sourit, mais le sourire n'atteignit pas ses yeux fatigués ; il en resta bien loin.

— C'est un avertissement. Quelque chose est sur le point de se produire.

Angel regarda ses yeux cligner lentement, comme si chaque mouvement de paupières lui prenait de l'énergie qu'il ne pouvait se permettre de dépenser.

— Repose-toi maintenant, papa.

Tandis qu'Angel quittait son salon morose pour faire le tour du jardin, Mme Nichelle courut dehors au-devant d'elle.

— Mon Dieu, Angel, je suis tellement désolée. J'ai fermé les yeux juste une minute et je me suis endormie sans faire exprès.

Elle la délesta du bébé et la serra contre elle un peu trop fort.

— Tu es vraiment un ange. Je vais appeler Jack, enfin, monsieur Anniston, le proviseur adjoint, et lui dire pourquoi tu es si en retard.

— N'hésitez pas si vous avez besoin de quelque chose d'autre, madame Nichelle, lui répondit Angel. Maintenant, je dois aller à l'école avant de tout rater pour de bon.

— Je peux marcher avec toi !

— Non, madame, dit-elle en récupérant son imposante pile de livres sur le perron. Le bébé a souffert de la chaleur toute la journée. Il est exténué, tout calme. Profitez de votre tranquillité tant que vous en avez !

Elle courut à petites foulées en direction de l'école en lui faisant un signe de la main.

Son lycée était à plus de cinq cents mètres, mais le chemin était plat, avec des trottoirs nouvellement refaits et de la verveine violette juste éclose partout. La lumière du soleil, chaude et éclatante, encourageait les fleurs à s'ouvrir depuis un petit bout de temps et disait aux bulbes enfouis sous la terre que c'était le moment idéal pour révéler leur beau visage au monde qui les attendait. Ils lui rappelaient une autre citation de son homme politique préféré, Booker T. Washington :

Le succès dans la vie est fondé sur l'attention aux petites choses plutôt qu'aux grandes ; à celles, plus proches de nous, de la vie de tous les jours, plutôt qu'à celles qui nous sont lointaines et mal connues.

Washington parlait directement à son cœur tendre avec de tels axiomes. Il enveloppait son activisme de tolérance, une stratégie bien supérieure à celles de gens comme W. E. B. Du Bois, dont le soi-disant engagement ne mènerait qu'à encore plus de destruction. À la différence de Du Bois, Washington était sage, patient et raisonné dans ses démarches en faveur du changement. *Un peu comme le soleil qui titillait la verveine*, se dit Angel, *Washington croyait au pouvoir d'attendre son tour.* Elle était heureuse que son lycée porte le nom d'un homme aussi exceptionnel.

Cependant, elle se posait des questions. Quand elle fixait les wagons bordeaux aux volutes dorées qu'elle ne visiterait jamais, elle s'interrogeait. Les injustices et inégalités criantes qu'elle avait vues en cours, les histoires et les avertissements de son père, la détresse de ses parents lointains. Angel n'était pas naïve ; elle se posait bien sûr des questions. Jamais à voix haute, mais toujours en son for intérieur, le doute s'instillait dans son esprit aussi vite et aussi souvent que ces trains chics et intouchables filaient sur les rails.

ISAIAH

— Là, je peux pas, murmura Isaiah à Muggy, j'ai contrôle de latin.

— C'est madame Greene, dit Muggy comme si ce n'était pas une vraie professeure qui pouvait leur donner à tous les deux une vraie note éliminatoire. C'est la meilleure cliente de mon père. Il suffira de glisser une tranche de jambon en plus dans son sac jeudi prochain, ou quelque chose comme ça. Viens fumer avec moi, il faut que je te parle de Dorothy Mae.

Aucune fibre du corps d'Isaiah ne voulait qu'on lui parle de Dorothy Mae ou de Frances ou d'une autre conquête de Muggy. Il voulait juste passer le contrôle de latin. Il révisait dur depuis longtemps. Il voulait le réussir haut la main comme il savait qu'il pouvait le faire mais, de la même manière que Mme Greene laisserait probablement Muggy s'en tirer, Isaiah ne pouvait pas non plus lui dire non. Il baissa la tête et le suivit dehors sur les bancs du fond pour fumer.

Muggy enflamma l'allumette avant même qu'ils ne soient sortis du lycée et tira sur son gros cigare jusqu'à ce que son extrémité rougeoie. Trois bouffées, puis il le tendit à Isaiah.

— Tiens, dit-il avec un sourire de fierté. Goûte-moi ça. Mon père l'a rapporté de ses vacances la semaine dernière. Enfin, de ce que lui appelle ses vacances.

Une trace de tristesse entama la contenance qu'il arborait d'habitude, si ténue que seul Isaiah pouvait la détecter.

— Tout va bien ? demanda-t-il, sans vouloir trop s'avancer.

Muggy pouvait exploser à tout moment dès lors qu'il était question de son père.

— Tout va bien, répondit-il sans paraître s'offenser. Je sais ce que tout le monde dit de nous. Je suis pas aussi stupide que ce que vous croyez tous.

— Muggy, je...

— Tu sais ce que mon père m'a dit quand il est rentré, cette fois ? demanda Muggy comme s'il n'avait pas été interrompu. Il nous a vus marcher l'un à côté de l'autre, toi et moi, et il a eu le culot de me dire que je devrais être un peu plus comme toi.

— Je...

— C'est pas trop drôle ? Parce que quand j'étais petit, il me disait que je devais plus lui ressembler, à lui. Et toi et lui, vous pourriez pas être plus différents.

Muggy s'arrêta un instant.

— Qu'est-ce que doit faire un fils avec un père pareil ?

Après ça, Isaiah fut assez sage pour garder le silence. Le père de Muggy était le meilleur commerçant de tout Greenwood, mais il était aussi de notoriété publique qu'il jouait double jeu, aussi bien dans sa boucherie qu'en privé, avec sa famille.

Il exhibait ses conquêtes librement dans le quartier, sans vergogne, et plongeait sa femme dans l'embarras, ainsi que son fils, Isaiah s'en rendit soudain compte. Même si Muggy parlait en général de son père en bien, ces rares moments de doute devenaient de plus en plus fréquents et apparents. Il commençait à désapprouver l'imposture de son père véreux.

Étrange position, songea Isaiah. Il était coincé entre le déni obstiné de son ami flamboyant et exubérant, et la rumeur qui se répandait sans répit dans la ville. D'aussi loin qu'Isaiah se rappelait, Greenwood murmurait dans le dos du père de Muggy : tous le traitaient d'escroc, de vendu, de je-sais-tout baratineur. Mais surtout, il avait la réputation d'un mari détestable, ce qui était une source de honte irrévocable à Greenwood.

Dans le quartier, il y avait bien des hommes qui découchaient, quittant sur la pointe des pieds, au cœur de la nuit, leurs femmes qui le savaient – et ils étaient terrifiés par les conséquences de leur acte. Mais Muggy Sr. agissait éhontément. Trompait sa femme sans prendre de gants. Souriait de toutes ses dents lorsqu'il tenait une main jeune et élégante, qui se laissait faire, pour remonter Greenwood Avenue. Sans trêve, il faisait passer sa femme, dont beaucoup rêvaient, à la fois pour une pauvre idiote et une victime à plaindre. Isaiah pensait depuis longtemps que c'était le père de Muggy qui était un sombre idiot de ne pas apprécier et respecter une femme pareille.

La mère de Muggy, elle, se tenait droite dans ses bottes, et Isaiah ne se souvenait pas du moindre faux pli sur ses vêtements, pas un seul, depuis quinze ans qu'il la connaissait. Elle souriait facilement mais ne s'abaissait jamais au niveau de son mari. Son menton restait dressé bien haut comme celui d'une gazelle. Et les rares fois où on la voyait avec Muggy Sr, elle le faisait passer pour une crevette. Triste, court sur pattes et plus large que long. Il n'était pas à son niveau, et peut-être qu'il le savait. Peut-être même que c'était là le problème.

Elle avait encaissé tous les ragots de Greenwood puisqu'elle osait sortir la tête haute aux côtés d'un époux si indigne d'elle. À la voir, personne n'aurait pu l'en croire affectée. Isaiah se souvint de Muggy qui, une fois, avait justifié la tromperie publique de son père en disant que c'était la faute de sa mère.

— Si un homme découche, avait-il déclaré, ne cherche pas de raisons de son côté. Cherche du côté de sa femme, plutôt. Dieu la punit en lui infligeant une tristesse éternelle et la honte de ne pas satisfaire son mari.

Isaiah ne l'oublierait jamais, parce que ce raisonnement était à la fois pathétique et choquant d'insensibilité et d'irrespect. Mais Isaiah n'était plus sûr que son ami y croie encore. À présent que Muggy avait lui aussi souffert de cette situation, il voyait son père de la même façon que Greenwood : un raté complet, irrécupérable.

Un vif grésillement se fit sentir sur l'avant-bras d'Isaiah, lui faisant faire un bond de trois mètres.

— C'était quoi, ça, putain ? cria Isaiah.

Muggy rit en retour.

— Oh, ça va, c'était rien. Juste une allumette qui s'éteint. Ça se verra même pas.

Isaiah mit son autre main sur le rond de peau légèrement brûlé et s'assit à côté de Muggy.

— Pourquoi t'as fait ça ?

— J'essaye de savoir de qui tu rêves, dit-il. Ça se fait pas de cacher cette info à son meilleur ami. C'est qui ?

Isaiah haussa les épaules. Il savait qu'il ne pouvait pas être honnête en lui révélant qu'en fait, il pensait à sa mère et à son père. Leur amitié était construite sur des bases différentes, plus superficielles. Mais Muggy n'avait pas entièrement tort.

Depuis hier, toutes les pensées d'Isaiah se coloraient de la présence d'Angel Hill. Son teint angélique d'un brun profond, attrapant toute lumière à proximité, tournoyant de façon impossible, réchauffant son cœur gelé, se frayant un chemin dans la colère dont il n'arrivait pas à se débarrasser avant de l'avoir vue danser. Elle possédait une magie noire qu'il n'avait jamais connue, qui avait envoûté toute la congrégation autour de son petit doigt en quelques minutes.

Angel Hill, aurait-il dit à voix haute à n'importe quel autre genre de meilleur ami. Angel Hill, aurait-il divulgué à un camarade qui aurait mieux compris un amour comme celui-là. Angel Hill – il aurait voulu escalader les gradins vides pour le crier à Muggy, mais il ne comprendrait pas. Un garçon noir si complètement pris au piège après la danse magique d'une fille d'un noir profond portant une longue robe blanche ? Personne ne comprendrait.

ANGEL

Angel s'arrêta devant la maison vert clair du diacre Yancey, se pencha et huma longuement la fleur violette qui se tenait là toute droite.

— Bonjour toi, dit-elle à la verveine. Tu as un port parfait. Tu devrais être danseuse.

Quand elle se redressa, le diacre Yancey avançait vers le porche, une tasse de thé à la main.

Il s'inclina devant elle comme si elle était de sang royal et lui dit :

— Ta danse au cours de la prière, hier, chère Angel, a rendu le monde un peu meilleur. Accepterais-tu de te joindre à moi pour le thé ?

Même si cela la retardait davantage, elle hocha la tête.

— Bien sûr, monsieur.

Il était seul, après tout. Il avait eu une femme pendant vingt-sept ans, et elle était morte l'année précédente.

Elle passa le portillon blanc et assez bas, pour découvrir un champ caché d'autres éclatantes verveines – des rouges, des roses et des hybrides flammées d'orange. Elle s'arrêta pour contempler ce spectacle et le diacre Yancey descendit les marches pour la rejoindre.

— Elles sont perdues, dit-il avant de prendre une petite gorgée de thé vert fumant. Les pauvres douces ne se sont pas aperçues que ma femme s'en était allée au ciel. Assieds-toi sur la balancelle, je vais t'apporter la meilleure tasse de thé au miel que tu aies jamais bue de ta vie.

Comme il disparaissait dans sa minuscule maison, Angel inspira l'air vif et chaud et regarda le monde depuis le porche. Cette vue-ci de Greenwood ne ressemblait en rien à celle qu'elle avait de sa propre balancelle. D'abord, elle voyait la cour de l'école. Elle plissa les yeux et repéra deux garçons qui séchaient les cours du côté des derniers gradins en bois. C'était le fils de la mère Wilson, Isaiah, et son ami Muggy Little Jr.

Dans une si petite ville, il n'y avait aucun moyen d'éviter quelqu'un, mais lorsqu'elle apercevait ces deux-là dans un couloir, elle dénichait une classe vide pour s'y engouffrer. Les rares fois où elle avait eu le malheur de tomber sur eux, ils s'étaient moqués d'elle, sans aucune raison.

C'était surtout Muggy qui avait une dent contre elle. Il lui disait souvent qu'elle était laide et avait même essayé de lui faire un croche-patte un jour qu'elle portait une robe à manches longues qui touchait le sol, avec un imprimé à fleurs. Il avait tiré ses tresses pendant tout le collège et l'avait fait pleurer en primaire pour un nombre faramineux de raisons. Il avait dû naître méchant, se disait-elle, parce que tout ce qu'elle avait à faire pour que ses amis et lui éclatent d'un rire hystérique, c'était marcher devant eux – comme si son existence seule suffisait à susciter les moqueries. Mais Isaiah était plus doux, nettement moins abrasif de nature. Simplement, il ne se battait pour rien.

Il ne faisait pas de vagues ; il restait *sous* la vague. C'était évident pour Angel. Et ça, elle ne le respectait pas.

Il était venu à Mount Zion assister au catéchisme, la veille. Elle pencha la tête. Il s'était même levé après la danse et l'avait un peu applaudie. Angel essayait de ne pas tenir compte de telles choses. C'était pour célébrer le Seigneur qu'elle dansait. Mais voilà qu'il apparaissait là, au premier rang, au beau milieu d'une franche ovation.

Angel regarda la fumée du cigare s'élever au-dessus des gradins. Elle essaya de comparer Isaiah tel qu'elle l'avait toujours connu avec l'Isaiah qui était au premier rang du temple la veille. L'idée qu'il passait son temps à faire semblant devant ses amis lui traversa l'esprit. Peut-être, au fond de lui, n'était-il pas le suiveur que tout le monde imaginait. Mais dans tous les cas, ce n'était certainement pas à elle de lui apprendre à se battre s'il croyait en quelque chose.

Le diacre Yancey apparut brusquement à travers la porte à moustiquaire avec, à la main, une tasse de Mount Zion remplie de thé à ras bord.

— Bois-en une gorgée et dis-moi si ce n'est pas le meilleur thé que tu aies jamais goûté.

Angel s'exécuta et tenta de masquer sa grimace. Ça avait un goût de poussière verte, un peu granuleux. Dans la tasse flottaient de petits bâtonnets et des flocons de feuilles ; il avait déchiré le sachet de thé et déversé le contenu dans le liquide. C'était dégoûtant au-delà de toute raison. Sans conteste le thé le plus atroce qu'Angel ait jamais bu.

— Mmm.

Elle plaça la tasse sur la petite table à sa droite.

— Je vais le laisser refroidir quelques minutes, mais c'est très bon !

— Oui, n'est-ce pas, dit-il, réellement ravi de son horrible breuvage. Je pense que je le réussis parfaitement, exactement comme Mme Yancey le faisait.

Il détourna le regard à la mention de sa défunte femme.

Angel l'avait remarqué tous les dimanches depuis qu'elle avait disparu : il n'avait aucune idée de comment faire quoi que ce soit sans l'aide de sa femme. Les chemises froissées au col négligé avaient remplacé celles bien repassées au col amidonné. À présent, il n'était plus que tenues débraillées, cheveux mal coupés et thé vert trop amer.

— Comment vous débrouillez-vous depuis... ? demanda Angel, sans vouloir achever sa phrase, mais elle n'en avait pas besoin.

Il savait ce qu'elle voulait dire.

L'embarras s'installa sur son visage – il avait l'air d'un enfant perdu sur un boulevard.

— Je n'arrive pas à concevoir qu'une seule femme ait pu faire tant de choses en un seul jour, dit-il en tentant vainement de sourire. Je n'en avais pas conscience. Je pensais, sottement, qu'une maison se rangeait d'elle-même tous les jours, de la même manière que la nourriture délicieuse arrivait dans les assiettes, que les enfants allaient directement se coucher, que les chemises revenaient repassées de la lessive. Mais parfois, ma fille, on ne peut simplement pas saisir la chance que l'on a avant qu'elle disparaisse.

Angel prit un moment pour réfléchir avant de répondre. La mort rôdait dangereusement près de chez elle, planant au-dessus de son salon comme un nuage en colère. Si un jour elle décidait de fondre sur son précieux papa et de le lui enlever, est-ce qu'Angel s'assiérait seule sur sa balancelle pour toujours, avec le regret de ne pas l'avoir suffisamment apprécié ? Est-ce que ça la rongerait – tout ce qu'elle n'avait pas suffisamment dit, aimé, reconnu ?

Non. La réponse était ferme. Elle manifestait largement sa gratitude, même à ceux qui ne la méritaient pas. Son rôle était de servir, car elle avait été mise sur cette terre pour aider, aimer, prendre soin des gens, exactement comme Booker T. Washington lorsqu'il était en vie. Le destin du diacre Yancey, c'était celui d'un homme qui n'avait pas su estimer sa femme merveilleuse jusqu'à ce qu'il la perde pour de bon. C'était triste à vous fendre le cœur, malheureux, mais à l'opposé d'Angel. Elle s'aperçut qu'elle ne pouvait pas le réconforter : tout ce qu'elle dirait serait un mensonge. Elle dirigea son regard vers les deux garçons sur le terrain de sport et changea de sujet.

— Monsieur Yancey ? demanda-t-elle en avalant le dernier flocon de feuille de son thé vert. Vous semblez connaître tout le monde dans cette ville. Que savez-vous d'Isaiah Wilson ? Il est venu au catéchisme hier.

Le diacre Yancey s'étrangla à moitié comme si elle lui avait demandé des nouvelles de Satan en personne.

— Reste aussi loin de lui que possible, tu m'entends ?

— Oui, monsieur, dit-elle, n'osant jamais remettre en question la parole d'un aîné.

Elle regarda de nouveau en direction des gradins. Isaiah s'était rapproché de la barrière et la fixait. Elle croisa son regard et détourna le sien très vite. Dieu l'avait mise sur cette terre pour aider les gens, pas pour regarder Isaiah

Wilson dans les yeux, ce suiveur toujours prêt à commettre un méfait. Elle ne se dérangerait pas pour une imitation de mauvais garçon qui manquait les cours et fumait des cigares coûteux près des gradins avec ses amis riches. Au mieux, cela tenait du cliché : la gentille fille qui sauve le mauvais garçon de lui-même. Hors de question.

Puis elle lui jeta un second coup d'œil discret pour s'apercevoir qu'Isaiah la fixait toujours, cette fois la main figée dans un salut. Quand elle lui fit un signe à son tour, Muggy, l'ami d'Isaiah, lui donna une claque par-derrière la tête. Il n'approuvait pas.

— Ne le salue pas, Angel. Je te l'interdis. Ce garçon cause des problèmes, des tas de problèmes, dit le diacre Yancey, qui n'approuvait pas, lui non plus.

ISAIAH

— C'était quoi, ça ? dit Muggy avant de tirer une longue bouffée de son deuxième cigare. Angel a toujours été une petite prude, depuis qu'on est gosses.

— Je peux pas faire un signe à une fille ? répondit Isaiah, attrapant le cigare pour fumer à son tour. Et c'est pas une petite prude. C'est une danseuse.

— Une danseuse ?

Muggy gambada vers la barrière pour mieux regarder.

— Ne la fixe pas.

Isaiah couvrit les yeux de son ami de sa main.

— Muggy, arrête tout de suite, tu m'entends.

— Comment est-ce que je suis censé bien regarder cette danseuse, sinon ?

Il leva les yeux.

— Oh, je sais !

Il attrapa une branche de l'arbre planté là pour l'escalader.

Isaiah sentit la gêne et la colère gronder le long de son corps. Même si Muggy faisait des trucs comme ça depuis qu'ils étaient tout gamins, c'était la première fois qu'il éprouvait cette sensation. L'envie irrépressible de se battre avec son meilleur ami.

Il jeta un coup d'œil dans la direction d'Angel et du diacre Yancey, s'attendant à les voir mortifiés par cet imbécile qui montait à l'arbre en insultant bruyamment Angel, mais ils étaient plongés dans leur conversation. Lorsqu'il plissa les yeux, Isaiah aperçut du dégoût sur la figure du diacre. Il avait l'air de parler de quelque chose (ou de quelqu'un) qu'il méprisait, voire de prévenir Angel de faire attention. Mais elle, elle était exactement semblable à la veille.

D'accord, elle ne portait pas de robe blanche et sa mise lui donnait l'air de s'être habillée bien avant l'aube : une jupe bleu marine froissée et trop longue, une chemise blanche glissée en dessous et des chaussures du dimanche usées. Ses cheveux étaient nattés en deux grosses tresses et il n'y avait pas trace de maquillage sur son visage, enduit de l'un de leurs beurres d'hydratation. Elle se cachait, pensa-t-il, et efficacement. Personne, en dehors des participants au catéchisme de Mount Zion, n'aurait jamais pu imaginer la musique qu'elle dissimulait. Elle était plus que toutes les autres filles dans le quartier de Greenwood. Elle était au-delà. Et de beaucoup. Il n'arrivait pas à croire qu'il ne l'avait jamais remarquée. Maintenant qu'il l'avait vue, réellement vue, comme nue, il ne pouvait plus s'ôter cette vision de l'esprit. Désormais, elle ne pourrait plus se dérober à lui, même si elle le voulait.

— Isaiah ! beugla Muggy. T'as entendu un mot de ce que je t'ai dit ? T'es bloqué sur cette fille, hein ? Oh, mais attends un peu, dit-il avec un sourire étonné, est-ce que c'était Angel Hill, la gente damoiselle à laquelle tu rêvais ? Avec quoi la p'tite danseuse t'a ensorcelé pour te faire tomber amoureux si vite ?

Alors qu'il sautait de son arbre en un bond, Isaiah attrapa son avant-bras. Muggy était une tête brûlée notoire qui ne lançait jamais de menaces en l'air. Il était né comme ça, impulsif et méchant, et pour qu'Isaiah puisse le côtoyer, il fallait qu'il se coule dans le moule. C'était ça, la vraie nature de leur amitié – Isaiah faisait ce que Muggy lui disait de faire, sinon gare à lui. Greenwood protégeait les siens, mais là, il y avait un contrat social. Entre Muggy et Isaiah, la richesse de la famille du premier lui donnait l'ascendant sur le second. Isaiah n'avait guère d'autre choix que de suivre.

Quand Muggy avait voulu faire exploser la boîte aux lettres des vieux M. et Mme Edward, vers leurs dix ans, Isaiah avait allumé la mèche. Quand Muggy avait enfermé Scott Hall dans les toilettes sales au début du collège, Isaiah l'avait aidé à le barricader. Et quand Muggy avait décidé qu'Angel était moche, ennuyeuse et trop sainte-nitouche pour qu'on traîne avec elle, Isaiah l'avait rayée de sa liste – mais pas complètement.

Le jour du concours de talents, il n'avait pas pu détacher ses yeux d'elle. C'était sa posture. Ni affectée par lui ni par quiconque, elle se tenait droite. Hiératique. Exactement comme elle s'était tenue face aux garçons blancs qui avaient réduit ses béquilles en charpie. Angel était une déesse noire invisible aux yeux aveugles. Or, même s'il restait silencieux, Isaiah l'avait vue désormais.

Muggy donna un coup de poing dans son épaule.

— Je vais aller lui dire que tu l'aimes.

Isaiah avait le choix. Tenir tête à Muggy ou faire ce qu'il avait toujours fait – suivre le mouvement pour en faire partie.

— N'y va pas, mec, dit-il à Muggy avant de lâcher son bras. Angel est la fille la plus moche de l'école. Elle l'a toujours été. Regarde-la, grande et maigre. Sans formes. Ne va pas lui donner de l'espoir.

Isaiah se força à rire de façon convaincante et Muggy goba tout. Il s'éloigna de la clôture et se mit en marche vers l'entrée de l'école.

— Je commençais à penser que tu avais perdu la boule.

— Ça, jamais, dit Isaiah, jetant un dernier coup d'œil à Angel alors que Muggy s'éloignait à grandes enjambées.

Il murmura un « désolé » dans l'air épais de mai et rejoignit son ami en quelques foulées.

Le cours d'anglais, c'était le seul qu'Isaiah n'avait pas en commun avec Muggy. Pendant une heure par jour, cinq jours par semaine, il mettait entre parenthèses la cruauté de son meilleur ami – et c'était rafraîchissant. Il y avait aussi sa prof, Mlle Ferris, qui enchantait ce cours. Isaiah était poète et Mlle Ferris était la seule personne sur terre capable d'encourager l'éclosion de cette part de lui. Tous les profs qu'il avait eus avaient écrit des rapports sur lui, sauf elle.

Au lieu de quoi, elle lui mettait un stylo dans la main et le faisait écrire. Elle l'avait autorisé à faire l'impasse sur *La Lettre écarlate* et Shakespeare. Ils avaient passé un accord : pas d'auteurs blancs morts. En échange, tout ce qu'il avait à faire, c'était de remplir le journal relié de cuir qu'elle lui avait acheté. Depuis septembre, il y écrivait assidûment et était en train de se métamorphoser de l'intérieur. Avant, il ne serait jamais allé au catéchisme avec sa mère. Et il n'aurait jamais eu l'occasion de voir la beauté à l'état pur danser à un mètre de lui.

Isaiah était en colère. Frustré par les parents, les filles et la soumission tout autour de lui ; par la façon dont ils attendaient, désarmés, d'être réduits en poussière par ceux de l'extérieur. Il regardait souvent Greenwood depuis sa chambre. Il voyait les gens vaquer à leurs affaires, exister, sans jamais toucher le monde blanc si proche, juste de l'autre côté de la mince voie ferrée. Après tout, c'était ça, la vraie nature de ce quartier – exister en concurrence avec le reste du monde.

Avant de mourir, le père d'Isaiah lui avait dit que Greenwood était né de la nécessité. « Le pétrole a rameuté les Blancs, lui avait-il raconté, et les Blancs ainsi que les tribus autochtones ont fait venir les Noirs[3]. Mais ils n'avaient pas anticipé l'ingéniosité des nôtres. Nous nous sommes construit notre petit paradis, avait-il continué, et fils, je peux t'assurer qu'un jour, ils voudront l'avoir aussi. »

Isaiah était tiraillé. Pour trouver sa place, il fallait qu'il soit ce qu'on attendait de lui – fort, protecteur, sans le moindre signe de faiblesse. Mais il avait vu Angel danser et quelque chose avait fracturé sa résolution.

---

3. Une infime minorité d'individus issus des peuples autochtones Cherokee, Chickasaw, Choctaw, Creek et Seminole (connus sous le nom de Cinq Tribus) a pratiqué l'esclavage des Noirs à partir de la fin du XVIIIe siècle. Cette pratique a revêtu pour eux une fonction symbolique, comme un signe de la capacité des autochtones à s'assimiler à la culture anglo-américaine, et une fonction économique, comme un moyen d'accumuler du capital grâce à l'exploitation gratuite de la force de travail des Noirs [*Ndr*].

Avant, c'était un défi quotidien de se lever et de tenir bon. Avant, c'était aussi difficile d'aller dormir et de dire au revoir au jour, trop dur d'accomplir tout ce qui se présentait entre ces deux moments. Angel, c'était un éclair foudroyant dont la poésie était le conducteur qui canalisait toute cette énergie pure dans des mots concrets. Quelque chose en lui s'était adouci ; ça lui faisait du bien de ne pas être toujours sur ses gardes.

— Isaiah.

Mlle Ferris interrompit sa concentration.

— Est-ce que tu pourrais lire un de tes poèmes à la classe ?

Quand il secoua la tête en signe de dénégation, elle ne le pressa pas, mais posa la question à Annie Carlson. Il n'avait lu un poème à voix haute qu'une fois, à ce même concours de talents, puis Muggy avait veillé à ce qu'il se le rappelle pendant des mois. Il n'avait pas prévu de retenter l'expérience de sitôt, et surtout pas maintenant.

Alors qu'Annie se mettait à lire son texte, qui parlait de se souvenir du mois de novembre ou quelque chose comme ça, Isaiah tourna une page de son journal et commença à écrire.

Ange noir

Tourne, tourne, Ange noir, tourne
Jusqu'à ce que le monde n'ait plus de sens
Aux yeux des hommes et des garçons,
Aime, tourne.
Tu tournes autour de moi,
Qui suis confus, perdu, irrésolu.
Tu tournes autour de moi,

Ange noir, tourne.
Peau profonde,
Noire profondeur,
Plus noire profonde
Et meilleure que moi.
Amour, moi, te mériter ?
Nous savons que non.
Ne t'arrête pas de tourner pour moi,
Ange noir, mais j'ai arrêté de tourner pour toi.

Isaiah mit le point final à son poème au moment où la cloche sonna, mais il n'était pas prêt à partir. Il sentait qu'il y avait encore des mots dans ses tripes, impatients de jaillir entre ses doigts, par la pointe de son stylo. Il voulait encore une heure pour écrire sur Angel. Loin des yeux prédateurs de Muggy. À contrecœur, il rangea son journal dans son sac et se leva.

— Isaiah, appela Mlle Ferris dans son dos, tu aurais un moment ?

Le soulagement le gagna. Quelques instants de liberté grappillés pour être la personne qu'il était vraiment.

— Oui, madame ?

Par-dessus ses lunettes vertes, Mlle Ferris le regarda comme si elle lisait en lui quelque chose d'intensément nouveau. Elle s'assit derrière son bureau en bois et posa son menton sur ses mains jointes.

— Quelque chose te tracasse, dit-elle avec un sourire entendu. Dis-moi ce que c'est.

Plutôt que de répondre, Isaiah ressortit le journal de son sac, l'ouvrit à la page du poème nouvellement écrit et le fit glisser vers elle. Elle remonta ses lunettes sur son nez et lut. Isaiah surveillait ses yeux qui s'emplissaient de larmes à mesure qu'ils s'imprégnaient des vers. À la fin, elle était en pleurs. Ou en sanglots.

Mlle Ferris avait toujours eu la larme facile. Pas parce qu'elle était faible, mais parce qu'elle était artiste, vulnérable. De temps en temps, Isaiah la voyait essuyer ses yeux en classe quand ils lisaient des articles de journaux abolitionnistes ou n'importe quel texte de Frances Ellen Watkins Harper[4], surtout les récits les plus vifs de vente aux enchères d'esclaves ou de maternité dans un corps réduit en esclavage. Mlle Ferris ressentait le monde à cœur ouvert, refusant de se conformer à ce qui était attendu d'elle en tant que figure d'autorité. Isaiah voulait être davantage comme elle.

— Tu es amoureux, dit-elle lentement en détachant les syllabes. Il faut que tu le saches.

Isaiah prit un moment de réflexion avant de répondre. Il n'était pas sûr d'être amoureux. Comment le pourrait-il ? C'était Angel dont il s'agissait. Angel la grenouille de bénitier. Angel qui était trop grande, trop maigre, trop mal habillée.

---

4. Née le 24 septembre 1825 de parents libres à Baltimore, dans le Maryland, Frances Ellen Watkins Harper est une autrice et oratrice afro-américaine connue pour ses talents de poétesse, pour ses essais abolitionnistes et pour ses prises de position en faveur du droit de vote des femmes. Elle est la première femme afro-américaine à publier un roman en 1893. Après sa première conférence, « L'élévation et l'éducation de notre peuple », elle devient conférencière pour une organisation anti-esclavagiste du Maine et parcourt les États-Unis pour porter son message en faveur de la défense des droits civiques [*Ndr*].

Mais il ne pouvait pas s'empêcher de penser à elle. Quand Muggy avait osé tenter de lui faire honte, il avait sérieusement pensé à lui tirer la jambe pour le faire tomber de l'arbre. Depuis qu'Angel était sortie de l'étude du pasteur la veille, Isaiah ne pouvait s'empêcher de penser à sa peau, à sa crinière de cheveux, à la façon dont elle bougeait son corps. Mais il ne s'était pas préparé à faire une telle déclaration, même à Mlle Ferris.

— Je ne sais pas.

— Mon cher garçon, répliqua-t-elle, le menton tremblant, tu es poète, et tu es amoureux. Ces deux choses ensemble créent l'art le plus pur. Un amour comme celui-ci peut déplacer des montagnes.

Un coup léger à la porte les fit sursauter tous deux. Angel Hill se tenait debout dans l'embrasure, regardant par-dessus ses grandes lunettes.

— Désolée, je vous dérange ?

Ces mots sonnèrent aux oreilles d'Isaiah comme une mélodie, les syllabes émanant d'elle comme des ricochets sur l'océan, purifiant l'air renfermé. Mlle Ferris regarda Isaiah, puis Angel, et enfin le journal ouvert. Puis elle le ferma d'un air entendu et le rendit à son propriétaire.

— Pas du tout, Angel, dit-elle. Je voulais vous voir tous les deux.

ANGEL

Si Angel avait laissé à Isaiah Wilson le bénéfice du doute quant à l'existence d'une once de bonté en lui, celui-ci s'évanouit lorsqu'elle vit que Mlle Ferris pleurait. Comment pouvait-il être aussi cruel ? C'était la professeure préférée d'Angel – à la fois brillante et patiente, elle méritait des récompenses, pas d'être torturée aux larmes par un garçon malveillant, vindicatif, hargneux comme lui.

Muggy était une brute, pure et simple. Angel comprenait les brutes. C'était un statut bien spécifique. Mais Isaiah, lui, était le disciple de la brute, et ça, elle ne pouvait le tolérer ; d'autant plus qu'il s'en prenait à la douce Mlle Ferris, rien de moins.

Pendant qu'il discutait avec la professeure, la regardant de ses grands yeux innocents, Angel comprit ce que ce regard cachait : un parasite sans volonté propre qui s'en prenait aux plus faibles.

— Est-ce que vous allez bien ? demanda Angel à sa professeure en jetant des regards noirs à Isaiah, pour le mettre au défi de prononcer un mot de travers.

Angel détestait la confrontation, mais elle avait été envoyée sur cette terre pour aider les gens ; il fallait qu'elle soit forte, qu'elle défende la pauvre Mlle Ferris à ce moment précis. Isaiah brisa leur contact visuel et se détourna. *Lâche,* pensa-t-elle. *Tellement grand et méchant quand il ne s'agit que de Mlle Ferris, mais tu ne peux pas en affronter deux à la fois, hein ?*

— Je vais bien, dit l'enseignante, en essuyant encore d'énormes larmes sur ses joues roses et brillantes. Je vais excellemment.

Déni, se dit Angel, *le premier signe.*

— Euh, marmonna Isaiah, apparemment incapable de cracher son venin sous le poids du regard d'Angel. Je veux dire... euh...

Mlle Ferris se mit à rire dans un reniflement inattendu qui lui fit couler le nez.

— Je vous ai convoqués tous les deux ici pour savoir si un job d'été vous intéresserait.

— Ensemble ? demanda Isaiah en secouant la tête pour se reprendre. Nous deux, ensemble ? Euh...

— Quel genre de boulot ? interrogea Angel.

— Oui, approuva-t-il. C'est ce que j'essayais de... Bref.

— Je suis en train de construire un genre de bibliothèque ambulante, dit leur professeure avec un sourire, mais les yeux toujours embués. Bon, en réalité, c'est un vélo à trois roues qui tire une remorque en bois. Je vais avoir besoin de quelqu'un pour pédaler et d'un passager pour distribuer les livres. Il y a quelques coins de Greenwood assez compliqués à atteindre. Des coins sans éducation en bonne et due forme. Je pense qu'on peut les toucher par les mots et, vous deux, vous aimez les livres plus que n'importe quel élève à qui j'ai eu le plaisir d'enseigner. Je peux vous payer chacun cinq dollars la semaine, à paie égale bien sûr. On est dans les années vingt, soyons modernes !

Elle leur fit un clin d'œil.

Cinq dollars la semaine, c'était généreux. Très généreux. Angel regarda dans la direction d'Isaiah et devina à ses yeux écarquillés qu'il pensait la même chose. Mais travailler ensemble ? C'était un problème flagrant. Angel n'avait aucune envie d'une telle proximité avec lui, qu'ils se retrouvent tout seuls dans un silence épais et inconfortable, sans joie ni bonté. Puis elle se souvint que Mlle Ferris avait mentionné qu'Isaiah aimait les mots. C'était bizarre, Angel n'en savait rien.

— J'adorerais ! dit Isaiah avec plus d'excitation qu'elle n'en aurait prédit.

Il sautait pratiquement sur place en la regardant.

— Si tu veux bien, évidemment.

Angel voulait leur répondre non. Isaiah allait se moquer d'elle dès qu'ils auraient commencé leurs tournées. Rien d'étonnant à ce qu'il soit aussi excité : il voulait un punching-ball, une poupée sans défense, une chiffe molle pour le faire se sentir plus grand. Quelqu'un sur qui déchaîner sa méchanceté contenue, tout au long de la chaleur de l'été. Le jour même, le diacre Yancey l'avait prévenue de garder ses distances ; ça ne pouvait pas être des paroles en l'air. Isaiah et Muggy ne lui avaient-ils pas donné raison en les pointant du doigt et en riant quand elle était chez lui ? Quoi, est-ce qu'il pensait vraiment qu'elle ne les avait pas vus ?

Mais c'était quand même cinq dollars par semaine. Elle pourrait tout économiser pour sa famille. Et elle distribuerait des livres. Elle aiderait des gens à tomber amoureux des mots comme elle en était elle-même tombée amoureuse bien des années plus tôt. Cela ressemblait à un rêve. Elle sentait que s'opérait en elle une lutte acharnée qu'aucun des deux camps ne parvenait à gagner.

— J'aimerais y réfléchir, déclara Angel. Merci pour cette offre, Mlle Ferris. Je peux vous répondre demain ?

Angel crut bon de prendre le chemin le plus long pour rentrer. Elle avait besoin de temps pour réfléchir à ce qu'elle devait faire. Les montagnes russes émotionnelles que lui causait l'idée de faire équipe avec Isaiah la perturbaient. Elle pensait avoir plutôt bien cerné tous les habitants de Greenwood. Elle avait observé et catégorisé ceux qu'elle devait ou ne devait pas fréquenter. Isaiah était sans aucun doute synonyme de problèmes.

Mais encore une fois, est-ce que c'était la bonne décision ? Classer les gens dans des colonnes étiquetées « bon » ou « mauvais » sans prendre en compte la moindre nuance ? Est-ce que tout le monde faisait ça, ou juste elle ? C'était dans ces moments-là qu'elle aurait voulu avoir un ami, ou une sœur – quelqu'un avec qui partager ses réflexions. Mais il n'y avait qu'elle – indépendante, à ses dépens. Et elle ne pouvait pas déranger son père avec toutes ses pensées philosophiques déroutantes comme elle l'avait fait par le passé. Il tenait tout juste bon comme ça. Elle fit donc la seule chose en son pouvoir : elle pria. Elle ne demanda rien de trop profond ou de trop spécifique, simplement des signes et des réponses.

Elle tournait tout juste au coin de sa rue quand elle entendit le bébé, Michael, qui hurlait. Elle pressa le pas pour arriver plus vite.

— Amen, lança-t-elle pour elle-même avant d'appeler : Madame Nichelle ?

Angel poussa la moustiquaire pour trouver sa voisine sur le canapé, exténuée, tenant Michael d'un seul bras.

— Allez vous coucher, lui dit-elle. Je m'occupe du bébé jusqu'à votre réveil.

Mme Nichelle avait l'air trop épuisée pour parler. Elle se souleva comme si son corps frêle pesait une tonne, et alla dans sa chambre.

— Je l'emmène chez moi.

Angel rentra chez elle par la porte de derrière pour ne pas déranger son père, qui faisait en général une sieste sur le canapé à cette heure-là. Sa mère l'accueillit avec un baiser sur la joue.

— C'est gentil de ta part de le garder, lui dit-elle. Ce petit démon d'enfant ne veut pas arrêter de crier.

Angel couvrit vite les oreilles du bébé.

— Maman !

— Quoi ? répondit sa mère, souriante. C'est la vérité.

Elle fit de la place sur la table de la salle à manger et aligna toute une variété de beurres capillaires.

— Tu as intérêt à le faire vite taire. J'ai trois têtes à tresser intégralement avant minuit, et j'ai besoin de ton aide.

— Oui, chère Maman. Les sœurs Barney ?

— Exact, répondit sa mère avec un profond soupir. J'espère que tu es prête pour une soirée pleine de drame, de braillements et de complications inutiles.

— Mais on les a coiffées samedi dernier...

— Leur mère dit qu'elles sont allées se rouler dans la boue. Elles ont besoin d'un bon shampooing et d'un soin hydratant.

— Angel ! appela son père. Viens ici !

Mme Hill s'arrêta pour regarder sa fille avec compassion. Angel devinait qu'elle aurait voulu lui épargner tant de poids sur les épaules. Elle hocha la tête comme pour encourager sa mère à poursuivre.

— Qu'est-ce que tu dirais d'un dollar quinze, cette fois ? demanda-t-elle et, lorsque Angel sourit, elle retourna disposer ses longs rubans et ses peignes à larges dents. Tu ferais bien d'aller voir ce qu'il veut, reprit-elle avec un clin d'œil.

ISAIAH

Muggy exigea de raccompagner Isaiah chez lui cet après-midi-là. Il voulait lui raconter comment il avait embrassé une fille après l'école derrière les gradins en bois, et qu'elle en avait voulu beaucoup plus mais que Muggy ne faisait que jouer avec elle. C'était un disque rayé qu'Isaiah entendait en boucle. Il y avait toujours une nouvelle fille à embrasser et un nouveau jeu à gagner et une nouvelle histoire à raconter et un nouveau cœur à briser. Isaiah cessa d'écouter d'un coup lorsqu'ils passèrent devant la maison d'Angel. Il tenta subrepticement de l'entrevoir par une des fenêtres sans que Muggy s'en aperçoive. Il ne fallait certainement pas qu'il apprenne qu'Isaiah n'avait pas arrêté de penser à elle et à sa façon de danser. Il rirait, le dirait à Angel, ou encore pire, à tout Greenwood.

Isaiah avait remarqué le regard qu'Angel lui avait lancé quand Mlle Ferris avait proposé qu'ils travaillent ensemble après l'école. Il reflétait un dégoût absolu. Mais il ne s'attendait à rien de moins, étant donné que Muggy lui avait ordonné depuis l'enfance de faire vivre un enfer à la jeune fille. Muggy était la racine du problème, absolument. Isaiah lui jeta un regard noir tandis qu'il marchait devant, une main mimant ses mots et l'autre agrippée à son cigare éteint. Il en avait ras-le-bol de Muggy Little Jr, mais il faisait partie du sang bleu de Greenwood. Sans lui, que deviendrait Isaiah ? Rien. Personne. Isolé et rejeté.

— Des tournées sur une bécane pour distribuer des bouquins ringards ? demanda Muggy, brisant le silence. Si tu me demandes mon avis, c'est idiot.

Isaiah se tint coi, parce que ce n'était pas idiot. Ce n'était pas idiot du tout. En fait, c'était brillant. Ringards ou pas, les livres changeaient des vies. La sienne en premier lieu. Isaiah dissimulait ses lectures de la même manière qu'il cachait sa poésie et, maintenant, son ange. Soustraire ses passions aux yeux de Muggy était en train de devenir la marque de fabrique de leur soi-disant amitié.

— Tu as dit non à Mlle Ferris, pas vrai ? C'est idiot, répéta Muggy. Et pourquoi elle ne m'a pas demandé de participer ? Je suis aussi intelligent que toi.

Isaiah haussa les épaules sans confirmer ni infirmer. Évidemment qu'il avait dit oui. Qu'est-ce qu'il était censé faire ? Errer dans Greenwood avec Muggy tous les jours pendant le reste de sa vie, à pourchasser des filles et à n'avoir jamais rien d'intéressant à dire ? C'était Muggy qui était idiot, à sécher les cours, pendant qu'Isaiah, secrètement, figurait toujours parmi les meilleurs élèves de sa classe. La seule chose qui permettait à Muggy de ne pas être renvoyé du lycée Washington, c'était la richesse de son boucher de père.

Heureusement, ils arrivèrent en vue de la maison d'Isaiah avant que Muggy n'ait l'occasion de reposer sa question. Isaiah se dépêcha de rejoindre son perron et fit un geste de la main.

— À demain matin.

Il ferma la porte derrière lui et souffla, exaspéré.

— Je ne sais pas pourquoi tu le fréquentes, dit sa mère. Tu vaux mieux que ça. Tu as faim ?

Il laissa tomber son cartable dans l'entrée et suivit sa mère dans la cuisine immaculée. L'odeur tiède des oignons caramélisés remplit ses narines et lui piqua les yeux ; c'était le plat préféré de son père, du bœuf aux oignons.

Isaiah voulait parler d'Angel à son père. Il était l'autorité de la ville en la matière, écoutant les problèmes de tous et les résolvant comme si c'était la chose la plus simple du monde. Isaiah l'adorait. Sa mère l'adorait. Et tous ceux qui le rencontraient, même en coup de vent, tombaient aussi sous le charme de son esprit et de sa sagesse. Le jour où il avait embarqué dans le train pour la Grande Guerre, c'était comme si la totalité du quartier était venu le saluer. Isaiah se souvenait du blanc des paumes aussi loin que portait sa vue, palpitant dans leur direction. Greenwood tout entier respectait son père, et Greenwood tout entier avait pleuré quand il n'était pas revenu.

Il était parti depuis un certain temps, maintenant. Tellement, en fait, qu'Isaiah s'en voulait parce qu'il commençait à oublier ses petites manies – sa voix, ses yeux, son rire communicatif. Surtout, il commençait à oublier ses aphorismes. Son père arrivait à énoncer le proverbe idoine sans marquer la moindre pause, faisant profiter de sa sagesse tous ceux qui la recherchaient. Quelques-uns étaient gravés dans l'esprit d'Isaiah, inexplicablement – *Où les toiles d'araignées sont nombreuses les baisers sont rares*, *La gourmandise tue plus que l'épée*, et *L'ami de tous n'est l'ami de personne.* Mais Isaiah n'arrivait pas à en trouver un qui l'aide à régler son dilemme au sujet d'Angel.

— Maman, dit-il, la voyant verser de généreuses portions de bœuf aux oignons dans deux bols en porcelaine, je peux te demander quelque chose ?

— Tout ce que tu veux, mon bébé.

Elle s'assit en face de lui et joignit ses mains, dans l'expectative.

— Qu'est-ce que tu sais d'Angel Hill ?

Il vit les mains de sa mère s'écarter brusquement l'une de l'autre pour s'élever vers le plafond en célébration.

— Angel Hill ? cria-t-elle presque. Du bas de la rue ? Mon Dieu, il me pose des questions sur Angel Hill.

Isaiah baissa la tête.

— C'est pour ça que je voulais pas t'en parler. Je savais que tu en ferais toute une histoire.

— Désolée, dit-elle, mais l'énergie dans la cuisine avait changé.

L'enthousiasme de sa mère était visible à ses genoux rebondissants et à ses joues animées. Elle s'empêchait de sourire jusqu'aux oreilles.

— C'est simplement... Angel Hill est...

— Un ange ?

— Eh bien... commença-t-elle. Oui, autant que ce soit possible pour un être humain, je dirais que oui.

C'est un ange, pensa-t-il, la visualisant en train de tourner tout de blanc vêtue.

— Je ne comprendrai jamais pourquoi on lui accorde aussi peu d'importance dans cette ville, ajouta sa mère en secouant la tête.

De nouveau, il pensait la même chose. Pourtant, il avait été si cruel avec elle.

— On ne l'a pas seulement négligée, maman. On a été horribles avec elle, commença Isaiah avant de se rendre compte qu'il parlait. *J'ai* été horrible avec elle.

Il leva les yeux et croisa le regard interrogateur de sa mère – *Pourquoi ?* – Il décida de lui répondre avant qu'elle ait le temps de poser la question.

— Parce que... dit-il la tête baissée, c'était une cible facile, je suppose. Elle n'avait aucune combativité.

Sa mère eut un rire ironique.

— Oh, mon cher garçon. C'est là que tu te trompes plus que tu ne le crois.

Elle n'eut pas à formuler son mépris pour lui à ce moment-là ; un fils le détecte à un haussement d'épaules, au ton de la voix. Isaiah avait la tête tellement baissée à présent que son front touchait presque son dîner.

— Désolé, maman.

— Ah, dit-elle, toujours en colère mais légèrement radoucie, pas besoin d'être désolé. Toi, mon garçon, tu vas vivre. Et au cours de ta vie, il faudra bien que tu regardes en arrière, alors tu t'apercevras que les vrais combattants n'ouvrent la bouche que quand c'est absolument nécessaire. Les Muggy Little Junior parlent sans cesse à travers le filtre de leurs insécurités et, ce faisant, disent de satanées conneries.

C'était la première fois qu'il entendait sa mère proférer un juron, quel qu'il soit. Isaiah se sentit coupable, comme le méchant de sa propre histoire. Il planta sa cuillère dans le bœuf aux oignons sans le manger, sachant pertinemment qu'il était moelleux à souhait et délicieux, mais il ne pouvait rien avaler. Il se dégoûtait lui-même.

— J'ai été... commença-t-il. J'ai été...

Ses mots restèrent coincés dans les limbes entre son esprit et le monde. Il ne voulait pas décevoir sa gentille maman, si délicate. Elle aussi était trop bonne pour lui. Pleine de douceur, sans une once d'amertume. Il avait été cruel avec elle. Pas de la même manière qu'il l'avait été envers Angel, mais en bien des cas.

Il avait laissé sa mère pleurer seule. Il l'avait entendue – soir après soir – à travers leurs murs fins. Une fois, il était entré dans la cuisine et l'avait trouvée sanglotant silencieusement au-dessus de l'évier. Il aurait facilement pu poser sa main sur son dos. Voire, Dieu tout-puissant, pleurer avec elle. Mais non. Il était passé sans le moindre mot ou geste.

Elle était seule, s'accrochant fermement à la pensée qu'elle reverrait un jour son mari adoré aux cieux, de l'autre côté. Mais elle était seule quand même, à inventer toutes sortes de façons de nourrir, d'habiller et de loger ce rebut ingrat qu'était son fils.

— Tu as été quoi ?

Il voulait lui dire combien il avait été horrible toutes ces années. Plaire à Muggy, c'était sa justification. Pour rentrer dans le moule, ça aurait pu être un argument. Sauf que pas vraiment. Il ne pouvait blâmer personne, à part lui, d'avoir été indigne d'Angel et aussi de sa mère. Cependant, il ne réussissait pas à le formuler tout haut.

— J'aimerais retourner au catéchisme avec toi cette semaine, si ça ne te gêne pas, éluda-t-il en enfournant une cuillerée bien bombée dans sa bouche.

Le dîner était encore meilleur qu'il l'avait imaginé.
Sa mère lui répondit avec un sourire rayonnant.

Après le repas, il s'allongea sur son lit avec son journal à la main, sans savoir quoi écrire. Il était paralysé et avait le cerveau vide. Il tâtonna sous son oreiller à la recherche des *Âmes du peuple noir* et le trouva, usé à force d'avoir été relu.

Comme une Bible, ce livre s'ouvrait généralement de lui-même à la bonne page. Quand les hommes en uniformes s'étaient montrés à sa porte pour lui annoncer la mort de son père, le livre s'était ouvert au chapitre intitulé « Sur la mort du premier-né ». Il décida de relire ce passage :

Il mourut à la tombée du jour, quand le soleil s'étendit comme un sombre chagrin par-delà les vallées à l'ouest pour se voiler la face ; au moment où les vents se turent et les arbres, ces grands arbres verts qu'il aimait, restèrent figés. Je vis son souffle s'accélérer, s'arrêter, puis sa petite âme sauter comme une étoile qui voyage de nuit et traîne un monde de ténèbres derrière elle. Le jour ne changea pas ; les mêmes grands arbres regardaient par la fenêtre, la même herbe verte scintillait au soleil couchant. Seule, dans la chambre mortuaire, se tordait de douleur la chose la plus digne de pitié du monde – une mère sans enfant.

Ce passage parlait plus profondément au cœur d'Isaiah que toutes les condoléances du monde, pleines de bons sentiments. Cela ne pouvait avoir été écrit que par quelqu'un qui connaissait le poids de la perte véritable. Comme Du Bois l'avait miraculeusement formulé, la mort stupéfiante d'une personne que l'on aime n'est pas à pleurer, mais, ce qui fait trembler, c'est que le monde continue à tourner comme si de rien n'était. Les boutiques retournent leur pancarte « Fermé » côté « Ouvert », les habitués se pressent dans les théâtres et les épiceries, et les gens osent sourire parce que certaines choses les rendent joyeux, pendant que ceux qui restent dans les ruines ne trouvent de joie nulle part.

Un tout petit caillou frappa le rebord de sa fenêtre. Un instant, Isaiah crut qu'il s'agissait d'Angel. Puis il s'arracha à sa rêverie et prit conscience que cela devait plutôt être Dorothy Mae.

Elle avait été élue reine de beauté l'année passée, bien qu'elle ne soit techniquement pas encore en âge de participer. C'était une candidate surprise, rajoutée à la main sur la liste à la dernière minute, mais elle avait, en fin de compte, gagné. Et il faut dire que c'était bien mérité ; Dorothy Mae était d'une beauté époustouflante. Avec Isaiah, ils se bécotaient depuis des mois. Ils se touchaient beaucoup et se parlaient peu. Quand ils arrêtaient de s'embrasser, elle n'avait pas grand-chose à dire et Isaiah préférait l'embrasser plutôt que de colporter des ragots. Il subissait suffisamment la pression de Muggy qui l'encourageait à dire du mal des gens pour ne pas vouloir reproduire ça avec elle. Donc, ils s'embrassaient jusqu'à ce que leurs lèvres soient violettes et douloureuses. Mais il n'avait pas écrit le moindre poème à propos de Dorothy Mae.

— Coucou, dit sa voix chantante à travers la fenêtre close d'Isaiah.

— Merde, lança-t-il à voix haute, sachant ce que ça signifiait.

Elle était en train de grimper à l'arbre dégarni juste devant sa chambre. Il fallait qu'il écrive. Même un peu, vite fait. Il coucha quelques mots sur le papier alors qu'elle escaladait lentement et précautionneusement dans sa robe à fanfreluches.

Coucou toi, ma jolie,
Reste où tu es, ne bouge pas,
Reste là, ma jolie, tu ne me connais pas.
Pas de cailloux lancés, pas de baisers volés.
Ne te vexe pas, ma jolie,
Mais il y a mieux, bien mieux,
Comme la félicité du soir.
Ma jolie, j'aime l'Ange noir.
Je l'adore, ma jolie, il faut le savoir.
Je t'en prie, ma jolie, va-t'en.
Tu seras la dame de quelqu'un.
Pas la mienne, ma jolie...
Pour rien au monde.

Et voilà. Son premier poème à propos de Dorothy Mae, et même s'il n'avait rien de spécial, il révélait ce qu'il ressentait vraiment pour elle, au fond de lui. La poésie avait cet art là.

Isaiah entendit un petit bruit grinçant à la fenêtre de sa chambre. C'était l'ongle manucuré rose brillant de Dorothy Mae qui traçait une forme de cœur contre la vitre. Il ferma son journal d'un geste brusque et alla ouvrir pour qu'elle puisse s'introduire à l'intérieur.

— Viens, entre, dit-il, tentant d'avoir l'air enjoué et léger alors qu'il se sentait le cœur lourd et avait envie de voir l'opposé exact de Dorothy Mae.

Il rabaissa la fenêtre derrière elle et la fixa pendant un bref instant, dans l'espoir qu'elle dise quelque chose d'intéressant.

Comme elle se penchait pour l'embrasser, il l'esquiva.

— Assieds-toi, l'invita-t-il, bondissant autour du lit comme un kangourou. Je dois filer aux toilettes.

Il n'avait rien à y faire. Il avait juste besoin de temps pour réfléchir et analyser son propre reflet dans la glace.

— Allez, mon gars, se sermonna-t-il. T'as la reine de Saba dans ton lit.

Mais son corps réagissait d'une manière inconnue jusqu'alors. Des gouttelettes de sueur coulaient depuis la racine de ses cheveux et s'évaporaient avant d'atteindre ses sourcils. Sa lèvre inférieure tremblait comme s'il voulait vomir. Et sa main droite était agitée par l'instinct d'écrire, ou peut-être de lire ; en tout cas, il voulait se dissoudre dans les mots. Pour oublier la situation délicate dans laquelle il se trouvait.

En regardant son reflet dans la glace, il voyait la faiblesse émaner de lui tout entier. Trop faible pour dire à la magnifique jeune femme dans la pièce à côté qu'il n'était plus intéressé et qu'il ne l'avait peut-être jamais été. « Désolé, *bella*, pas cette fois ! » Il aurait dû être assez courageux pour le dire à voix haute, mais non. Et simultanément, il était trop faible pour étouffer ses sentiments et se dissiper dans les désirs de tous les hommes de son âge. « Embrasse juste la gonzesse. Qu'est-ce que t'as, t'es nul, ou quoi ? » lui aurait sûrement demandé Muggy. Et « oui » aurait certainement été la réponse. Il était trop nul.

Il expira bruyamment devant son miroir.

— Allez, Isaiah. Allez, allez !

Mais cela ne servait à rien. Il ne voulait tout simplement plus du tout embrasser Dorothy Mae. Il voulait Angel et, s'il ne pouvait pas l'avoir, il voulait dévorer des mots sur une page. Il ferma les yeux et essaya de concentrer son esprit embrouillé.

La plus stricte vérité, c'était que son état d'âme était propre à la nature humaine, et la plus profonde faiblesse était de se laisser faire. S'abandonner à l'idée que la ville se faisait de lui : un autre Muggy Little Jr, intéressé uniquement par son plaisir immédiat et se souciant peu de la stabilité de l'avenir de son peuple. Il n'avait rien à voir avec Du Bois. Il ne valait même pas Booker T. Washington. Aucun révolutionnaire ne se préoccupait autant de la manière dont il était perçu dans ce monde imparfait. Ils ne s'occupaient que de le réparer. Ils auraient donné leur vie pour essayer de le rendre meilleur, au lieu de pleurer dans de toutes petites toilettes parce qu'ils ne voulaient pas embrasser une fille.

Des larmes brûlèrent le coin de l'œil d'Isaiah et il les chassa d'un battement de paupières avant qu'elles n'aient pu se matérialiser pleinement.

— Non ! dit-il à son reflet. Tu ne pleureras pas.

Il ferma les yeux et chercha dans son esprit un passage approprié des *Âmes* pour se distraire. Quand il eut fixé son choix, il rouvrit les yeux et récita sans ciller :

— « Il commença à avoir l'obscur sentiment que, pour atteindre cet endroit du monde, il devait être lui-même, et pas un autre... Il commença à avoir l'obscur sentiment que, pour atteindre cet endroit du monde, il devait être lui-même, et pas un autre... Il commença à avoir l'obscur sentiment que, pour atteindre cet endroit du monde, il devait être lui-même, et pas un autre... »

Il perdit le compte. Il aurait continué à répéter la phrase, mais il entendit un petit coup préoccupé à la porte.

— Tout va bien là-dedans, mon chéri ? demanda gentiment sa mère.

Il cligna des yeux en entendant sa voix douce.

— Je vais bien ! mentit-il. Je sors.

Après un dernier coup d'œil au miroir et un jet d'eau froide sur le visage, il considéra les mots qu'il avait répétés encore et encore. Profonds, puissants, vrais – et complètement creux lorsqu'il les prononçait lui-même. Il fallait être un révolutionnaire pour pouvoir les proférer, il fallait être à la hauteur, pas comme lui. Les mots seuls n'avaient aucun pouvoir. Ils ne possédaient pas de fouet ou de chaînes, ils n'intimaient pas aux adversaires de s'arrêter si l'orateur n'était pas à la hauteur.

Avec une dernière inspiration, Isaiah se força donc à retourner dans sa chambre, pour embrasser la fille qu'il ne voulait pas embrasser.

ANGEL

— Bonjour, mon ange, dit le père d'Angel à travers sa respiration saccadée. Et voilà mon petit garçon préféré !

Son père ouvrit les bras pour recevoir le bébé et, exactement comme le matin même, il le prit. Le même savoir tranquille descendit sur le petit Michael et donna envie de pleurer à Angel. Elle savait que son père avait raison, mais elle ne voulait pas l'accepter. L'enfant percevait quelque chose qu'elle-même ignorait. Son instinct lui disait de le reprendre dans ses bras. C'était trop évident quand ils étaient ensemble – la vie nouvelle et la mort imminente, aux deux extrémités du voyage, se saluant avec un respect mutuellement mérité qu'elle ne supportait pas de reconnaître.

Angel voulait que son père vive. Elle voulait que ses deux parents marchent main dans la main comme ils le faisaient auparavant. Se soutenant l'un l'autre. S'aidant dans la vie, dans la santé, dans la force, jamais dans la maladie. Le coup toqué à la porte la fit sursauter jusqu'aux épaules et la tira brutalement de ses pensées. C'était le rendez-vous coiffure de sa mère – les jumelles très-sensibles-du-cuir-chevelu Barney, plus une sœur. Angel commençait à penser que leur mère les leur envoyait juste pour avoir un peu de répit dans le chaos qu'elles causaient. C'était bizarre de la part des trois sœurs de frapper à la porte de devant. D'habitude, elles débarquaient sans prévenir par-derrière, comme si la maison leur appartenait.

— J'y vais, lança Angel en se retournant vers son père. Ne t'inquiète pas, je vais les emmener ailleurs. Ça va aller avec Michael ?

— Merci, répondit-il, soulagé de ne pas avoir à se mettre à l'abri de leur ramdam. Oui, je m'occupe du petit homme.

Angel entrouvrit la porte de devant et, à sa surprise, Muggy Little Jr se tenait là, tenant un journal relié de cuir marron, un sourire mauvais aux lèvres.

— J'ai un truc à te montrer, dit-il avec un clin d'œil sournois.

ISAIAH

Les lèvres d'Isaiah étaient douloureuses, mais Dorothy Mae les léchait toujours avec application. Elle sentait bon – comme une fausse fleur. Ça devait être un genre de lotion, parce que le parfum restait le même que ce soient ses mains, ses poignets, ses avant-bras ou une aisselle qui lui effleurent le nez. Fatigué de l'embrasser, il tenta de l'écarter gentiment. C'était une fille, après tout. Une fille qui avait des manières plutôt assertives – comme une fausse fleur.

— Ne t'arrête pas, murmura-t-elle dans son cou avant de l'embrasser.

Ses paroles semblaient tout droit sorties d'un film, irréelles. Comme si elle avait répété ce « Ne t'arrête pas » devant la glace pour le faire sonner authentique. Pour autant qu'il la connaissait, ça la résumait bien. Isaiah se demanda à quoi elle pouvait ressembler quand elle était seule – quand elle venait de sortir de son bain. Avec juste l'odeur du savon premier prix et de l'eau dure de Greenwood, sans faux tralalas. Il se demanda si elle essuyait la buée de son miroir pour se regarder de haut en bas ou si elle passait devant, refusant de se voir telle qu'elle était vraiment, normale. Belle, mais normale, tout comme lui.

Isaiah voulait croire qu'il y avait de la profondeur derrière tout ce vernis insipide.

Il la repoussa tellement fort qu'elle fut obligée d'admettre qu'il voulait arrêter.

— On va parler un peu.

— Parler ? Tu veux parler de quoi ?

— Hum...

Isaiah recula suffisamment pour être hors de portée d'une attaque surprise à l'encontre de ses lèvres douloureuses.

— C'est quoi, ta couleur préférée ?

— Ne joue pas les rabat-joie, Isaiah, dit-elle, écaillant nerveusement son vernis rose. Qui ça intéresse de savoir ça ?

— J'aurais pas demandé si ça m'intéressait pas, mais d'accord, je commence. Moi, c'est le bleu, bien sûr.

Il désigna le papier peint coloré sur les murs de sa chambre en se demandant si elle l'avait déjà remarqué.

Elle regarda autour d'elle et esquissa un sourire.

— Ah.

Le silence s'installa lourdement dans la chambre ; il bâtissait, brique après brique, un mur entre eux, dans son petit lit.

— Tu veux écouter un passage, vite fait, de mon livre préféré ? demanda-t-il, tirant *Les Âmes* de sous son oreiller. Je sais pas si tu es du genre Du Bois.

Il marqua une pause.

— C'est le cas ?

— Je suis pas du genre politique.

Isaiah se mit à rire.

— Du Bois, c'est pas que de la politique. Il entame une révolution pour notre peuple. Un vrai changement, pas ce truc vacillant que Booker T. prônait. Du Bois, c'est pour reprendre le pouvoir aux hommes blancs. Pour être plantés ferme sur nos jambes et dire au monde qu'on a gagné le droit d'exister. Écoute ça !

Dorothy Mae leva une main en l'air.

— J'aime bien Booker T. Washington, quand même, l'interrompit-elle, sourcils froncés. Je n'aime pas que les gens le dénigrent à cause de ses méthodes. Il a fait du mieux qu'il a pu vu les circonstances et la région de sa naissance.

Isaiah sourit.

— Je croyais que tu n'étais pas du genre politique, dit-il, remarquant un enthousiasme neuf dans ses yeux, qui révélait enfin une opinion sur quelque chose d'important. Tu devrais le montrer davantage.

— Je... commença-t-elle avant de s'arrêter. Je veux dire que je suis aussi politique que n'importe qui, je... Comment dire ? On n'attend pas de moi que je donne mon avis tout haut. Je suis censée faire un beau mariage, pas exprimer mon amour ou mon mépris pour les révolutionnaires parmi nous.

Et là, Isaiah mit le doigt sur l'attirance insaisissable que Dorothy Mae exerçait sur lui. Née d'un père riche propriétaire de banque et d'une mère ancienne reine de beauté, elle était piégée tout comme lui dans ce qu'on attendait d'elle. Car on attendait d'elle qu'elle fasse un beau mariage dans la haute société de Greenwood ; qu'elle tire profit de son éclat pour se tailler un chemin vers les salons peinards, le cristal taillé et les petits fours.

— D'accord.

Il la rejoignit sur son lit.

— Accorde-moi une autre question.

— Juste une, s'il te plaît.

— Qu'est-ce que tu rêves de devenir ? demanda-t-il avant de se relever brusquement pour faire les cent pas dans la pièce. Pas « Qu'est-ce que tu veux être quand tu seras grande ? » Je déteste quand les profs nous demandent ça. Non ! Je veux dire, quand t'es allongée sur ton oreiller, seule et libre, qu'est-ce que tu rêves de devenir ?

Elle le regarda d'un air sceptique, comme si elle avait peur d'être honnête avec lui. Presque honteuse.

— Père dit que je devrais...

— Non, interrompit Isaiah, pas ce que dit ton père. Ce que tu dis, toi ! Ce que tu penses, toi !

Les yeux ronds comme des soucoupes, Dorothy ouvrit la bouche et la referma quatre fois de suite avant de trouver le courage de parler.

— Personne n'a jamais pensé à me le demander. Peut-être même jamais de ma vie. Je ne suis pas sûre de...

— La vérité, comme elle existe dans ton cœur, Dorothy Mae.

Isaiah lui fit un large sourire ; il sentait enfin un semblant de connexion entre eux.

— Tu ne le dis à personne.

Isaiah leva sa paume devant lui.

— Tu as ma parole.

Elle s'inclina en arrière sur l'oreiller et regarda le plafond, s'autorisant, pour la première fois, à se détendre.

— Je veux voler.

Isaiah ne rit pas, même pas un peu. Mais il se rassit sur le lit et se pencha plus vers elle.

— C'est elle, la Dorothy Mae que je veux entendre parler. Dis-moi tout.

Alors elle se releva, dans une posture complètement différente.

— Je me fiche de comment j'y arrive, Isaiah, je veux juste être aussi près des nuages que possible. Est-ce que c'est idiot ?

— Je crois que c'est le premier truc pas idiot que je t'entends me dire.

— Hé ! s'écria-t-elle pour rire.

— C'est la vérité vraie, dit-il, également animé. Tout ce blabla à propos du temps qu'il fait et des dîners, c'est idiot. Mais ça ? C'est carrément l'opposé. Ça, ce sont les paroles d'une fille qui se soucie d'autre chose que du temps qu'il fait ou de qui s'assied où à table. D'autre chose que les froufrous et les dentelles. Ça, ma chère, ce sont les paroles d'une rêveuse.

Elle se rassit sur le lit, cette fois juste à côté de lui. Comme une amie, plus que comme une amoureuse.

— Tu es un drôle de type. J'espère que tu le sais, Isaiah Wilson.

— Tu sais quoi, Dorothy Mae ? J'ai la vague sensation que tu pourrais bien être une drôle de fille aussi. Tout au fond.

— Maintenant, c'est à mon tour de te poser une question.

— Tout ce que tu veux.

— Pourquoi est-ce que *tu* ne montres à personne qui tu es vraiment ? Tu es tout aussi faux que tu dis que je le suis.

— Premièrement, commença Isaiah, je n'ai pas dit que tu étais fausse.

— Tu n'en as pas eu besoin, l'interrompit-elle.

— D'accord, t'as gagné, concéda-t-il. J'admets que d'habitude, je fais semblant. Je ne suis vrai que quand j'écris. Je peux te lire un de mes poèmes ?

Il tâtonna derrière lui, là où il savait qu'il avait laissé son journal relié, mais rien. Alors, il se mit à quatre pattes pour le chercher sous son lit.

— Lève-toi une seconde, lui lança-t-il, avant d'écarter ses oreillers et de défaire son lit frénétiquement. Il doit être là.

— De quoi ?

— Mon journal, dit-il, l'air paniqué. Celui que j'emporte toujours avec moi. Tu l'aurais pas vu ?

Dorothy Mae réagit bizarrement à la question.

— Il faut que j'y aille, éluda-t-elle. Il faut que j'y aille.

Et elle s'en fut par la fenêtre avant qu'il ait pu lui demander pourquoi.

ANGEL

— Muggy ?

Angel s'avança sur le porche pour le rejoindre.

— Qu'est-ce que tu fais là ?

En réponse, Muggy Little Jr lui tourna le dos et alla jusqu'à la balancelle tout au bout du grand porche.

— Assieds-toi, dit-il en tapotant la place libre à côté de lui.

— J'ai des tâches qui m'attendent, commença-t-elle. Mon père... Non, ma mère a besoin de moi pour coiffer les filles... et pour m'occuper du petit Michael.

— Je t'assure que ça vaut le coup d'œil, insista-t-il avec un sourire malveillant. Ça mérite de sacrifier quelques petites tâches.

Elle le surplombait de toute sa hauteur, sentant bien qu'il n'avait aucune idée de ce dont il parlait. « Quelques petites tâches », pensa-t-elle, ça incluait d'assister sa mère quand elle faisait prendre un bain à son père, nettoyait ses excréments ou le soignait pour éviter que ses plaies ne s'infectent, et surtout pour l'aider à se battre contre la mort. Muggy Little Jr était un concentré de ce que la jeunesse avait de pire : encore naïf, il se croyait tout permis et affichait un air de grandeur pompeuse. Si ça n'avait pas de rapport avec lui, il n'y connaissait rien et s'en fichait. Elle ne voulait pas savoir ce qu'il deviendrait plus tard. Rien de bon, devinait-elle.

— OK, alors, continua-t-il, enflammant une allumette qu'il approcha de son cigare, au bout de ses lèvres. Tu t'assieds pas ? Comme tu veux.

— S'il te plaît, ne l'allume pas, lui dit-elle. Pas ici. C'est pas bon pour mon père.

Comme s'il ne l'avait pas entendue, il ouvrit le journal et commença à le parcourir tranquillement.

— Mes excuses, Muggy, dit-elle, en reculant en direction de la porte. Je n'ai pas le temps de...

— « "Ange noir", commença-t-il à lire, d'Isaiah Wilson. Tourne, tourne, Ange noir, tourne... »

Pendant qu'il lisait le poème à haute voix, là, dans cet après-midi de Greenwood accablant de chaleur, Angel sentit qu'elle s'appuyait contre la balustrade. Dans ses yeux, la colère et la frustration fondirent en bonté. Elle remarqua la verveine, à nouveau, encore plus chatoyante que ce matin, qui se déployait devant le soleil, devant Dieu et devant elle, Angel.

Elle sentit son père, mourant à petit feu d'une maladie inconnue dans la pièce adjacente, qui luttait avec tant de courage pour ne serait-ce que se redresser en sa présence et qui, maintenant, tissait des liens plus forts avec les bébés qu'avec les adultes. Elle sentit sa mère qui tressait bravement des cheveux pour écarter la douleur dans la cuisine exigüe et qui se concentrait sur les toutes petites nattes pour ne pas avoir à penser à la santé défaillante de l'amour de sa vie.

Elle sentit ses mains trembler comme quand elle était sur le point de pleurer. Elle goûta les lourdes larmes qui n'avaient pas voulu sortir avant qu'elle entende ce poème parfait sur elle qui tournoyait dans le chœur du temple. Puis se présenta à elle l'étrange vision de Dorothy Mae, habillée de rose à fanfreluches, qui courait sur le chemin dans leur direction.

— Rends-moi ça, dit une Dorothy en colère à Muggy. C'est pas tes affaires.

— Eh bah dis donc, lâcha-t-il en tenant le journal en l'air hors de sa portée, c'est pas toi qui me l'as passé par la fenêtre d'Isaiah il y a, quoi, une demi-heure ? Non mais qu'est-ce qui te prend ? Je crois bien que c'est la première fois que je t'entends parler.

Il essaya de l'attraper par la taille pour l'embrasser, mais Dorothy ne se laissa pas faire.

— Muggy, dit-elle, c'est mal.

Il lui rit au nez.

— C'est mal, c'est bien, on s'en fout ! C'est marrant. En plus, je viens de lui lire un de mes préférés. Prends-le.

Il tendit le journal à Dorothy Mae et reporta son attention sur Angel.

— Maintenant tu le sais, Ange noir. Fais-en ce que bon te semble.

Il se dirigea vers le trottoir puis les salua en touchant son chapeau, laissant Angel et Dorothy Mae sur le porche.

— Angel, appela son père depuis le salon. Qui est là ? Tu vas bien ? Je peux venir t'aider si tu as besoin de moi.

Prise de panique, Angel trébucha presque sur ses propres pieds en se dirigeant vers la porte.

— Non, papa, n'essaie pas de te lever, s'il te plaît.

Tandis qu'elle ouvrait la porte, elle jeta un coup d'œil en arrière à Dorothy Mae qui tenait le journal à la main et qui avait parfaitement vu le père d'Angel, autrefois si fort, dépérissant sur le canapé. Angel ferma la porte, mais trop tard. Elle ne pouvait pas l'effacer de la rétine de Dorothy Mae.

— Je... balbutia cette dernière. Je suis tellement désolée.

Puis elle s'enfuit.

ISAIAH

— Maman ! appela Isaiah, tournant et retournant la même literie et mettant ses taies d'oreiller sens dessus dessous pour la quinzième fois. Est-ce que tu as vu mon journal ?

Isaiah nageait désormais en pleine terreur.

— Non, bébé, dit-elle. Tu l'avais quand tu es rentré.

Il savait bien qu'il l'avait à ce moment-là. C'était ça qui rendait les choses si étranges. Isaiah savait toujours où était son journal. C'était le coffre au trésor de sa colère, de sa frustration et de son amour. Il y avait écrit de nombreux poèmes sur son mépris profond de Muggy et de la hiérarchie de Greenwood. Et puis il y avait l'amour tout juste éclos, à vif. Il ne s'en remettrait jamais. Et pour couronner le tout, il y avait aussi ses lettres de motivation pour Howard et Morehouse[5], qu'il n'avait pas encore retranscrites sur du

5. Les Historically Black College and University déjà évoqués plus haut dans le roman. Ces établissements proposaient aux étudiants qui n'avaient pas accès aux autres universités en raison des lois de ségrégation d'accéder à une formation universitaire de qualité. L'Université d'Atlanta (1865), l'Université Howard ou le Morehouse College (1867) dispensaient une éducation en humanités, tandis que d'autres se concentraient sur l'enseignement technique ou agricole. Au début du XXe siècle, on comptait plus de 100 HBCU, majoritairement concentrés dans les États du Sud [*Ndr*].

beau papier. Ces lettres étaient parfaites, elles avaient une cohérence impossible à reproduire.

— Je le trouve pas ! cria-t-il au ciel.

Pas nécessairement à sa mère.

— Tu veux que je vienne t'aider à chercher ?

— Non, lui dit-il, s'agitant en tous sens.

— Refais ton chemin dans la maison.

Elle avait raison. Il s'assit sur son lit, qui n'était plus que fatras, ferma les yeux et visualisa ce qu'il avait fait l'après-midi.

Il se vit rentrer, vouloir parler à son père mais se contenter de sa mère. Il se souvint de son excitation quand il avait mentionné Angel Hill et sourit. Il ne pouvait pas la blâmer. Si un jour, il avait un fils qui exprimait son intérêt pour une fille comme ça, il serait excité aussi. Angel contenait un univers entier et on la négligeait comme le coucher de soleil quotidien. Les doigts d'Isaiah le démangeaient d'écrire, le ramenant à sa quête.

Après sa discussion avec sa mère, il était allé dans sa chambre. Yeux fermés, il se revit écrire sur son lit. Il n'arrivait pas à se rappeler combien de temps s'était écoulé avant que Dorothy Mae ne dessine ce cœur sur sa fenêtre, mais il était sûr et certain d'avoir eu son journal dans cette pièce. Il sentit un objet long et fin contre le haut de sa cuisse – le stylo-plume dont il s'était servi pour écrire.

— Nom de Dieu, Dorothy.

Mardi 24 mai 1921, *J-7*
ISAIAH

Le soleil s'était levé sur un nouveau jour, mais Isaiah n'avait pas fermé l'œil de la nuit. C'est à peine s'il avait cligné des paupières depuis qu'il s'était aperçu que Dorothy Mae avait volé la seule chose qui ne devait à aucun prix être volée. Son esprit était embrumé de soucis et d'interrogations. Qu'est-ce qu'elle pouvait bien vouloir en tirer ? Pourquoi est-ce qu'elle ferait une chose pareille ? À qui l'avait-elle montré ?

Il avait passé la nuit à retourner ces questions dans sa tête et il en avait tiré la pire et la plus plausible des conclusions : c'était Muggy qui était derrière tout ça. Puis Isaiah avait dû mettre trois bonnes heures à se convaincre que ce n'était pas ça, pour faire demi-tour et arriver au même résultat – Muggy, bien sûr. Après tout, c'était son style. Ils avaient fait des choses horribles comme celle-là des milliers de fois. Pas une âme dans tout Greenwood n'avait été à l'abri de leur malveillance, mais Isaiah pensait que leur amitié le protégeait. Qu'elle était un rempart contre la honte et la douleur infligées par son meilleur ami.

Dans ce même journal que Muggy avait probablement volé, Isaiah avait écrit un poème sur lui intitulé « Le Bouclier ». C'était un poème court, explosif. Si Muggy mettait la main dessus, il n'y aurait pas moyen d'éviter sa colère, Isaiah deviendrait le paratonnerre qui détournerait sur lui les foudres de toutes leurs pauvres victimes. Muggy serait impitoyable. Isaiah ne se souvenait pas de chaque vers par cœur, mais il se rappelait des circonstances dans lesquelles il les avait écrits.

Muggy avait pris une serviette hygiénique dans le sac ouvert d'une fille de troisième appelée Mary, l'avait trempée dans du ketchup et collée discrètement sur sa jupe. Quand elle s'était levée, il l'avait pointée du doigt et s'était esclaffé bruyamment sur un ton graveleux : « Bloody Mary, Bloody Mary[6] ! »

C'était son surnom depuis lors et Isaiah, lâche, triste et honteux, en avait ri. Après ça, il s'était éclipsé aux toilettes, disparaissant dans une cabine pour plus d'intimité. C'était là qu'il avait sorti le stylo-plume et écrit « Le Bouclier ».

Est-ce qu'il aurait pu laisser le journal à l'école dans son casier ? Tout ce fatras de souvenirs-comme-quoi-il-aurait-écrit-dedans aurait sans problème pu dater de l'avant-veille. Sa mère se trompait certainement – impossible qu'elle l'ait vu se balader avec la veille. Et de toute manière, les jours se confondaient les uns avec les autres. Quel mois on était, d'ailleurs ? Mai ? Il devait se tromper.

Dans le lointain, le soleil pointa ses rayons par-dessus les arbres et Isaiah se dit qu'il était inquiet sans aucune raison.

---

6. « *Bloody* » signifie « sanglant » en anglais. Il s'agit d'une référence à Marie Tudor, reine catholique d'Angleterre et d'Irlande (1516-1558), surnommée Marie la Sanglante ou Bloody Mary car elle a persécuté les protestants [*Note de la traductrice – Ndt*].

Il enfila un pantalon à revers et un T-shirt blanc immaculé pour aller attendre son meilleur ami dans le virage. Le soleil brillait de plus en plus alors que le temps défilait.

Isaiah jeta un œil à sa montre – 7 h 36. Ça faisait quinze minutes de plus que d'habitude qu'il attendait, mais Muggy avait dû se rendormir une fois de plus, cet idiot. Voilà tout. Isaiah pouffa d'un rire peu convaincu.

7 h 47.

7 h 56.

8 h 00.

Déjà en retard, il se mit en route seul.

Son esprit était une balle qui volait constamment du meilleur scénario – celui où il surréagissait – au plus terrible – où il avait des problèmes. Faire partie du groupe ou être exclu. Les « et si... », c'était le pire, et il le savait. Le chemin qui mène au golgotha est pire que la crucifixion. N'est-ce pas ?

Ça lui rappelait cette fois où il avait participé au concours de talents qui rassemblait l'école tout entière. La compétition ne valait pas le coup – elle ne valait pas le manque de sommeil, la boule au ventre et les nœuds à l'esprit. Tout ça pour quelques maigres applaudissements et un trophée. Parce qu'il avait gagné. Contre des jongleurs, des sopranos, des danseurs de ballet. Il l'avait emporté avec un poème sur l'histoire. Un poème qu'il avait écrit sur un coin de serviette tachée et froissée quelques instants avant d'entrer en scène. Un poème qui s'était, depuis, gravé dans sa mémoire pour ne jamais s'en effacer.

Pour passer le temps et oublier sa situation actuelle, Isaiah se mit à le réciter. Il longea les trottoirs bien entretenus, passa devant le genévrier de Mme Tate qui avait lui aussi gagné des prix. Sans s'en rendre compte, il avait commencé à faire de grands moulinets avec les bras.

— « Le passé est passé, entama-t-il d'une voix basse et rauque qu'il avait exercée pendant des années. Mais il n'est pas passé uniquement parce que le temps a passé. Le passé est là, juste en face ; il nous souffle au visage l'haleine fétide des ravisseurs. Il réduit les braves en esclavage. Il brave la honte. Cette honte qui nous vole nos noms africains... »

— Je me rappelle quand tu l'as récité, dit une voix derrière lui. Tu m'as battue, cette année-là.

Isaiah fut vraiment abasourdi d'avoir été tiré de ses pensées par la voix d'Angel. Son esprit se vida sur-le-champ ; il se vida de ses mots, de ses pensées. Il n'y avait plus qu'Angel, en chair et en os. Elle avançait du même pas rapide et était aussi en retard au lycée que lui. Il baissa les yeux vers ses chaussures blanches un peu sales. Bien qu'elles soient défraîchies et de mauvaise facture, ses enjambées ainsi chaussées possédaient une certaine grâce. Angel faisait des pointes sur l'extrémité dentelée, usée, de ses souliers, comme si elle flottait au lieu de marcher.

Isaiah s'entendait respirer dans le silence. Il faisait le bruit d'un taureau furieux, qui inspire et qui souffle, qui inspire et qui souffle – ça devait la dégoûter. Ça dégoûterait n'importe qui. Il retint sa respiration pendant quelques secondes, puis il s'étouffa, ses poumons pleins de la poussière de l'Oklahoma.

Elle éclata de rire.

Coupé dans son élan, tout son corps se coula dans une démarche d'acteur : chaque enjambée se déployait avant de s'arrêter avec un petit coup final. Les filles aimaient bien ça, pensait-il. Il retroussa sa lèvre supérieure comme si celle-ci tenait en place un gros cigare.

Angel rit de nouveau.

Hum, pensa-t-il.

Il arrêta de prendre des poses et recommença à marcher normalement. Pour la première fois depuis un bout de temps, il n'avait aucune idée de comment marcher, ou parler, ou penser. Il devait soulever un pied, l'un après l'autre, comme si Angel lui avait fait oublier les choses les plus simples de la vie. Tous les trois pas, il regardait en direction de ses orteils en pointe.

— Je vais accepter le petit boulot, dit Angel.

Il trébucha un peu sur ses pieds pendant qu'elle parlait, mais il se reprit. Cependant, ses nerfs maintenaient ses lèvres fermées.

— Je pense que c'est une chouette opportunité, ajouta-t-elle, visiblement dans l'attente d'une réaction (n'importe laquelle), mais Isaiah n'arrivait pas à répondre.

Il dirait quelque chose de travers, ou de bizarre, ou encore d'idiot.

— Je ne savais pas que tu aimais vraiment les livres, continua-t-elle après la pause naturelle qu'elle lui avait ménagée pour parler à son tour. Je suppose que j'aurais dû. Tu écris de la poésie magnifique.

— Comment est-ce que tu sais ce que j'écris ?

Ses mots sortirent avec un peu trop de vigueur, comme des oiseaux qui s'échapperaient de leur cage un par un.

Cette fois, décontenancée, elle ne répondit pas.

Ils tournèrent au coin de la rue qui menait au lycée. Isaiah avait moins de cinquante mètres pour lui dire un truc sensé. Pour charmer l'ange qu'il avait embêté depuis qu'ils étaient gosses. Pour lui dire à quel point il aimait sa manière de danser, de marcher, de parler des choses importantes. Alors qu'ils approchaient de la grille, il fit un geste pour lui prendre le bras mais sa main se referma sur le vide. Elle s'était avancée un peu et n'avait pas remarqué sa tentative. Quand il réessaya, le dos de sa main effleura ses fesses. Et ça, elle l'avait senti. La chaleur monta jusque dans les oreilles d'Isaiah et son estomac se retourna instantanément. Il était tellement bête.

— Je ne... commença-t-il. J'essayais de... Laisse tomber. Je te jure que je voulais pas.

Il donna un coup de pied dans un petit caillou sur le sol poussiéreux.

— Tu t'intéresses à la politique ?

Il était vraiment, tellement stupide. Il n'avait décidément qu'un seul sujet à la bouche. Il était nul. Un rabat-joie. Bien sûr que non, elle ne s'y intéressait pas. C'était une bonne chrétienne dont la seule danse pouvait métamorphoser l'atmosphère du plus grand temple de Greenwood. Tellement ! Stupide !

— Oui, ça m'intéresse, à vrai dire, répondit-elle, lui renvoyant le caillou du pied pour le défier dans une partie inattendue de foot-caillou. Dans le monde dans lequel on vit, ce serait irresponsable de ne pas l'être.

L'esprit embrouillé d'Isaiah n'enregistra pas la réponse.

— Attends, de quoi ? demanda-t-il avant de lancer à son tour le caillou un peu trop fort contre son tibia.

— Aïe !

Elle se baissa pour frotter la marque endolorie.

— Mon Dieu. Désolé... Je ne...

Vraiment, sans blague, quel imbécile.

— Ça va. Je ne saigne pas, ni rien, dit-elle avant de redescendre sa jupe. J'aime bien la philosophie de Booker T. Washington. Fulgurant, un esprit brillant, celui-là.

Toute exubérance et toute précaution quittèrent aussitôt le corps d'Isaiah.

— Non, non, non, non, non, non, fit-il en secouant sa tête d'avant en arrière. Il n'est absolument pas fulgurant.

Il savait qu'il ne devrait pas attaquer Angel si rapidement, mais il ne pouvait pas s'en empêcher. C'était un passionné.

— C'est Du Bois le plus brillant des deux, lui dit-il d'un ton docte. Washington est faible. Tu as étudié la théorie du triple paradoxe de Du Bois ?

Il lui fallait s'arrêter de parler, mais il ne semblait pas trouver le bon bouton.

— En réponse directe à l'approche de Washington, Du Bois s'est posé la question de ce qui était le plus efficace pour atteindre le progrès racial : la soumission, l'éducation ou le droit de vote. Ce qui est une démarche intellectuellement sans défaut, parfaite, totalement à l'inverse de la vision simpliste de Washington du progrès, lent et générationnel.

Un silence épaissit l'air entre eux et Isaiah regarda ses pieds.

— Je... commença Angel. Eh bien, avec tout le respect et l'estime que j'ai pour toi, je ne suis pas d'accord avec votre assertion, à Du Bois et à toi.

— Avec quelle partie, au juste ?

Ça le démangeait de débattre.

— Cette discussion sera pour une prochaine fois, dit-elle avec un petit mouvement de tête. Mais dans ton bref discours, je vois déjà que tu crois en chaque parole sortie des lèvres de Du Bois comme si elle y avait été mise par Dieu Lui-même et, de cela, je te mets en garde. Ce n'est qu'un homme. Ce qui veut dire qu'il va te décevoir.

Interdit par sa réponse mesurée, Isaiah sentit ses épaules se relâcher. Il les remonta, forçant son dos à se redresser et son menton à pointer plus haut que de coutume. Un jeu d'acteur familier s'empara de lui, modelant sa posture d'après celle de Muggy.

Angel traversa rapidement l'espace qui les séparait comme pour l'embrasser carrément sur la bouche. Il campa ferme sur ses positions, prêt. Mais elle ne l'embrassa pas. Elle attrapa ses deux mains et soutint son regard. Il vit l'univers dans ses yeux, l'univers qui scintillait. Ça le démangeait d'écrire cette phrase – « l'univers qui scintillait dans ses yeux ». Il aurait pu écrire des pages et des pages seulement sur ses yeux et de longues phrases, avec un nombre infini de verbes, sur chacun de ses cils.

— Tu n'as pas besoin de faire semblant avec moi, Isaiah, dit-elle.

Elle le démasquait avec tant d'honnêteté et de droiture qu'il lui était impossible de nier.

— Sois toi-même. Ça me suffit.

Elle lui serra les deux mains et s'engouffra dans le lycée, le laissant là, debout, tout seul et sous le choc.

Son haleine, fraîche et propre, avait le goût du chèvrefeuille ou peut-être de la myrtille sauvage. L'odeur s'attarda dans le vent un instant et, lorsqu'une bourrasque particulièrement brutale l'emporta, cela attrista Isaiah. Il sut à cet instant qu'il était, vraiment, follement et singulièrement, amoureux d'Angel Hill.

— T'es con de t'intéresser à elle, dit Muggy en sautant de la branche d'un arbre tout proche.

Le même genre de perchoir d'où il l'avait espionnée la veille.

— Et encore plus con de laisser ça sur ton lit avec une pouffe dans les environs.

Muggy lança haut le journal relié de cuir. Isaiah le vit tournoyer dans l'air comme au ralenti. Il l'attrapa et remarqua qu'une page avait été violemment cornée. Il l'ouvrit à cet endroit – c'était le poème qu'il avait écrit sur Muggy.

Le Bouclier

Je le hais c'est mon bouclier
Ses sales entrailles souillées
Il est cruel mais c'est mon bouclier
De la tête aux pieds il m'a modelé.
Je me servirai de lui, je le jure
De cela je suis sûr,
Et je le quitterai dès lors
Que je serai assez fort
Pour tenir tout seul, sans lui,
Mon Dieu, j'attends ce jour avec impatience.
Ce jour-là, je n'aurai
Ni bouclier,
Ni Muggy,
Ce jour-là, je serai

Un fier.
Poète.

— C'est mon préféré, celui-là, dit Muggy avant de s'appuyer au tronc de l'arbre. Même si la fin ne rime pas, parce que bon, en soi, qu'est-ce qui rime avec « poète » ?

Isaiah croisa une seconde le regard de Dorothy Mae, qui attendait dans les buissons non loin, la tête baissée de honte, le visage caché dans les mains.

ANGEL

— C'est d'accord !

Angel entra sur cette exclamation dans la salle de Mlle Ferris.

— Quand est-ce qu'on commence ?

— Voyez-vous ça, répondit l'enseignante, levant les mains au ciel. C'est ce qui s'appelle un retournement de situation. Qu'est-ce qui t'a fait changer d'avis ?

Angel ne voulait pas l'avouer. Et d'abord, honnêtement, elle ne savait pas très bien quoi dire. Isaiah avait écrit un magnifique poème à son sujet, c'est vrai, mais ce n'était pas tout. Il y avait aussi son père. Elle voulait soulager leur petit foyer d'une tension supplémentaire. Les poignets de sa mère étaient constamment endoloris parce qu'elle passait ses journées à tresser des cheveux et son père, parfois, réduisait volontairement les doses de médicaments pour les faire durer un mois.

Mais surtout, il y avait ce désir de s'enfuir de cette réalité. Elle se haïssait d'avoir cette envie. Elle avait été mise sur terre pour aider son prochain – l'enfant coliqueux des voisins comme son père souffrant. C'était son but dans la vie. Quand elle était toute petite, Angel ne rêvait que de prendre soin d'autrui. Pour la première fois, elle voulait quelques heures par jour où elle ferait uniquement ce qui lui plaisait.

— Cet argent sera utile, déclara-t-elle à une Mlle Ferris sceptique devant cette demi-vérité. Cet argent sera utile, répéta-t-elle avant de donner un coup de pied dans un ballon invisible.

— D'ac... cord, fit Mlle Ferris avec un soupir d'incrédulité, puis elle jeta un coup d'œil à sa montre. Nous avons quelques minutes pour sortir examiner la bicyclette. Suis-moi que je te montre. Je l'ai appelée Blue.

Blue était appuyée contre l'établi près des grandes poubelles à l'arrière du lycée, mais elle semblait devoir y être jetée illico. Rouillée, cabossée, la chaîne qui pendouillait lamentablement, il n'y avait aux yeux d'Angel aucune rédemption possible. Et puis Blue n'était absolument pas bleue ; la bicyclette était plutôt couleur de mousse desséchée au soleil. Pour résumer, c'était une vaste épave et elle faisait peine à voir. Les qualités qui la rachetaient un peu étaient au nombre de trois : sa troisième roue, le grand panier à l'arrière et son side-car pour le second passager.

— La voilà ! dit Mlle Ferris comme si Blue était une poussette toute neuve. Magnifique, n'est-ce pas ? Je l'ai récupérée au bord de la route l'année dernière. Qui abandonnerait purement et simplement un trésor pareil ? Il faudra la retaper, mais imagine un peu ce qui devient possible avec elle. Imagine les livres.

Angel se pencha en avant pour inspecter la bicyclette et, après un coup d'œil plus expert, elle vit une minuscule procession d'araignées émerger d'une toile délicate et complexe tissée sur le panier. Elle bondit en arrière de dégoût ; elle détestait les araignées avec une terreur farouche.

Mlle Ferris remarqua son mouvement de recul et sembla coupée dans son élan.

— Elle a besoin d'un peu d'huile de coude, mais à nous trois, on peut la remettre sur roues en un rien de temps.

— Donc Isaiah est officiellement partant ?

— Ma chère enfant, il était partant, comme tu dis, depuis l'instant où je lui ai expliqué le projet. Est-ce que tu sacrifierais les prochains jours pour nous aider à réparer Blue ? Sauf le jour du Seigneur, bien sûr.

— Mademoiselle Ferris, répondit Angel, essayant de paraître mesurée, il va falloir beaucoup de travail.

— On peut le faire. Je te jure qu'on en est capables.

Angel rentra chez elle cet après-midi-là d'un pas plus bondissant. Même si elle n'avait plus revu Isaiah après leur discussion du matin, ils passeraient une bonne partie de l'été ensemble. Ce serait intéressant de le voir sous un jour nouveau – en train d'utiliser ses mains, son esprit et sa créativité pour ramener Blue à la vie, afin de distribuer des livres.

Elle était enthousiaste à l'idée qu'ils soient tous les trois agglutinés dans un si petit espace, faisant face à une singulière, peut-être même insurmontable adversité, mais en présentant un front uni. Cela ne pourrait que les rapprocher. Mlle Ferris attirait les gens comme un aimant et la vie de ses élèves s'améliorait quand ils étaient près d'elle.

Tout le monde connaissait tout le monde à Greenwood, mais Mlle Ferris était particulièrement populaire. C'était la fille de l'archidiacre et elle avait été reine de beauté de son université. Elle aurait pu aller n'importe où, elle aurait pu devenir n'importe qui, mais elle avait préféré revenir s'installer ici pour distiller l'amour de la culture et des livres au sein de la jeunesse de leur quartier.

— Bonjour, Angel !

Le diacre Yancey était assis, seul sur son porche, et lui faisait signe. L'idée qu'il avait pu l'attendre là toute la journée juste pour avoir quelqu'un à qui parler traversa l'esprit d'Angel. Elle poussa le portillon pour le rejoindre.

— Est-ce que je peux t'offrir une autre tasse de thé ?

— Oh, non ! répondit-elle un peu trop vivement. Je veux dire, non merci. Il ne faut pas que je boive de théine aussi tard dans l'après-midi. Ça va me tenir éveillée, voilà.

Qu'importe, le diacre sauta de la balancelle.

— J'ai de la tisane.

Avant qu'elle ne puisse l'arrêter, il avait disparu dans sa petite maison et commencé à faire couler l'eau. Redoutant la première gorgée, elle s'affala dans le fauteuil à bascule. Ce fut alors qu'elle le vit – Isaiah – qui passait à vive allure devant la maison. Elle sentit les coins de sa bouche remonter en un sourire.

— Salut ! dit-elle, doucement pour que le diacre Yancey ne l'entende pas, mais Isaiah baissa simplement la tête en guise de réponse.

Elle laissa lentement retomber sa main. Elle n'était pas idiote ; il l'ignorait. Comme il continuait de marcher, elle décida de ne pas s'en soucier. Il y avait bien trop de choses merveilleuses à venir – un petit boulot lucratif où elle serait entourée de livres, sans parler du défilé du Memorial Day[7],

---

7. Le Memorial Day est un jour férié, le dernier lundi de mai, qui rend hommage à tous les soldats de l'armée américaine morts au combat [*NdT*].

lundi. Isaiah n'était qu'un garçon. Un garçon qui faisait la fine bouche, qui avait été entraîné dans les illusions de W. E. B. Du Bois. Quelle bêtise, ça encore ! La supériorité de la stratégie de Booker T. Washington se révélerait avec le temps. Bien sûr, il y avait sans doute des failles dans son raisonnement, mais c'était ce qui s'approchait le plus du vrai changement pour toute la communauté. C'était une tactique simple et facile à suivre.

Labourer sa terre à soi. Transmettre ses méthodes aux enfants de ses enfants. Laisser les Blancs nager dans ce qu'ils croient être l'opulence tout en cultivant une vie estimable à côté d'eux. Une vie pareille à celle qu'ils menaient à Greenwood. Ne surtout pas combattre ! Se concentrer plutôt sur ce qu'on peut contrôler : soi-même. Et un jour, tout comme la tortue, on dépasserait le lièvre trop confiant.

Alors que la bouilloire commençait à siffler à l'intérieur de la maison, Angel ne put s'empêcher de se sentir blessée par la rebuffade d'Isaiah. Qu'est-ce qui avait bien pu se passer entre ce matin et cet après-midi ? Ou plutôt, la question était de savoir qui ? Muggy, évidemment. Angel mettait un point d'honneur à ne haïr personne, et surtout pas ses camarades du même âge. Après tout, le lycée, c'était une étape délicate. Un lieu où l'on est perdu et où l'on se juge les uns les autres. Un lieu où l'on est en quête assidue de soi, mais où l'on ne trouve jamais tout à fait ce qu'on cherche.

Les gens faisaient des choses qu'ils regrettaient au lycée, lui avait raconté son père. Même lui se sermonnait de temps à autre pour de petits affronts qu'il avait commis vingt ans auparavant. « C'est un âge cruel », disait-il. Il avait absolument raison. Et puisqu'elle le savait, elle luttait de toutes ses forces pour ne pas tomber à son tour dans le piège de la cruauté. Parfois, pensait-elle, elle penchait trop de l'autre côté de la balance et se laissait marcher sur les pieds. C'était une cible facile. Mais rendre infernale la vie des autres procurait visiblement à Muggy une joie inégalable.

Le diacre fit irruption par la porte à moustiquaire.

— Je crois que je me suis encore surpassé ! dit-il avec un plaisir non dissimulé.

Puis il aperçut Isaiah qui tournait au coin de la rue et fronça les sourcils.

— Je ne comprendrai jamais comment Greenwood, qui est si idyllique, a pu engendrer un tel garçon. C'est le pire d'entre nous. Dieu a maudit sa mère douce comme le miel en lui donnant cet enfant à élever seule.

Il tourna son attention vers Angel.

— Elle me fait penser à toi.

Angel prit une petite gorgée et plissa les yeux mais, cette fois, c'était à cause du jugement sans pitié de M. Yancey, pas de la tisane – horrible au demeurant. Elle pensait à Shakespeare. Elle n'était pas nécessairement Juliette, mais Isaiah était en tout point Roméo. Un poète déguisé en ours. Un amoureux travesti pour rentrer dans le moule de Muggy. Un lecteur sous cape, voilà ce qu'il était, mais ce n'était pas à elle de le forcer à l'admettre. Tout le monde devait se saisir de son destin et décider en son âme et conscience de la meilleure conduite à tenir.

— Monsieur, commença-t-elle, tentant d'instiller dans sa voix juste ce qu'il fallait de détachement, vous avez l'air de ne vraiment pas l'aimer. Qu'a-t-il fait de si terrible ?

M. Yancey bloqua le mouvement de la balancelle en posant un pied à terre. C'était un geste purement dicté par la haine et Angel en fut surprise. Le diacre Yancey, même s'il pensait comme un vieillard, était tout à fait inoffensif. Elle n'avait jamais vu son visage ainsi défiguré de colère contre qui que ce soit.

— Je vais prendre une minute pour te raconter, dit-il d'un air renfrogné. La longue, très longue histoire d'horreur de cette famille.

À nouveau, Angel pensa à Roméo, mais pas au Roméo bourreau des cœurs générique. À celui que tout le monde avait une bonne raison de mépriser. Au Roméo pré-Juliette – un dangereux escroc, qui avait peu de qualités pour se racheter et son entourage encore moins. Au Roméo narcissique. Bien que seules quelques pages lui soient consacrées au début de la pièce, Angel songeait souvent à lui. Sauvé par l'amour et la beauté d'une spirale infernale de méchanceté. Mais pourquoi tous les lecteurs étaient-ils si prompts à oublier ses méfaits ? Pourquoi passaient-ils si volontiers l'éponge sur le fait qu'il était un être humain horrible ? *Le pouvoir invincible d'une histoire d'amour et d'espoir*, pensa-t-elle. Mais ni elle ni le diacre n'y accordaient de crédit. Ils semblaient partager un scepticisme naturel à l'égard des récits comme celui-là.

Angel jeta un coup d'œil à sa montre.

— J'ai encore un peu de temps avant de devoir rentrer.

Elle souffla sur sa tisane et se força à en avaler une grande gorgée.

— Qu'est-ce que cette histoire a à voir avec Isaiah ?

M. Yancey recommença à se balancer.

— Son défunt père a toujours causé des ennuis, entama-t-il.

Bien que son ton soit sec, Angel soupira de soulagement. Cela n'avait rien à voir avec Isaiah. C'étaient de vieilles sottises, de la rancœur trop tenace. Elle sauta presque pour se lever, préparant une excuse pour abandonner le diacre Yancey. Peut-être allait-elle rejeter la faute sur Michael. Ou son père. Ou même sa mère. Ce ne serait pas un mensonge – elle était certaine que, sur les trois, au moins un avait besoin d'elle à la maison.

— Et Isaiah marche dans les traces paternelles, continua-t-il. Tu te souviens de mon Pete ? Pas une once de méchanceté dans le corps, Pete. Tout chef de famille voudrait un fils comme lui. Tout père en rêverait.

Angel voulut montrer un tout petit peu d'intérêt avant de partir.

— Il est à Atlanta, n'est-ce pas ?

Le diacre hocha la tête, les yeux fixés sur le portail, dans le vague.

— Il a déménagé dès que ça s'est produit.

Angel se rassit, intriguée, et reprit une petite gorgée de tisane.

— Qu'est-ce qui s'est produit, exactement ?

L'histoire de Pete, c'était une de ces affaires compliquées qui circulent en ville jusqu'à devenir des légendes présentes dans tous les esprits à des lieues à la ronde. Il était censé avoir été élu le plus beau, le plus populaire, le plus talentueux des hommes – il raflait tout. La rumeur disait qu'il avait excellé dans absolument tous les domaines.

Mais le jour suivant sa remise de diplôme, à quelques comtés de là, il avait quitté l'Oklahoma et n'était jamais revenu, pas même pour les funérailles de sa mère. Comme s'il s'était évaporé. Angel en savait plus que la plupart des gens puisqu'ils avaient tous eu leur diplôme la même année – sa mère, son père et même les parents d'Isaiah étaient dans la classe de Pete.

Angel s'aperçut que le diacre Yancey ne lui avait pas répondu.

— Vous n'êtes pas obligé de me le dire, monsieur.

Il regarda dans sa direction comme si quelqu'un avait planté un poignard enflammé dans son cœur.

— Je n'ai raconté à personne ce qui s'est passé avec mon fils, dit-il lentement. J'ai promis à ma femme de ne jamais en parler.

— Je ne comprends pas, monsieur.

— Le père d'Isaiah, cette saleté, a menti à propos de mon Pete. Il a raconté à un groupe de Blancs que mon fils avait volé un petit bout de je ne sais quoi dans leur épicerie. Pete n'avait aucune raison de voler. Et même, il avait trop de bon sens pour voler des Blancs. Mais cette vieille raclure a fait battre mon Pete tellement fort qu'il n'a plus jamais été le même. Sa mère non plus. Elle mourait à petit feu depuis longtemps, bien avant ce jour funeste et froid de septembre.

ISAIAH

Un lâche. Un suiveur. Un idiot, un idiot bête d'avoir laissé son journal sur son lit. D'avoir fait confiance à Dorothy Mae en qui on ne pouvait pas avoir confiance. Isaiah se détestait.

Et Angel avait de nouveau parlé au diacre. La situation ne lui souriait vraiment pas du tout. Le diacre Yancey le haïssait depuis le jour où il était arrivé dans ce monde, lui avait raconté sa mère lorsqu'il était très jeune. Sans entrer dans les détails du pourquoi, elle disait qu'Isaiah était l'incarnation de l'échec du fils Yancey, Pete. La précieuse mère d'Isaiah était censée épouser Pete. Après dix ans d'amour adolescent, elle avait rencontré le père d'Isaiah. Et ceci avait signé la fin de cela. Les vignes de Greenwood chuchotaient qu'elle s'était enfuie par la porte arrière et avait laissé Pete attendre sur son perron, avec un bouquet de verveine.

À cet instant, Isaiah se rendit compte de la quantité de verveine qui s'était ouverte au soleil, fraîche et joyeuse. Au printemps, Greenwood était enfoui sous sa profusion. Tant et si bien que les gens de l'ouest de l'Oklahoma traversaient tout l'État pour la prendre en photo. Isaiah se sentit inspiré, s'assit sur le perron d'un voisin et sortit le journal de son sac.

Ses doigts le démangeaient ; il commença donc une ode aux fleurs qui l'entouraient, sous la forme d'un flux de conscience.

Pour la verveine de Greenwood

Je suis troublé
Ne le sois pas.
Tu prends des bains
De soleil.
Je ne vois pas bien.
Ce qui m'est invisible
Tu le distingues parfaitement.
Ne renonce pas à l'amour.
Tu es troublée.
Mais rien à voir avec moi.
Je suis piégé dans le noir éthéré.
Tu es libre et indomptée.
Joue ton rôle,
Je joue le mien.
Mais ne renonce pas à l'amour.

Et puis, soudain, son journal se referma avec tant de force que son stylo lui échappa des mains et tomba sur le sol. En passant le doigt sur la tranche, Isaiah sentit un large trou dans l'épaisseur du livre. Des mèches frangées surgissaient de la reliure : des pages manquantes. Il les reconnut en un éclair – les textes parfaits, passionnés, des lettres de motivation pour Morehouse et Howard.

Une vague de haine s'empara de tout son corps, la chaleur irradiant de ses doigts tremblants. Son estomac se dénoua ;

il n'avait plus peur. Oh non, Dieu tout-puissant, maintenant, il était fou de rage. Au moment où il se rendit compte que ses lettres de motivation manquaient, Isaiah relégua à l'arrière-plan la hiérarchie de Greenwood et sa place sur l'échelle sociale. Muggy avait arraché une pièce dans la partie d'échecs qu'il menait patiemment. Sa réputation ne valait rien face à cette provocation.

Morehouse le transformerait en homme vêtu de marron et de blanc, aux couleurs de l'université. Un combattant des grandes villes, irriguant de sa poésie et de sa force ce fleuve de pensée vive qu'était Atlanta[8]. C'était là que Du Bois vivait et, en conséquence, celui-ci le remarquerait certainement.

Ou bien Howard. De réputation égale et placée habilement au cœur de la capitale nationale, pour un impact politique maximal. Il se dresserait sur des cageots renversés et insufflerait la bonne parole aux esprits réceptifs des contemporains, prêts au changement social.

Mais Muggy l'avait trompé. Muggy et son étroitesse d'esprit. Muggy, qui ne pouvait rien espérer de plus, avait volé la dame de son jeu d'échecs.

Oh bien sûr, il pourrait écrire d'autres lettres. Écrire, après tout, c'était son point fort. Mais le problème n'était

---

8. Jusqu'aux émeutes racistes de 1906, Atlanta est un lieu d'épanouissement pour les afro-américains. Dans l'immédiat après-guerre (1867-1876) et avant la mise en place des lois de ségrégation, les hommes noirs ont obtenu le droit de vote, se sont davantage impliqués dans le domaine politique et ont créé de petites entreprises. La ville accueille la plus grande classe moyenne noire d'Amérique et la plus importante concentration de HBCU [*Ndr*].

pas là, pas du tout. Voler des mots, ça dépassait des bornes dont Isaiah n'avait même pas conscience qu'elles existaient. Et pas seulement voler des mots, mais aussi voler un avenir. Voler une échappée belle d'un lieu où chaque pierre de chaque rue lui rappelait son père.

Ses yeux furieux se chargèrent d'éclairs quand il aperçut la boutique de la fleuriste, Mme Turner, où son père achetait une rose jaune à sa mère tous les vendredis soir, sans raison, juste comme ça. Un peu plus loin, il remarqua l'horloge qui surplombait la blanchisserie de M. Massey, qui nettoyait les chemises exactement au goût de son père. Et ensuite, en regardant ses pieds, il s'aperçut qu'il s'était assis sur le porche juste en face de la ruelle où son père lui avait appris à faire du vélo sans les petites roues.

Isaiah eut soudain une sensation de brûlure dans le nez et il se mit à pleurer. Pas comme un gosse qui chiale. C'était un bouillonnement. Comme un taureau piqué dans une arène – entouré de spectateurs qui se réjouissent de sa honte. Comme un sanglier qu'on laisse agoniser. Comme Du Bois.

Isaiah avait été, si on voulait être gentil, un farceur. Un lâche. Un suiveur. Un idiot, un idiot bête. Mais au fond de lui, en cachette, il fomentait un plan. Secrètement, pour lui seul, il creusait un tunnel pour s'évader. Une voie vers la grandeur et le commandement. Et voilà que Muggy Little Jr menaçait ce projet.

Isaiah se releva et se dirigea droit vers la maison de Muggy. Il avait trois rues pour s'échauffer et bien serrer les poings. Il allait foutre une raclée une bonne fois pour toutes à son meilleur ami.

Quand il atteignit la demeure, il distingua son œil au sourire méchant par les persiennes. De toutes ses forces, Isaiah se déchaîna contre la fenêtre, de manière très bruyante, désordonnée, et sans aucune vergogne.

Il ne faisait plus de doutes qu'Isaiah s'était libéré de sa longue chaîne. Il était sorti de sa cage.

— Ouvre la porte, Muggy ! hurla-t-il dans une bouillie de mots frénétiques. Sors et viens te battre si t'es un homme !

Mais Muggy ne vint pas.

— Lâche ! hurlait Isaiah, au milieu du jardin, devant la maison de Muggy Little Jr. Lâche !

ANGEL

Un poudroiement se déposa sur Greenwood. Des nuages de poussière brune montèrent de la route à hauteur de genoux et vinrent titiller les sens d'Angel. De la poussière qu'on croyait sédimentée depuis longtemps s'éleva de la courbe de la voie ferrée dans une volute d'une étrange beauté. Quand elle se sentit hors de vue du diacre Yancey, Angel s'assit sur un carré d'herbe éparse près des rails pour profiter de la vue sur cette ville bizarre qu'elle aimait tant.

Greenwood.

Le « Wall Street noir », comme l'avait surnommé Booker T. Washington. *C'était approprié*, pensa-t-elle. Il n'y avait pas meilleur nom pour un endroit montrant avec autant d'éclat l'excellence noire. Quelques étés auparavant, quand son père inclinait encore à la perfection son chapeau, ils avaient pris le train pour voir de la famille en Floride. Son père lui avait dit de s'attendre à un aperçu différent de la vie des Noirs. Une « perspective plus rude », il avait appelé ça. Mais quand ils étaient arrivés, elle n'avait pas été préparée à ça.

En descendant du train, elle avait été accueillie par une femme à la large poitrine avec un visage en forme de lune. Son visage enfoui entre ses seins, Angel avait respiré l'odeur de la pâte croustillante des tartes aux pêches qui nimbait sa grand-mère. La douce odeur de l'amour exprimé à travers des fruits fraîchement cueillis pour être cuisinés en pâtisserie. Assise là sur l'herbe de Greenwood, Angel pouvait presque la sentir. Elle ferma les yeux pendant un bref instant et sourit, mais le souvenir fut chassé par celui du reste de la minuscule ville de Floride dans laquelle habitait son aïeule.

De la poussière. Pas si différente de celle qui entourait Greenwood – mais la ressemblance s'arrêtait là. En Floride, elle était lugubre.

— Rouge du sang versé par nos ancêtres, lui avait dit son père au grand dam de sa mère.

— Ça suffit, Robert, avait-elle grondé en lui donnant un coup de coude dans les côtes. Tu vas la terroriser.

Mais Angel n'avait pas eu peur du tout. Elle était plutôt curieuse. Quand la mère de son père l'avait enfin lâchée, elle avait pu voir une rangée de maisons longues et étroites serrées les unes contre les autres. Des femmes en tablier vaquaient à leurs occupations, entrant et sortant des habitations au plancher qui craquait, et Angel s'était demandé pourquoi elles avaient l'air si tristes. Des hommes à bretelles cheminaient d'un pas lourd, les épaules affaissées sous un poids invisible. Des enfants couraient, traçant avec leurs orteils des carrés de marelle dans la poussière rouge. Le but du jeu était d'atteindre le ciel avant qu'une bourrasque n'efface les lignes. Personne ne réussissait à temps.

Comme le train partait, Angel avait aperçu la petite portion de la ville qui était blanche, juste de l'autre côté. Si proche qu'on pouvait probablement, en armant bien son bras, briser une fenêtre de là où elle se tenait. Elle avait vu des femmes blanches broder paresseusement des points de croix dans des chaises à bascule tandis que des femmes noires pourchassaient leurs enfants sauvages. Elle avait vu des hommes blancs superviser le travail difficile des hommes noirs aux épaules larges et en sueur. Elle avait vu l'opposé exact de Greenwood. Son père avait eu raison de l'avertir.

À présent que le soleil commençait à se parer des lueurs orangées du couchant, Angel s'arracha de l'herbe et se remit en marche vers chez elle. Elle gardait en tête ce qu'avait dit le diacre Yancey à propos du père d'Isaiah.

De trop pesants secrets dans une trop petite ville pouvaient la faire pourrir de l'intérieur. Et à long terme, la maladie se propageait comme la moisissure d'un fruit dans un panier. Pour le diacre, ça avait contaminé Isaiah, sans aucun doute. Il le méprisait en lieu et place de son père mort ; c'était évident. Mais des secrets pareils ne devraient pas être tus, se disait Angel.

Le diacre Yancey avait dit qu'il n'y avait plus âme qui vive qui connaissait la vérité à propos de Pete. Il était seul à porter ce lourd fardeau. Sa femme savait, évidemment, mais elle était partie en le laissant seul avec son secret. Puis, par un dernier jour d'école poussiéreux, il avait décidé de le raconter à Angel.

Elle voulait lui laisser le bénéfice du doute. Elle voulait croire qu'il le lui avait révélé en guise d'avertissement à propos d'Isaiah. Cependant, elle connaissait le diacre. Elle savait qu'il était égoïste et esseulé. Qu'il voulait seulement se décharger sur elle d'une fraction de son fardeau.

Angel souhaitait aider les autres, certes, mais elle voulait aussi vivre sa vie à elle. Sans fantômes ni vendettas qui s'abattaient sur elle en pluie aveuglante. Mais à présent, elle n'avait plus le choix. À l'approche de sa maison, elle se jura de ne jamais, elle, partager le poids de ce secret. Pas même avec Isaiah.

Michael devait s'être endormi, car leur rue était calme. Elle atteignit enfin la fraîcheur de son porche, poussa la porte et trouva son précieux papa qui ronflait sur le canapé. Il avait déjà été nettoyé et changé par sa mère, probablement exténuée par ce travail solitaire. La culpabilité étreignit Angel. Pas parce que sa mère avait tout fait toute seule, mais parce qu'elle était soulagée de ne pas avoir été obligée de l'aider. Pour la première soirée depuis des semaines, elle put s'allonger dès qu'elle eut franchi la porte. Elle grimpa dans son lit et s'endormit toute habillée.

Mercredi 25 mai 1921, *J-6*
ANGEL

— Debout là-dedans, appela sa mère. Premier jour des vacances, tu sais ce que ça veut dire.

Angel se frotta les yeux et sourit. Ce que ça voulait dire, c'était pancakes au citron, comme depuis qu'elle était petite. Elle avait achevé une autre année d'école et avait droit à son petit déjeuner préféré en récompense.

Se tirant hors du lit, elle entra dans la cuisine et n'y trouva personne.

— On est dans le salon, dit sa mère, avec moins d'enthousiasme. Viens avec nous.

Celle-ci avait rapproché une table carrée dépliante aussi près que possible de son mari, probablement pour rattraper la nourriture qu'il laissait tomber. Ses pancakes intacts fumaient devant ses yeux qui souriaient faiblement. Angel savait que son père voulait lever la main pour lui dire bonjour mais qu'il n'y arrivait pas. Il déclinait rapidement.

— Papa !

Son enthousiasme feint écarta momentanément les nuages des yeux fatigués du chef de famille.

— Merci, maman.

Angel tira son assiette dans un petit angle de la table pliante pour aménager le plus de place possible à son père. Sa mère avait fait de même, le laissant respectueusement présider sur trois côtés. C'était un lion plutôt qu'un homme, il avait toujours inspiré un grand respect. Et même maintenant, qu'il se batte pour vivre ou appelle la mort à grands cris, elles lui montraient leur estime, acquise depuis longtemps.

— J'ai des nouvelles, annonça Angel en fixant les trous dans ses pancakes rebondis pour éviter de voir l'état si misérable de son père. Mlle Ferris nous a demandé, à moi et à un jeune homme qui s'appelle Isaiah, d'aller distribuer des livres plus loin dans le quartier pour gagner un peu d'argent cet été.

Un silence impénétrable plana sur eux pendant trop longtemps. Angel décida nerveusement de le remplir :

— Elle dit qu'il y a encore des coins sans accès à l'éducation dans Greenwood. Ces gens restent entre eux la plupart du temps, je pense, parce que je ne les vois au temple que pour Pâques et les dimanches de l'Avent.

Elle sentit ses parents se raidir au fur et à mesure qu'elle parlait. Elle enfourna une bouchée de pancake et reprit avant de l'avoir avalée :

— Savoir lire est fondamental, nos professeurs nous l'apprennent depuis le début de la primaire. On ira un peu partout sur une vieille bicyclette, avec une remorque. J'ai jamais vu un truc pareil. Faut la nettoyer et la réparer. J'espère que M. Morris se sentira d'attaque pour retaper les parties en bois puis aller chercher du décapant ultra à la quincaillerie de M. Odom, à côté du barbier, sur l'avenue. Cette pauvre chose est rouillée de partout.

Quand elle eut fini son laïus, elle laissa place au silence, attendant avec résignation leur *non* ferme à tous les deux. Elle étudia son assiette. Elle n'avait avalé qu'un petit quart taillé dans sa pile de pancakes, mais elle n'avait plus faim. Égoïstement, elle avait voulu s'évader de chez elle pendant une poignée d'heures chaque jour. Car le début des vacances, ça voulait aussi dire aucune échappatoire aux cris de Michael, aux tresses avec maman et, surtout, à son père à l'état toujours plus pitoyable.

L'été dernier, il était le plus fort d'entre eux tous. La soulevant dans ses bras puissants, faisant tournoyer sa mère dans des baisers profonds. À travailler du lever au coucher du soleil et, quand il rentrait, il était encore plein d'énergie, heureux et prêt à aider – fatigué mais souriant comme s'il n'y avait rien qu'il eût préféré faire au monde : il apportait avec lui un grand soleil. Maintenant, il n'y avait plus que des nuages gris.

— Désolée, dit Angel à voix haute en se parlant en fait à elle-même, à la partie égoïste d'elle-même.

— Isaiah, dit simplement sa mère. Ça n'aurait sûrement pas été mon premier choix.

Puis Angel répéta à voix plus basse :

— Désolée.

— Mais, continua sa mère, c'est néanmoins une noble cause. Qu'est-ce que tu en penses ? demanda-t-elle à son père.

Il ne put sortir que deux mots :

— Noble... cause.

Ensuite, il se mit à respirer bruyamment, avec effort.

Elle ne pouvait pas y croire, se disait-elle, marchant vers la maison de Mlle Ferris, qui était trois rues plus loin. Son premier travail rémunéré. À aider des gens. Le reste ne comptait pas. Ou si peu.

— Le reste ne compte pas, dit-elle à haute voix comme elle arrivait par-derrière.

Elle poussa le portillon du jardin de Mlle Ferris pour s'apercevoir qu'Isaiah était déjà là.

ISAIAH

Il n'y avait plus d'air dans tout Greenwood. Non. Il n'y avait plus qu'Angel qui se dirigeait vers lui. Le calme s'établit alors qu'elle s'approchait, avec lenteur, avec prudence. Avec... curiosité ? C'était quoi, cette expression sur son visage ? Il lui fallut admettre qu'il ne la connaissait pas assez pour pouvoir l'interpréter parfaitement. De l'appréhension, se dit-il. Elle l'appréhendait lui, sûrement. L'imbécile qui avait osé mépriser une fille pareille toutes ces années. En fait, c'était de l'appréhension et de la prudence. Oui. Elle arrivait dans sa direction comme elle s'approcherait d'une grenade dégoupillée. Ce qu'il était, mais pas comme elle avait l'air de le penser.

Libéré de l'emprise de Muggy, il était doux comme un agneau. Maintenant, il ferait tout ce qu'elle lui demanderait. Il serait tout ce qu'elle voudrait qu'il soit. Il se comporterait de la façon dont elle voudrait qu'un homme se comporte. Avec Muggy, il était méchant. Anormalement méchant, sans rime ni raison. Avec Angel, pensait-il, il serait meilleur, plus gentil, plus compatissant. Mais, privé de guide, Isaiah flottait sans but dans la vie. En son for intérieur, il était terrifié d'avoir à prendre des décisions pour lui-même.

— Salut, lui fit-elle, le visage figé dans l'expectative.

Il ne réagit pas. Pas même un tout petit « salut ». Il se demanda à quel moment il était devenu le dernier des imbéciles.

— Bonjour, mademoiselle Ferris, continua Angel. Par quoi on commence ?

— Je vais aller chercher de quoi nous équiper chez M. Odom, répondit l'enseignante avant de hisser un sac sur son épaule. Vous deux, allez à l'intérieur et prenez la première fournée de livres. Vous en aurez besoin de dix, environ. Tu en choisis cinq, dit-elle à Isaiah. Et toi aussi, ajouta-t-elle ensuite à l'intention Angel.

— Quel est notre public ?

Les mots d'Angel s'envolaient de l'arc de sa bouche avec une telle grâce.

— Quel âge ont-ils, au juste ?

— Bonne question, approuva Isaiah en hochant la tête comme un perroquet idiot.

Mlle Ferris eut un petit rire complice.

— Tous les âges, de la maternelle au lycée. Je serai de retour dans un petit moment.

Avec un dernier clin d'œil à Isaiah, elle partit en sifflotant.

— J'espère qu'elle a *Les Âmes du peuple noir.*

Isaiah sourit plus largement que jamais ; il anticipait la forte impression que feraient sur Angel sa passion et son amour évident pour le plus grand homme qui ait jamais vécu.

Il s'attendait à ce qu'elle s'arrête net, se retourne pour le dévisager et soit émue. Au lieu de quoi, elle se dirigea vers la bibliothèque de Mlle Ferris comme si elle n'avait rien entendu. C'était sûrement ça – elle n'avait rien entendu.

La bibliothèque, organisée alphabétiquement avec beaucoup de soin, était petite mais stupéfiante. L'étroite pièce juste derrière la cuisine était probablement une buanderie. Mais c'était sans compter Mlle Ferris, qui avait installé des étagères jusqu'au plafond et deux fauteuils extralarges avec une minuscule table et une faible lampe au milieu. *Le paradis des poètes*, songea Isaiah.

— Waouh, dit Angel.

— Ouais, opina-t-il. Oh, il est là !

Il sortit un exemplaire à l'épaisse couverture impeccable des *Âmes du peuple noir* de l'étagère et le tint dans le champ de vision d'Angel pour qu'elle soit obligée de le voir. À présent, elle serait sûrement convaincue.

Elle n'en fit aucun cas et étira le bras, donnant un coup d'épaule à son livre au passage, pour prendre un exemplaire également neuf de *Ascension d'un esclave.*

Isaiah sentit ses yeux s'agrandir. C'était vraiment une disciple de Washington, exactement comme sa mère. Comme lui-même, avant l'intervention intellectuellement libératrice de la fameuse Edith, la bibliothécaire.

Une étincelle s'alluma en lui, éclairant sa voix, son cœur, son corps. Une certitude l'envahit – il se devait de délivrer cet ange de ses chaînes. De la sauver des enseignements passifs d'un homme mort et enterré, paix à son âme, et de lui présenter l'avenir sans entraves de leur peuple. Partout, ce serait Greenwood. Tous les quartiers noirs du monde utiliseraient leurs dollars à eux, encore et encore, jusqu'à ce que l'encre s'efface. Tous les hommes noirs se tiendraient sur les marches de leur propre maison, bras croisés, cigare allumé, chapeau penché, mettant au défi les hommes blancs au cœur jaloux. Toutes les femmes noires berceraient leurs propres enfants, en sécurité, en caressant leurs petites têtes pendant qu'elles se balanceraient dans leurs chaises à bascule. C'était ça, l'avenir, et Isaiah Wilson était sur le point d'initier cet ange sublime, bien que naïf, au nouvel avenir noir.

— Je comprends à présent, dit-il avec un léger claquement des talons, automatique. Je suis là pour te sauver.

ANGEL

— Répète ça, répliqua-t-elle, l'air mi-dégoûté, mi-stupéfait. J'ai dû mal entendre, sans doute.

— Je suis là, expliqua-t-il avec encore plus d'excitation que la première fois, pour te sauver de toi-même. Tu ne vois pas ? Tu es coincée et je viens te tirer de là.

Angel ne pouvait rien trouver de gentil à répondre à une insolence pareille. Comment osait-il ? C'était les années 1920, quand même ! Beaucoup de femmes travaillaient hors de la maison en l'absence de leur mari. Toutes avaient suffisamment d'esprit pour penser par elles-mêmes, sans que de petits arrogants, des je-sais-tout méprisants, leur disent quoi faire. La tirer de quoi, exactement ? La sauver, *elle* ? Il avait osé.

— Toi, Isaiah Wilson, tu ne vas me sauver de rien du tout, tu m'entends ? répondit-elle en sentant son corps bouger de manière incontrôlable, comme s'il se débattait.

En tant que danseuse, elle percevait son corps d'une façon que ceux qui ne dansaient pas ne saisissaient pas. Elle savait ce que le soulèvement d'un bras signifiait, et quelle était la différence avec un mouvement vif du cou. Ou l'importance de redresser sa posture au lieu de l'avachir. Forte de ce savoir, elle utilisait son corps pour parler en son nom. Mais quelque chose chez Isaiah Wilson lui fit oublier ce savoir.

— Tu... commença-t-il. Tu ne comprends pas.

— C'est moi qui devrais te sauver des maltraitances que tu fais subir sans relâche à ceux qui n'ont rien fait. Ta méchanceté gratuite. Ta... ton... ton... oppression.

Elle se sentait à bout de souffle, sa poitrine se soulevant et s'abaissant de colère, une colère qu'elle laissait rarement apparaître et qui s'échappait maintenant à gros bouillons à la surface. Mais elle ne pouvait pas se retenir avec lui. Il y avait quelque chose chez ce garçon qui la faisait sortir de ses gonds.

— Je... essaya-t-il encore, les paumes en l'air comme pour rendre les armes.

— Toi rien du tout, l'interrompit-elle. Toi, Isaiah Wilson, rien du tout !

Il baissa la tête comme un chien qu'on rabroue en reposant le livre au sujet duquel il avait été si enthousiaste sur l'étagère.

— Et tu sais quoi ? reprit-elle. Du Bois est exactement comme toi, un tyran. Une forte tête, une brute, qui écarte violemment les gens qui sont sur son chemin vers le sommet sans tenir compte de la vie telle qu'elle est. J'ai vu comment notre peuple vit en dehors de Greenwood. J'ai vu le lourd fardeau des générations peser sur le dos des nôtres. Il y a une mentalité, Isaiah. Une mentalité écrasée, tu comprends ? On les a tellement enfoncés, tellement bas, qu'il n'y a plus moyen de remonter. Greenwood est une exception, une touche de lumière dans ce vaste monde obscur.

Elle croisa les bras.

— Laisse-moi deviner, tu n'es jamais sorti d'ici ?

La tête toujours baissée, il demanda :

— Est-ce que je peux parler ?

— Il me semble que je t'ai posé une question, non ?

— Non, je ne suis jamais sorti de Greenwood.

— Ha ! Eh bien, tu devrais.

Quelques instants électriques passèrent.

— Et maintenant, est-ce que je peux parler à nouveau ?

Angel hocha la tête.

— Je ne suis jamais sorti d'ici, dit-il, empreint tout entier d'une tristesse qui peina Angel, tout à coup.

Était-elle trop dure avec lui ?

— Mais j'ai dévoré des livres à propos de notre monde. Avant, mon père se faisait envoyer les journaux noirs. Je les ai encore, si jamais tu veux les voir. Je sais que notre peuple est dans un état de terreur. Je le sais, et je veux que ça change. Parfois, quand Muggy et ses parents sont partis, je m'assieds et je regarde les Blancs faire leurs affaires de l'autre côté des rails. Je les vois se la couler douce alors que nos femmes font le plus dur travail chez eux, dans leurs maisons. Acheter des jolies choses alors que nos femmes font leurs courses. Ne tenant que leur sac à main tandis que nos femmes portent leurs bébés. Ça me rend malade. Il faut que ça change. J'aimerais faire partie de ce changement. Et, à mon avis (il baissa un peu plus la tête avant d'aller au bout de sa pensée), Booker T. ne fait que nous maintenir dans notre état actuel. Peut-être, c'est juste une idée comme ça, que nous avons besoin d'une brute comme Du Bois.

Angel réfléchit un petit instant et décida :

— Non, dit-elle fermement, puis elle se mit à feuilleter *Ascension d'un esclave*[9] pour trouver son passage préféré. Ah, écoute ça : « Le fait même que le garçon blanc soit conscient que, si sa vie est un échec, il va plonger toute sa famille et la mémoire de sa famille dans la honte, et que cette honte souillera plusieurs générations avant lui, est... »

— « ... extraordinairement précieux pour l'aider à résister aux tentations. »

Isaiah ne pouvait visiblement pas se retenir.

— J'ai appris par cœur le livre presque en entier. Demande-moi n'importe quoi.

— Tu en es fier, pas vrai, répondit-elle en faisant de son mieux pour paraître imperturbable, bien qu'elle soit en réalité très impressionnée. Vas-y, continue.

Comme s'il avait eu la permission de se placer au centre de la scène, il leva les bras au ciel de façon théâtrale, imitant Booker T. Washington.

— « Le fait que l'individu ait derrière lui et autour de lui la fierté d'une histoire et d'une filiation l'encourage à surmonter les obstacles quand il recherche ardemment le succès », récita Isaiah sans respirer. Est-ce que ça suffit ? Ou est-ce que je peux continuer ? Je suis très heureux de...

— Qu'est-ce que ça veut dire ?

Ce fut Angel qui l'interrompit cette fois.

— Ce que ça veut dire est évident, je pense, commença-t-il. Né esclave d'un père blanc, il veut avoir la vie d'un garçon blanc. Une route plus simple vers ses désirs égoïstes. En

---

9. Tous les extraits de *Ascension d'un esclave* de Booker T. Washington sont traduits par Marie Chuvin [*Nde*].

surface, Washington était conduit par l'ambition d'améliorer la condition de son peuple. Je l'ai cru aussi, au début. Mais en fait, c'est le contraire ; c'était un oncle Tom[10].

— Comment oses-tu dire une chose pareille ? siffla Angel dès que ces deux mots eurent franchi ses lèvres. Ce n'était pas un oncle Tom, mais, évidemment, ça t'arrange de dire ça.

Elle tourna le dos à Isaiah.

Il adoucit sa voix avant de répondre, s'apercevant qu'il avait franchi une espèce de ligne invisible.

— Est-ce que tu peux m'aider à comprendre ce que tu en penses, alors ?

Angel considéra cette demande un instant et décida qu'il fallait le faire. Elle ne pouvait pas l'autoriser à traîner dans la boue le nom de Booker T. Washington. En plus, il avait formulé avec passion son enthousiasme pour Du Bois ; il était grand temps qu'elle fasse la même chose pour son champion à elle.

Elle s'enfonça dans l'un des fauteuils rembourrés et commença à expliquer sa position. Pas passionnément,

---

10. L'Oncle Tom est le personnage principal du best-seller anti-esclavagiste *La Case de l'Oncle Tom* publié en 1852 par Harriet Beecher Stowe. Le roman, qui s'adresse principalement à un lectorat blanc, a pour objectif de le mobiliser contre les atrocités de l'esclavage. Tom est un personnage christique, exemple de vertu et de dignité. Mais au début du XXe siècle, les Afro-américains se montrent plus critiques envers ce personnage qui refuse de conquérir sa liberté quand il en a l'occasion et ne se considère jamais comme l'égal des blancs. Ils estiment que le roman trahit les préjugés racistes et les positions conservatrices de son autrice. L'Oncle Tom devient progressivement synonyme de servilité et de haine de soi [*Ndr*].

avec des grands moulinets et en tapant du pied comme Isaiah, mais calmement, avec beaucoup de soin. Elle tenait *Ascension d'un esclave* haut dans les airs.

— Ceci n'est pas un livre. Pas à la manière de ceux de Du Bois, pas du tout. C'est un journal intime – à la fois extrêmement personnel et terriblement effrayant par son honnêteté brute. Washington montre le monde tel qu'il était pour un enfant né en tant que possession de son père, avec une mère probablement prise contre son gré.

Elle se pencha vers Isaiah, qui était à présent assis en face d'elle, hypnotisé.

— Aucun garçon ne devrait apprendre qu'un mal pareil existe, aussi tôt dans la vie. Et encore moins en être le fils.

« Quand il écrit ces mots, c'est déjà un homme, oui, mais c'est encore un petit garçon, continua-t-elle, s'arrêtant seulement pour mettre avec soin son index sur le torse d'Isaiah.

« Là-dedans, Washington vient juste de naître. Il est pris au piège dans une case en rondins avec une porte trop petite et aucune idée de ce à quoi servent des draps ou une brosse à dents. Un intellectuel qui ne sait pas lire. Qui travaille dur avec ses mains si douces, si peu faites pour ça. Cet homme, Isaiah, est prêt à reconnaître devant le monde qu'il pleure souvent, sans faux-semblant.

« Les phrases de ce livre ne sont pas faites pour être apprises par cœur.

Elle s'arrêta un instant pour sourire à l'œuvre avec affection.

— Ni pour s'en vanter lorsqu'on est en bonne compagnie, conclut-elle, toujours avec un sourire soudain figé. Il faut savoir lire entre les lignes pour les comprendre de façon adéquate.

Isaiah se recueillit un instant, puis il leva la main comme s'il était à l'école. Quand elle opina, il enchaîna, prêt à débattre :

— Pourquoi, alors, selon toi, pardonne-t-il si facilement la cruauté des Blancs ? D'ailleurs, son propre père n'a jamais revendiqué aucun droit sur lui. Booker T. s'est même obstiné à parler de la grande bonté des soi-disant maîtres et maîtresses, et à affirmer que leurs bienfaits devaient être révérés par tous. Quand ce sont les mêmes démons qui oppriment notre peuple. Qui nous battent. Qui ravagent nos femmes. Qui volent nos enfants. Qui brûlent et réduisent en cendres nos maisons jusqu'à ce qu'il n'y ait plus rien.

Angel se pencha encore un peu plus. Elle acceptait de se prêter totalement au jeu, saisissant l'occasion de lui expliquer ce qu'elle savait et que lui *croyait* seulement savoir.

— Mais tu ne vois donc pas, Isaiah ? Il ne pardonne rien du tout. Il n'en a pas absous un iota. Ce ne sont que des leurres de dupes dans la bouche de l'homme le plus enragé qui soit, possiblement du monde entier. En ce qui concerne la grande bonté des maîtresses et des maîtres, comme tu dis, si tu lis la suite, tu verras que Washington souligne que beaucoup d'hommes sont restés esclaves même lorsqu'on leur a donné la liberté tant désirée. Il s'emporte contre eux. En fait, il est tellement en colère qu'il quitte un travail stable dans les mines de sel pour tracer, sans un sou, mourant de faim, une route à suivre pour lui et, comme tu l'appelles, notre peuple.

« Si tu prends ce texte au pied de la lettre, continua-t-elle avec compassion à l'intention d'un garçon qui, clairement, ne comprenait pas les hommes, tu vas sans doute prendre Washington pour un oncle Tu-Sais-Quoi, et rien de plus. Mais si, au lieu de ça, tu considères la vie de l'homme, sa vie tout entière, tu ne diras plus jamais un mot à son encontre.

Angel bascula en arrière, et elle s'installa un peu plus profondément dans la douceur du fauteuil.

Isaiah, si prompt à débattre la minute précédente, ne réussit pas à articuler la moindre réponse satisfaisante.

ISAIAH

Le débat vira à la chamaillerie lorsque Angel et Isaiah essayèrent de choisir les huit autres livres de leur sélection. Ils avaient inventé une espèce de jeu, où l'un faisait une suggestion et l'autre y mettait théâtralement son veto comme un arbitre qui siffle une faute.

— *Le Jardin secret*, dit Angel comme si elle parlait d'un précieux petit chiot nouveau-né. S'il te plaît, laisse-moi prendre celui-ci ; c'est un joli livre, je le jure.

Isaiah leva haut les bras, prêt à le barrer de la liste. Elle le regarda avec des yeux de faon.

— S'il te plaît, répéta-t-elle. Laisse-le-moi, Isaiah, s'il te plaît.

Il aimait sa façon de dire son prénom. Cette fille pouvait clairement inspirer la pitié quand elle le voulait, pensa-t-il. Et être entièrement belle. Trop belle pour être vraie. Isaiah tendit presque la main pour toucher sa joue, juste pour voir. Il aurait pu jurer que des larmes brillaient sur les paupières inférieures de ses grands yeux, illuminés d'attente. Dieu tout-puissant, si elle le regardait avec ces yeux-là tous les jours... Il ne pouvait même pas rêver d'une telle fortune.

— D'accord, concéda-t-il. Même si ça va contre tous mes principes, tu peux avoir *Le Jardin secret*.

— Ha ! cria-t-elle avant de sauter en l'air. Alors comme ça, on est aussi facile à entourlouper ?

Il aurait voulu jeter ses bras autour de sa taille et l'embrasser. Elle était tout ce qu'il voulait. Plus que ça. Elle était, dans tous les sens possibles, un ange noir sorti de ses rêves.

— Je t'ai eu.

Elle le titillait.

— Tu m'as eu, répliqua-t-il, pas fâché le moins du monde.

— Ooh.

Elle sauta à nouveau.

— *Peter et Wendy.*

Cette fois, elle poussait son avantage un peu loin.

Sur la pointe des orteils, exactement comme quand elle dansait, elle essaya d'attraper un exemplaire vert clair du roman coincé entre une rangée serrée de livres de Beatrix Potter et une pièce de théâtre, *Phèdre*, sur l'étagère supérieure. Elle ne l'atteignait pas tout à fait – aux yeux d'Isaiah, c'était une occasion.

Il se tourna vers elle dans un mouvement dont il avait testé l'efficacité sur d'innombrables filles auparavant. Puis il se secoua comme une mouche importune pour chasser toute arrière-pensée de sa tête. Il redevint lui-même, ou en tout cas, il essaya. *Calme-toi, Isaiah ; après tout c'est un être humain, comme toi*, s'ordonna-t-il. *Fais un pas en avant, attrape ce livre, donne-le-lui et fais un pas en arrière.* Et ainsi fut fait.

Il regarda d'abord son pied droit et, à pas très mesurés, l'avança suffisamment loin pour couvrir la distance qui les séparait – cinquante centimètres environ. Ensuite, il ramena l'autre pied. Après, en prenant soin de ne l'effleurer en aucune manière, il leva son bras au-dessus de ses tresses et attrapa facilement le livre. *OK*, pensa-t-il. *Jusqu'ici tout va bien.*

Mais ensuite, elle le regarda avec ces yeux-là à nouveau. Ces yeux dangereux, encore emplis de lumières scintillantes et de son propre reflet. Ils étaient proches. Assez pour qu'il distingue un cil gris se recourbant parmi les autres. Assez pour voir que ses sourcils n'étaient pas du tout les mêmes. En fait, l'un d'eux était broussailleux sur le côté interne, tandis que l'autre était lisse et dompté. Ses sourcils désaccordés auraient pu, à eux seuls, couvrir deux pleines pages de son journal. Il était suffisamment près, aussi, pour remarquer l'unique boucle échappée d'une de ses nattes.

— Je suis de retour.

Mlle Ferris entra à grand bruit par la porte de derrière, apportant tout ce dont ils auraient besoin. Isaiah sursauta.

Son bras fit un geste incontrôlé vers les étagères méticuleusement organisées pour envoyer une rangée complète de livres droit sur la parfaite tête d'Angel.

— Je suis tellement désolé, dit-il, caressant la joue de la jeune fille comme l'idiot qu'il était. Ça va ? Tu as reçu l'intégrale de Beatrix Potter sur la tête.

Il était si *idiot*, idiot bête.

Elle sourit avant de plier les genoux pour ramasser les ouvrages.

— Au moins, ça n'était pas les grands formats.

— Laisse, dit-il, se recroquevillant à côté d'elle.

— Je m'en charge. Je peux le faire. Je m'en occupe, je te jure.

Isaiah sentit des gouttelettes de sueur se rassembler sur son menton et sous ses aisselles. C'était un euphémisme de dire qu'il était à bout de nerfs. C'était une épave.

— Isaiah.

Il en avait même oublié que Mlle Ferris se tenait là, témoin de sa maladresse.

— Viens m'aider pour le sac. Angel nous rejoindra quand elle aura récupéré toutes les brebis égarées.

L'enseignante lui offrait une échappatoire bienvenue. Aussitôt qu'il fut hors de vue, les paumes d'Isaiah volèrent à son visage pour le couvrir. Mlle Ferris posa une main inquiète sur son dos et dit :

— Allez, viens.

Après quelques instants d'hésitation, il la suivit à travers la demeure. Contournant le garde-manger, où s'étageait un mur entier de conserves maison, de pêches, de prunes, de pommes. Passant sous l'escalier en bois, par une porte latérale où il avait dû se pencher. Il était reconnaissant à sa professeure de l'éloigner d'Angel.

— Qu'est-ce qui ne va pas chez moi ? demanda-t-il avant de s'affaler en tas sur le canapé du salon. Quelque chose ne va absolument pas chez moi.

— Tu le sais.

C'est ce qu'il préférait chez Mlle Ferris. Elle n'était pas du genre à le noyer dans les grands discours et les conseils. Au lieu de ça, elle laissait les mots venir à lui comme ils voulaient. Et en plus, il savait bel et bien. Les gaffes. Les pas et les mouvements planifiés. L'instabilité de la pensée, de l'esprit, du corps. Tout ça, c'était de l'amour. Il avait lu assez de livres pour le savoir.

— Est-ce que tu as besoin d'écrire ?

Elle avait enfin posé la question parfaitement juste.

— Oui.

— Le crayon est là, dit-elle en se penchant pour ressortir. Rejoins-nous quand tu auras fini. Je suis sûre que ce sera un poème magnétique.

La couverture de son journal était humide de sueur à cause du stress, et son propre crayon presque émoussé. Comme il préférait le sien pour écrire, il en mordilla précautionneusement le bout pour en arracher des échardes et révéler le graphite. Submergé, il ne parvint pas à écrire le moindre mot à propos d'Angel. Savoir qu'il allait devoir lui faire face à nouveau bientôt lui coupait l'envie de se laisser aller à trop d'émotions à fleur de peau.

Il décida de penser plutôt à la manière qu'elle avait eue de parler de Booker T. Washington. Tant de déférence pour un homme dont Isaiah savait qu'il ne la méritait pas. Tant d'altruisme envers un homme qui ne parlait que de lui et de ce qu'il avait accompli. Pauvre Angel, embourbée dans Washington jusqu'au cou. Hypnotisée par son enfance tragique et sa condition, elle n'admettrait jamais son arrogance, sa faiblesse et son manque de volonté face à l'oppresseur. Il se payait de mots et n'avait aucun cran. Et Angel, ignorant tout du fonctionnement du monde, refusait d'y être éduquée. Tous les autres, il les aurait effacés de sa mémoire ; elle, il voulait la sauver.

Booker (pour Angel)

Né enchaîné dans les fers,
Boursouflé et bandé,
Battu par des bâtards
Aux satanés chapeaux.

Bleusaille qui pleure
Pendant que son peuple meurt,
Rendant grâce aux bourreaux ;
N'essaye pas de le justifier.
Esclaves, commencez l'ascension, criait-il,
En savourant des plats bien civilisés,
Pendant que les Blancs chargeaient leurs valets
De plomb lourd préparé
Pour tuer sa chair, son sang,
Ravager ses enfants.
Mais ne blâmez pas le Blanc,
dit-il, le Blanc n'est pas méchant.
Pas d'excuses, mon Ange,
Pas pour des faits si graves.
En lui nulle tolérance, nul biais affectif, nulle effervescence biblique,
Mais bien soumission, obéissance et un acquiescement pitoyable.
Mériter ta déférence, lui ? Non !
Ni le bénéfice de ton doute,
Ni ta révérence.
Il n'était que dénigrement, que discours insignifiants.
Que des paroles, jamais des actes,
Langue acérée sans rugissements,
Phrases toutes faites, lieux communs,
Langue parlée par les hommes forts qui accueillaient la guerre.
Maintenant, à Angel,
Je lui dis :
Navré de briser ton joli cœur,
Aimer Booker T. Washington ne f'ra pas ton bonheur.

En relisant le poème en son for intérieur, Isaiah sentit le poids qui pesait sur ses épaules s'évanouir. Écrire, c'était pour lui cracher l'énergie corrompue, c'était ouvrir la voie à la calme décence à laquelle il prétendait. Même imparfaits ou inappropriés, ses mots s'accordaient en bouquets rythmiques, séparés par des espaces qui leur donnaient des airs de Claude McKay ou de James Weldon Johnson. L'acte d'écrire le ramenait là où il était censé être. Un endroit sans Muggy. Sans héros enchaîné. Sans mort prématurée d'un parent. Sans même Angel. Tandis qu'Isaiah malaxait les mots pour en faire émerger une symphonie parfaite, il se retrouvait lui-même, et seulement lui. Il inspira, expira.

Une fois ses voies respiratoires dégagées, il se releva et se coula le long des couloirs, rebroussant chemin dans la maison livresque, artistique, de Mlle Ferris, remarquant des choses qu'il n'avait jamais vues. La plupart des murs étaient recouverts d'étagères pour abriter tout un monde d'ouvrages. Ils tenaient à l'horizontale, en diagonale, dans tous les sens qui fonctionnaient – les livres emplissaient l'espace. Chez n'importe qui d'autre, ça n'aurait été qu'un entassement, mais chez elle, ça avait un charme pittoresque. Le garde-manger bien fourni était le seul endroit où Isaiah ne vit pas un seul livre. Fasciné par ce cellier rangé de façon si méticuleuse, Isaiah s'y arrêta pour l'inspecter plus longuement. Des bocaux de haricots secs ségrégués s'alignaient le long du mur – les blancs avec les blancs, les pois avec les pois, les noirs avec les noirs. Des conserves de pêches, de prunes, de figues et de pommes s'étageaient sur le mur opposé. Au milieu, des miches de pain maison fendues par de larges croix remplissaient des paniers qui s'alignaient sur de nombreux rayonnages.

Isaiah respira cet espace de liberté intact qui n'appartenait qu'à Mlle Ferris, où elle pouvait être qui elle voulait – professeure, boulangère, jardinière, une femme libre. C'était une si petite chose, la capacité à être soi-même, mais interdite à tant parmi son peuple, même maintenant. Chaque femme noire devrait pouvoir vivre dans une paisible créativité comme celle-ci si elle le désirait. C'était un fait que son ange lui avait rappelé : Greenwood était unique en cela.

De nouveau, Isaiah prit une grande inspiration. Dans cette pièce flottait l'odeur de la plus douillette des maisons : la bonne vieille liberté, délicieuse. Tellement de gens ne pourraient jamais éprouver une sensation aussi intangible que la liberté. Pourquoi lui ? Pourquoi Mlle Ferris ? Pourquoi Angel ? Rien de tout ça n'était juste, mais la justice n'avait que peu d'importance ici.

— Tu observes mes trophées, à ce que je vois.

Mlle Ferris le fit sursauter.

— Je suis désolé, répondit-il en se dirigeant vers la porte. C'est simplement...

Il réfléchit à lui révéler le contenu de ses pensées.

— Je suis sûr que c'est beaucoup de travail.

Les grands yeux impressionnés d'Angel apparurent au-dessus de l'épaule gauche de leur professeure.

— Vous avez fait tout ça vous-même ?

— Oui, dit Mlle Ferris avant de s'effacer pour laisser passer la jeune fille dans le garde-manger. Mais je ne considère pas ça comme du travail. Ça m'appartient. Je les ai plantés, je les ai cultivés, je les ai récoltés et je vais bientôt les manger. Ma mère serait morte pour avoir la chance de récolter le fruit de son labeur. Et la mère de ma mère. Œuvrer pour son propre bénéfice, ce n'est pas du travail.

Isaiah profita de l'ouverture.

— En fait, dit-il, c'est pour ça que je suis ici. L'apparence de cet endroit, le soin que vous y avez apporté, c'est du libre arbitre. Cela n'existe nulle part ailleurs dans le monde pour les Noirs.

Il regarda le visage perdu d'Angel.

— Je sais que ça peut paraître mélodramatique, pardon, mais notre peuple n'a pas la chance d'avoir cette vie. Qu'avons-nous de spécial pour y avoir droit ?

— Suivez-moi dans la cuisine, dit Mlle Ferris sans répondre. Je pense que c'est l'heure du déjeuner ; soupe rouge et pain de maïs. Chaque ingrédient provient spécifiquement de ce garde-manger.

Suivant Mlle Ferris de près, Angel souffla à Isaiah :

— Je ressens la même chose toutes les fois que je passe devant les commerces qui appartiennent à des Noirs dans Deep Greenwood[11]. Je n'arrive pas exactement à mettre le doigt dessus. Le mot le plus proche que je peux trouver, c'est la culpabilité.

— Oui, dit-il comme si elle avait identifié la notion qui dansait dans son esprit sans qu'il soit capable de l'attraper.

---

11. « Deep Greenwood » est le surnom donné au quartier d'affaires de Greenwood qui rassemblait une grande concentration de commerces florissants et de professions libérales (avocats, médecins...) jusqu'au massacre raciste de 1921. Également appelé « Wall Street noir », en référence au quartier financier de New-York [*Ndr*].

La culpabilité. Si infondée qu'elle puisse être, c'est ce qui tord mes entrailles.

— Asseyez-vous, tous les deux, les pria Mlle Ferris avant de verser deux bols tout chauds de soupe aromatique sur de généreux carrés de pain de maïs noir.

ANGEL

Angel fut surprise par la saveur délicieuse de sa première lampée. C'en était presque choquant pour son palais. Elle chercha dans son bol une raison valable à ce goût incroyable pour une soupe de haricots basique, mais elle ne trouva que des mangetouts, des grains de maïs et de petits bouts de tomate flottant à la surface. C'était à n'y rien comprendre. Elle décida de fermer les yeux et de savourer.

— Bon sang, mademoiselle Ferris, laissa échapper Isaiah, qu'est-ce que vous avez fait à cette soupe ? C'est la meilleure que j'aie jamais mangée.

Angel rit et le remercia en son for intérieur d'avoir posé la question.

— L'astuce, c'est le roux, répondit la professeure. Et, mon cher garçon, je ne saurais pas te l'expliquer. Un roux, c'est une sensation plutôt qu'une méthode. Simplement, il faut verser, remuer, sentir, toucher, humer, puis c'est prêt. La maman de ma maman m'a appris.

— J'aimerais beaucoup vous regarder faire un jour, dit Angel avec beaucoup d'appréhension.

Certaines femmes prenaient comme une insulte le fait qu'on leur demande leurs recettes secrètes et de famille, les astuces de leur cuisine, mais Angel ne pouvait pas s'en empêcher.

— Si vous voulez bien.

D'abord, Mlle Ferris parut décontenancée ; puis elle se radoucit.

— C'est une question dangereuse à poser à une femme, tu le sais.

— Oui, je sais.

— J'admire ton courage, plaisanta Mlle Ferris. J'aimerais beaucoup te montrer comment je fais le roux. À tous les deux, si vous voulez.

Ils acquiescèrent, la bouche pleine.

— On devrait décortiquer cette culpabilité que vous ressentez tous les deux, continua Mlle Ferris. Puisque vous mangez et appréciez ce que vous mangez, je vais commencer.

Elle s'essuya les mains sur le même torchon à carreaux que la mère d'Angel avait à la maison, suspendu au-dessus de la cuisinière, et s'installa sur une chaise en face d'eux. Toutes les maisonnées de Greenwood possédaient probablement le même torchon, imagina Angel. Elle se souvint qu'il y en avait des piles entières dans la vitrine de la quincaillerie de M. Odom, qui diminuaient chaque fois qu'elle passait devant. C'était l'une des choses qu'Angel préférait dans le fait d'habiter une petite ville comme Greenwood.

— Tout d'abord, je la ressens aussi, dit Mlle Ferris en joignant ses mains pour y poser le menton. Je pense de tout mon cœur que chaque personne noire qui vit, même piétinée par les Blancs, même confusément, la ressent. Notre peuple a été fracturé, vous comprenez ? Stratégiquement séparé en plusieurs classes. Angel, tu connais le passage de *Ascension d'un esclave* où Booker T. Washington parle de ceux qui sont retournés à l'esclavage ? Les visages souriants et à grandes enjambées pleines d'entrain, ils sont retournés se faire écraser par l'homme blanc. Pourquoi feraient-ils une chose pareille ?

Angel prit un moment pour réfléchir. Ce passage du livre de Washington était très critiqué dans son cercle. Il était taillé en pièces, des pièces à conviction qui permettaient de traiter son héros d'oncle Vous-Savez-Quoi. Toutes les fibres de son être voulaient le défendre, surtout en présence de sa professeure adorée et d'un adepte de Du Bois comme Isaiah.

— Je... commença-t-elle avant de s'interrompre.

Comment pouvait-elle l'expliquer ? Elle, jeune fille de seize ans, s'enfuirait aussi vite que possible d'un tel cauchemar. Les enfants séparés des bras de leur mère, les mères rasées par des pourritures, les hommes émasculés par des générations de soumission forcée. Toute la compassion du monde ne saurait expliquer ça. Mais Angel ne pouvait le reconnaître en telle compagnie.

— J'ai du mal à comprendre ce passage, dit-elle simplement. Je n'ai pas les mots.

— Ha ! s'écria Isaiah, se rengorgeant.

Cette seule syllabe, concise, fit bouillir le sang d'Angel.

— Tu vois !

Elle avait presque oublié qu'il était odieux, mais voilà que c'était offert à la vue de tous. Tellement obnubilé par sa propre volonté et sa propre cause que celles des autres ne comptaient pas.

— Tu ne penses vraiment qu'à gagner, toi, hein ? Personne d'autre n'existe au monde pourvu que tu remportes le débat ?

Isaiah prit conscience à ce moment-là qu'il l'avait offensée et se recroquevilla.

— Je ne pensais pas, juste à l'instant...

— Exactement, tu ne pensais pas, répliqua-t-elle du tac au tac. Tu ne vaux pas mieux que le pasteur qui justifie ses propres échecs par des sermons soigneusement choisis. Pas mieux que Muggy. Et tu sais quoi ? Tu ne vaux pas mieux que les Blancs, avec leur mentalité de maîtres, qui gagnent par tous les moyens nécessaires.

Elle savait qu'elle allait trop loin avant même de prononcer ces mots. Elle savait aussi qu'Isaiah ne ressemblait pas le moins du monde à un Blanc mais, à cet instant précis, elle ne se souciait que de le blesser autant que lui l'avait blessée. Et quand elle croisa enfin son regard, elle vit qu'elle avait accompli son but.

— Angel, l'interrompit fermement Mlle Ferris, ne rabaisse jamais un homme noir d'une telle façon, tu m'entends ? Peu importe s'il t'énerve, ne compare jamais un homme bon à un homme pareil. Regarde-moi dans les yeux, Angel, ou tu ne seras jamais plus la bienvenue chez moi.

Angel ne voulait pas lever les yeux. La honte écrasait sa nuque ; elle voulait seulement disparaître sous la table, pour ne plus jamais en ressortir. Elle avait dépassé les limites. Des larmes lui brûlaient les yeux et elle eut envie de gratter son nez qui coulait désormais. Le fond de son estomac semblait lesté d'une pierre, mais elle savait qu'elle devait lever les yeux. C'est ce qu'elle fit donc. Croiser le regard déçu de Mlle Ferris fit pleurer librement Angel.

— Ne dis jamais...

Mlle Ferris se forçait à parler à travers ses dents serrées.

— Ne dis *jamais* à un homme noir qui est bon qu'il ne vaut pas mieux que le plus mauvais des hommes blancs. Aucun homme ne mérite d'être mis dans le même sac que des kidnappeurs, des violeurs, des assassins aussi cruels. Surtout pas par une femme noire. Est-ce que c'est compris ?

Angel hocha la tête en guise de réponse, mais ce n'était pas suffisant.

— Dis-le à voix haute.

— C'est compris.

Les syllabes fracturées s'entrechoquèrent pour former des mots puis elle se tourna vers Isaiah, dont les yeux étaient aussi pleins de larmes.

— Je suis désolée. Je ne le pensais pas du tout.

— Je sais, répondit-il, tentant vainement de sourire. Je n'aurais pas dû me moquer de toi non plus.

— Tu devrais vraiment faire attention à ça, Isaiah, dit Mlle Ferris, visage et voix désormais détendus. Au risque de passer pour un je-sais-tout qui, en fait, ne sait rien. Maintenant, au sujet de ce passage difficile de *Ascension d'un esclave*...

— On n'est pas obligés... commença Isaiah.

— Au contraire, on est obligés, interrompit la professeure. Écoutez, tous les deux. L'auteur de ce livre est source de dissensions entre vous, je le vois bien, mais laissez-les de côté un instant. La question qui nous intéresse, c'est de savoir pourquoi un homme, tout à fait capable par ailleurs, resterait captif quand il a le choix de partir. Ma réponse, très hypothétique peut-être, c'est une inexplicable et impénétrable terreur. Une terreur pareille ne devrait pas existter dans ce monde, sous le regard de Dieu, mais le fait est qu'elle existe.

« Chacun d'entre nous, nous n'avons qu'une vie. Nous n'avons qu'une chance d'en faire quelque chose de beau ; c'est ce que nous avons appris ici, à Greenwood. C'est la différence entre eux et nous, la seule. Nous ne sommes pas meilleurs qu'eux, au fond. Nous savons simplement qu'une vie de servitude peut être transformée en une vie inégalable d'intelligence, d'ingéniosité, de créativité, de triomphe.

Elle fit une pause pour s'essuyer les yeux.

— C'est ça, la culpabilité que nous ressentons en nous. Ça n'a rien à voir avec le fait que nous puissions planter et cultiver nos légumes, ou posséder un commerce florissant, ou même marcher dans la rue sans nous faire harceler. C'est la connaissance intangible que nous, Noirs, pouvons être encore meilleurs que les Blancs si nous le voulons. Et de plus, à leur grand dam, que nous n'avons pas besoin d'eux pour survivre. Tout le monde devrait posséder ce savoir, mais les hommes qui sont restés enchaînés n'en bénéficiaient pas.

Un silence respectueux descendit sur la cuisine et la douleur s'engouffra avec lui. En cet instant, personne n'avait gagné le match de Booker T. Washington contre W. E. B. Du Bois. C'était la vérité qui avait gagné : voler l'innocence ou le bien de quelqu'un serait toujours moins grave que de voler sa confiance en ses propres capacités. C'était ça, la vraie supercherie de l'esclavage et, par conséquent, le vrai triomphe de Greenwood.

— Mais on mérite d'être ici, non ? demanda Isaiah à Mlle Ferris, comme si elle devait avoir la réponse.

Angel attendit aussi, se posant la même question.

La professeure attrapa la main d'Angel dans sa main droite et celle d'Isaiah dans sa main gauche, les joignant tous les trois en un bouquet.

— Chacun de nos descendants mérite un endroit comme Greenwood. C'est à nous de le faire advenir.

— Mais comment ? interrogea Angel avec passion.

Mlle Ferris fit un signe de tête vers le vélo laissé en plan dans son jardin.

— Ça, c'est déjà un début. Vous avez fini de choisir vos livres ?

Jeudi 26 mai 1921, *J-5*
ISAIAH

Angel choisit *Ascension d'un esclave, Le Jardin secret, Peter Pan, Harriet Tubman : The Moses of Her People* et *The Story of My Life and Work* ; Isaiah quant à lui prit *Les Âmes du peuple noir, Le Dixième talentueux, The Negro, Les Noirs de Philadelphie* et *Le Magicien d'Oz*[12]. À la fin, les livres formaient un bel équilibre de puissance et d'humour, pensa Isaiah, un bon mélange pour des âges variés. Et comme il n'avait pas vraiment lu *Le Jardin secret* auparavant, il l'emporta pour le découvrir cette nuit-là. Il ne le dirait jamais à Angel, mais le livre le fit pleurer tellement fort qu'il dut repasser au fer chaud certaines pages froissées de ses larmes. Il le tint contre sa poitrine et courut hors de chez lui, en direction de la maison de Mlle Ferris.

— Je vais au travail, m'man ! dit-il, tentant de partir avant qu'elle ne le retienne.

— Viens ici un instant, répondit-elle. Je t'ai fait des muffins à la carotte.

Il baissa la tête et rebroussa chemin vers la cuisine qui sentait le sucré. Isaiah avait entendu il y avait longtemps

12. Les références littéraires sont détaillées à la fin du roman par la relectrice [*Nde*].

la légende selon laquelle toutes les mères ont un sixième sens pour s'apercevoir de la fuite de leurs enfants, mais sa mère était encore un cran au-dessus. Il s'assit en face d'elle à la table et croisa les mains, s'attendant à des questions.

— Comment était ton premier jour hier ? demanda-t-elle en se servant une tasse de thé. Tu es rentré tard.

Pour gagner du temps, Isaiah enfourna un muffin dans sa bouche.

— Très bien.

Il postillonnait des petits bouts en parlant.

— Tu sais, le travail, quoi.

Elle prit une gorgée de thé, sceptique.

— *Le Jardin secret* ? C'est un choix inhabituel de ta part. Très beau livre.

Elle fit défiler les pages avec son pouce, un doux sourire aux lèvres.

— Il faut vraiment que j'aille travailler, m'man.

— Je comprends, dit-elle avec beaucoup de déception dans la voix. Tu n'as plus de temps pour ta pauvre mère. Prends au moins un dernier muffin pour la route.

Isaiah lui devait tellement plus. Elle était la personne la plus forte qu'il connaisse et la plus patiente, aussi – elle méritait mieux. Il s'arrêta.

— J'ai quelques minutes d'avance, en fait. Ça fait un petit bout de temps que je veux avoir ton avis sur un truc et j'ai jamais trouvé le temps de te demander.

C'était un mensonge. Il avait eu des milliers d'occasions, mais avait eu peur d'être déçu par sa réponse.

— Tout ce que tu veux, l'encouragea-t-elle, pleine de bonne volonté. Demande donc.

— La semaine dernière, au catéchisme... commença-t-il, tu m'as dit que je me comportais d'une manière qui desservait notre cause. Qu'est-ce que tu voulais dire, au juste ?

Sa mère avait l'air submergée par quelque chose d'intensément nouveau. Tellement nouveau qu'il ne pouvait pas l'identifier. Elle expira avant de parler.

— Isaiah, dit-elle, se donnant un moment pour fermer les yeux, formuler une brève prière, puis un autre pour admirer son fils unique, tu as toujours été un combattant. Parfois, tu as mené des batailles qui n'étaient pas les tiennes avec des jeunes gens auxquels tu n'aurais pas dû t'associer. Je respecte l'esprit de lutte qui est en toi. Il est sans limite, mais tu le gâches parfois.

— Qu'est-ce que tu veux dire, je le gâche ?

— Même si tu sais exactement ce que je veux dire, je vais essayer de t'expliquer.

Après quelques gorgées de thé, elle continua :

— Du Bois exalte ta passion. C'est absolument vrai. Mais il est fait de la même farine que Muggy : il encourage un certain manque de considération pour ceux qui t'entourent. Y compris, parfois, pour ta propre chère mère.

Isaiah voulait se défendre. Il ne pouvait pas. Il avait entendu quelque chose de similaire la veille, autour de la table de Mlle Ferris. Sa mère avait raison.

Elle attrapa sa main.

— Tu peux être comme tu veux avec ta maman, mon bébé, l'assura-t-elle. Atroce ou adorable. Mais si tu continues de faire ça avec tout le monde, tu vas perdre des alliés de poids. Et si tu prévois de faire la guerre, sache que les alliés sont plus précieux que les armes.

— Je comprends, dit-il. Je me suis débarrassé de Muggy.

— Sa mère m'a dit que vous étiez brouillés. Elle est passée hier. Elle a dit que tu avais fait un sacré boucan devant sa porte.

Isaiah bouillonnait.

— Muggy a mérité chaque seconde de ce boucan et en aurait mérité encore plus, tu peux me croire.

— Elle m'a dit ça également de toi.

Isaiah fut choqué de l'entendre.

— Ah bon ?

Ils se fixèrent du regard.

— Les mères connaissent leurs fils, mon bébé. Et Dieu a fait toutes sortes de fils – des méchants, des gentils, des cruels et des fils qui, un jour, vont changer la face du monde pour le rendre meilleur. La mère de Muggy en a eu un cruel ; ça, elle le sait.

— Tu penses que toi aussi ?

— Le mien est un roi, tu ne le savais pas ? Maintenant, file, mon roi, avant de perdre ton travail.

La route était chaude et s'épaississait d'une couche de poussière. Tous les sens du corps d'Isaiah étaient irrités. Il soufflait par les narines comme s'il marchait dans un désert, il avait les yeux gonflés à cause de son allergie occasionnelle au genévrier de Mme Tate, le bout de sa langue goûtait la terre des alentours et il entendait les spirales sifflantes des bourrasques enivrantes. Le sens qui était sollicité avec le plus d'intensité, cependant, c'était le toucher.

En traversant la route sablée qui menait chez Mlle Ferris, Isaiah essayait sans relâche d'enlever la crasse de ses mains. Il avait l'impression qu'elles étaient tapissées de papier de verre, dur et écailleux. Le blanc de ses ongles était recouvert d'une couche de saleté beige.

— Tu es en retard, dit Mlle Ferris, qui l'attendait au portillon. C'est la dernière fois, n'est-ce pas ?

— Oui, répondit-il en entrant. La dernière.

Angel était déjà là. Accroupie, elle frottait la rouille sur le guidon de la bicyclette. Elle avait l'air moins inatteignable que les jours précédents. Les cheveux libérés de ses tresses et simplement habillée de bleu, elle était étourdissante, mais elle avait perdu son indicible je-ne-sais-quoi. Isaiah était soulagé ; désormais, il n'était plus aussi nerveux quand il lui parlait.

— Bonjour, Angel. Désolé d'avoir tant tardé.

Un peu formel, songea-t-il, *mais presque normal.*

Elle se leva pour le saluer.

— Je ne suis pas là depuis très longtemps, dit-elle sans le sourire qu'elle arborait depuis qu'il avait commencé à lui accorder l'attention qu'elle méritait.

À voir le travail qu'elle avait effectué sur le vélo, il lui apparut au contraire qu'elle devait être arrivée depuis un bon moment. La chose était désassemblée et les décennies de rouille accumulées avaient presque entièrement été décapées.

— Tu t'en es bien occupée.

— J'ai menti, lâcha-t-elle, la tête baissée. Je ne pouvais pas dormir cette nuit. Mlle Ferris m'a laissée venir avant l'aube pour commencer. Désolée, je ne voulais pas monopoliser le travail.

— Non, non, répondit-il. Je devrais plutôt te remercier.

— Je vais à la cuisine préparer le petit déjeuner et le café, annonça Mlle Ferris avec un clin d'œil évident en direction d'Isaiah.

Plutôt que de continuer à travailler sur le vélo, Angel s'assit sur une souche d'arbre à proximité.

— Il faut que je te parle. Pour m'excuser, je veux dire. Je n'aurais jamais dû dire... tu sais quoi.

Isaiah savait et il essayait très fort de faire la part des choses. Elle l'avait insulté de la pire manière possible, et ça l'avait profondément blessé. Elle l'avait mis dans le même sac que les ennemis de leur peuple. La lie de l'humanité. Il savait qu'elle était désolée, vraiment désolée, mais le commentaire avait laissé une marque. Personne ne devrait posséder un pouvoir pareil – blesser l'autre avec une seule phrase. Mais elle avait cette capacité de lui faire mal. Et ça le terrifiait.

— J'accepte tes excuses, déclara-t-il, se jurant d'effacer l'incident de sa mémoire en même temps que la crasse de ses mains. Parlons d'autre chose, s'il te plaît.

— En fait... commença-t-elle en se levant de la souche, j'aimerais discuter de Muggy Little Jr.

Isaiah ressentit à nouveau le désir irrépressible de se laver les mains. Muggy Little Jr représentait la pire partie de lui. C'était de la crasse incrustée sur sa personne. Il ne voulait pas y penser. Depuis qu'il était allé crier devant chez lui, Isaiah avait réussi à l'éliminer de son esprit. Et voilà qu'elle le ramenait au premier plan. Pour la première fois, une colère dirigée contre Angel s'éleva en lui.

— Pourquoi tu veux parler de lui ? demanda-t-il, visiblement énervé. En ce qui me concerne, c'est fini, rideau.

Angel se tenait devant lui, les deux pieds fermement plantés au sol, à le regarder dans les yeux.

— On ne peut pas faire comme si Muggy et toi ne m'aviez pas harcelée pendant des années, dit-elle avec un calme auquel il ne s'attendait pas. Je veux savoir pourquoi. En fait, je mérite de savoir pourquoi.

Les dents du haut d'Isaiah écorchèrent sa lèvre inférieure dans un mouvement brusque.

— Il n'y a pas de pourquoi, Angel. Je ne peux pas te dire ce que je ne sais pas.

Il mentait : il ne voulait pas exhumer ce qu'il y avait de moche en lui, le suiveur, qui collectionnait les bravades pour être accepté. Comment pouvait-on s'attendre à ce qu'il montre ce qu'il haïssait en lui ? Pas moyen – en tout cas pas maintenant –, et peut-être jamais.

Angel reprit sa place sur le côté du vélo et continua de frotter la rouille qui s'estompait au fur et à mesure.

— Quand tu seras prêt, dans ce cas, lui dit-elle.

Tandis qu'il la regardait travailler, il sut qu'il devait parler maintenant ou il la perdrait à jamais. Il ne pouvait pas baisser sa garde, mais il fallait qu'il soit courageux. Plus fort que jamais. Elle avait raison : après tout ce qu'il lui avait fait subir, elle méritait cette franchise. Il la rejoignit, assez près pour sentir la chaleur de son avant-bras nu.

— Je t'ai vue, cette nuit-là. Encerclée par tous ces garçons. Tu m'as vu, toi ?

Les mots lui échappèrent avant qu'il ait le temps de changer d'avis ; il secoua la tête.

— C'est pas important, pardon. *Moi*, je t'ai vue, et je ne t'ai pas aidée. C'est ça que j'essaye de dire. Ils auraient pu te blesser. Ou... (Il baissa la voix.) Ou pire...

— Je ne t'ai pas vu.

Elle interrompit ses lamentations et il lui en fut reconnaissant.

— Je t'ai *entendu* quand tu as ouvert la fenêtre.

Elle rit un peu en lui donnant une petite tape sur le bras.

— Tout Greenwood a entendu cette fenêtre s'ouvrir, Isaiah. Ça a résonné dans tout le quartier.

Il ne pouvait pas la regarder. Il étudia donc le vélo dans ses moindres détails pour faire diversion. Isaiah avait honte.

— J'aurais dû descendre, dit-il. Mais je me suis caché.

Angel posa une main sur son épaule, et ce simple contact envoya un éclair le long de sa colonne vertébrale. Puis il pensa que ça ne devrait pas être à elle de le réconforter, mais l'inverse. Lui, après tout, l'avait laissée dans la rue à la merci de seize garçons blancs, comme un agneau qu'on envoie à l'abattoir. Il s'était caché derrière un rideau pendant qu'elle faisait face, seule.

— Je ne comprends pas comment tu peux me fréquenter, lui dit-il en évitant son regard. Je suis un lâche. Un nul. Un idiot, un idiot bête.

Angel rit à nouveau. Aux oreilles d'Isaiah, ce rire sonnait comme les cloches de Noël.

— Je ne te connais pas assez bien pour te dire ce que tu es, mais je pense pouvoir t'assurer que tu n'es pas un lâche. Il n'y a que peu de monde de ce côté-ci de la voie ferrée qui ait à supporter un tel déshonneur.

Angel se releva et, visiblement en pleine réflexion, se mit à faire les cent pas devant lui. Elle choisit ses mots avec soin.

— Nous, en tant que Noirs, nous portons une culpabilité bien lourde sur nos épaules. C'est trop, Isaiah. Nos pères l'ont portée pendant des générations. Et nos mères et leurs mères avant elles. Je l'ai remarquée chez les enfants. Et même, tu peux ne pas me croire, chez les tout-petits, comme le garçon de Nichelle, Michael. Et chez toi, sans aucun doute. C'est un bagage irrationnel, incontrôlable, mais dont on ne peut apparemment pas se défaire.

Elle se rassit à côté d'Isaiah. Cette fois, elle était si près qu'il pouvait sentir le chèvrefeuille porté par son souffle.

— Tu en as parlé juste hier, tu te souviens ? De la culpabilité d'avoir un garde-manger bien fourni. C'est complètement insensé de se sentir coupable pour ça, mais je le comprends. Tous les Noirs le comprennent.

Angel mit ses mains sur celles d'Isaiah.

— Ce que je suis en train de dire, ou d'essayer de dire, c'est que tu n'as pas à être désolé d'être resté chez toi l'autre soir. Tu ne devrais pas avoir à rendre œil pour œil, dent pour dent à seize garçons que tu ne connais pas. Laisse-leur, à eux, la culpabilité. Ce sont eux qui la méritent, pas nous.

Les mots qu'il voulait prononcer échappèrent à Isaiah et il se rendit compte qu'il avait retenu sa respiration jusque-là. Étant donné qu'il n'avait rien d'intelligent à dire, il décida de parler librement :

— Je t'ai regardée danser. Tu te déplaces comme si rien ni personne ne comptait. Tu es transportée, tu glisses de ce monde à l'autre sans rupture, comme un esprit. Je ne te connais pas assez bien pour deviner ton destin, mais je n'arrive pas à imaginer qu'on puisse fusionner son corps et son esprit, son chant et son âme, mieux que toi. Je ne peux pas...

Il s'interrompit.

— Mais laisse-moi continuer à essayer. Mes yeux étaient fatigués ; il y avait eu beaucoup trop de témoignages et de gémissements dans le chœur ce dimanche matin-là, continua-t-il, et Angel rit bruyamment pour marquer son assentiment. Tu es sortie de nulle part, mon ange, en me transportant dans ton sillage. Tu es apparue là, sur l'estrade, alors que je donnais de vagues coups de pied dans les replis du tapis. Tu t'es mise à rayonner d'une sorte de blanc infini, avec tes cheveux comme ça.

Il tendit la main pour toucher sa tête, s'attendant à ce qu'elle lève la sienne pour l'en empêcher. On lui avait dit d'innombrables fois de ne pas toucher la chevelure d'une fille, mais, à sa grande surprise, elle le laissa faire.

— Toutes les mèches flottaient derrière toi, reprit-il. Vaporeuses comme de la chantilly.

Sa main descendit à ses douces joues. Isaiah attendit, la regardant droit dans ses yeux brillants, se demandant si elle l'autoriserait à l'embrasser. Son pouce glissa jusqu'à sa lèvre inférieure, rebondie et naturellement rose sous l'arc de Cupidon. Il la sentait trembler sous sa paume rugueuse.

— Est-ce que je peux t'embrasser ?

Il regretta sa question aussitôt.

Quelle idiotie. Il n'avait jamais demandé à une fille s'il pouvait l'embrasser ; il l'embrassait simplement. Muggy se serait moqué de lui.

— Je ne sais pas comment on fait.

— Personne ne sait, répondit-il en chassant de son esprit les pensées de Muggy goguenard. Ça ressemble à un saut dans l'inconnu pour tout le monde.

Elle ferma ses grands yeux et appuya son front contre son torse. Son cuir chevelu sentait le beurre de cacao et la terre.

— Je ne sais pas à quoi ça ressemble, d'être prête, mais je ne pense pas que je le sois.

Isaiah toucha brièvement sa joue de nouveau.

— Tu me diras le moment venu, alors ?

Quand Angel acquiesça, il l'embrassa sur le front.

Ensuite, il tira de sa poche l'exemplaire du *Jardin secret* qu'il avait lu et le lui tendit.

— Ce livre est sans pitié.

Elle recula pour le regarder dans les yeux.

— Comment ça, sans pitié ?

— Ce que je veux dire, c'est qu'il change l'homme le plus fort en grosse flaque de larmes toute moche, lui dit-il.

Elle éclata de rire comme un oiseau chantant.

— C'en est pas un, mais ça frôle dangereusement le chef-d'œuvre.

— Je te l'avais dit.

— Oui, reconnut-il, c'est vrai.

Après le petit déjeuner, ils s'attelèrent tous trois au réassemblage du vélo, ce qui s'avéra une tâche particulièrement ardue pour Isaiah dont l'esprit était plus adapté à l'étude académique qu'à des tâches fonctionnelles. Il n'avait aucune idée de la manière dont il pouvait aider, mais refusait de l'admettre.

— Hum.

Il prit un boulon au hasard.

— Je pense que ça va là.

Mlle Ferris et Angel se regardèrent avant de lui prendre le boulon des mains.

— En fait, c'est la pièce qui tient le guidon, pas les roues.

— Dis donc, lança Mlle Ferris à Isaiah, j'ai un travail important pour toi pendant qu'on assemble le vélo. Pourquoi tu n'irais pas porter ces dessins à M. Morris et lui demander de nous reconstruire une remorque à livres ?

Il sauta sur ses pieds.

— Ça, je peux le faire !

La poussière de l'air était finalement tombée et il atteignit la maison de l'ancien menuisier en quelques minutes.

— Isaiah, l'appela ce dernier. J'ai failli attendre, mon garçon. Viens par là et montre-moi c'que t'as.

Le portail de M. Morris n'avait rien d'ordinaire. Fait en cèdre sculpté et en acier récupéré, c'était une œuvre d'art. Le vieil homme était assis sur sa balancelle construite de ses mains et il souriait à Isaiah qui arrivait.

— Mlle Ferris t'a envoyé avec des dessins, je suppose, dit-il en toussant fort. Eh bien, où sont-ils ? Ça me démange de retourner à l'atelier.

Le dévisageant de haut en bas, Isaiah se demanda s'il était sage de le faire bouger, sans parler de manœuvrer des machines.

— J'suis encore capable, mon garçon, affirma-t-il comme s'il lisait dans ses pensées. J'ai travaillé le bois toute ma vie.

Isaiah, ne sachant pas quoi répondre, resta silencieux.

— Aide-moi à m'lever, jeune homme.

M. Morris tourna son corps vers le bord de la balancelle et tendit les bras pour qu'Isaiah le soulève.

Les deux mains sous les aisselles chaudes du vieil homme, Isaiah prit appui sur ses jambes et le hissa sur ses pied.

— À quelle distance est l'atelier ?

— Juste là, répondit M. Morris à travers des halètements. Pas très loin.

Si Isaiah avait dû y aller seul, ça n'aurait pris qu'une minute, mais il portait pratiquement M. Morris ; cela lui en prit donc presque quinze.

— J'ai besoin d'une autre pause rapide, mon garçon, dit-il à Isaiah, qui l'assit sur un banc à l'extérieur de son atelier.

Lui aussi avait bien besoin d'une pause.

— Fiou, fit-il, s'affalant sur l'herbe nue.

— Tiens.

M. Morris lui rendit les schémas.

— Évente-toi avec ça. Je n'en ai plus besoin.

— Il ne vous faut pas de modèle pour travailler ?

M. Morris se tenait le ventre de rire.

— J't'ai dit qu'j'avais fait ça toute ma vie. Les dessins, c'est pour les gens qui y connaissent rien. Et aussi, c'est contre-productif. Quand tu travailles le bois, il faut surtout une bonne dose d'imagination. Tiens, regarde donc le banc sur lequel je suis assis.

Il en tapota le bois de sa paume comme s'il s'agissait d'une chose vivante, qui respirait.

— J'avais pas de plans pour faire ça. Y a qu'un esprit libre accordé par Dieu qui peut construire une telle beauté. Au fait, en parlant de beauté rare, j't'ai vu avec Angel récemment.

Isaiah secoua la tête en espérant que M. Morris n'exprimerait aucun mépris envers eux. Il savait que la ville pensait qu'il n'était pas digne de la compagnie d'Angel. Peut-être que c'était vrai, mais tout ce qu'il voulait, c'était avoir une chance d'essayer.

— Une fille comme ça peut changer le pire d'entre nous en agneau, dit M. Morris, zieutant Isaiah de façon très inconfortable pour lui. Mais *elle*, elle ne changera pas. Tu m'entends ?

— Oui, monsieur, répondit Isaiah, tête inclinée.

— Dans ce cas, c'est bien, approuva le vieil homme, toute jovialité retrouvée. Maintenant qu'on se comprend, permets-moi de te donner un autre conseil que tu n'as pas demandé. Si elle t'ouvre son cœur, prends-en soin comme tu le ferais du cœur d'un oisillon. T'es qu'un jeunot. Pas encore assez mûr pour apprécier une telle fille, si tu veux mon avis. Mais si tu te sers de la sagesse que Dieu t'a donnée, même à ton âge, tu vas la chérir toute ta vie. Ne laisse jamais passer une fille comme Angel, ou tu le regretteras pour toujours.

— Oui, monsieur, répéta Isaiah avec autant de respect qu'il pouvait mettre dans sa voix. Je comprends.

Tout le monde en ville semblait savoir qu'Isaiah avait des sentiments pour Angel. Est-ce qu'il se tenait différemment ? Il se regarda intégralement. D'abord, ses pieds et ses jambes, puis ses bras et ses mains. Il ne vit que lui-même.

M. Morris rit encore plus bruyamment en réponse.

— Mon cher garçon, commença-t-il, tu ne comprends très certainement rien. Tu ne peux pas comprendre. Sache ceci, je te regarde comme je regarderais un nouveau-né. Avec un peu de pitié, tu vois ?

Isaiah leva les yeux sur le vieil homme, confus.

— Je suis désolé, monsieur. Je ne vous suis pas.

— De la pitié pour ce qui est encore à venir, reprit M. Morris sans une once de rire dans sa voix. On sait ce qu'ils ne savent pas. On sait que les jours froids, glacés même, ne peuvent pas être évités. On sait qu'il faudra endurer des pertes et surmonter des épreuves.

— Monsieur, dit Isaiah, il y a aussi l'amour.

M. Morris lui fit un vrai sourire.

— Oui, y a ça aussi. Mais un garçon de ton âge, ça n'a pas la bonne perspective pour aborder une chose comme l'amour. T'as pas le recul pour apprécier un ange à sa juste valeur. On l'a tous fait, mon garçon ; tu n'es pas le seul idiot. On joue tous aux imbéciles avec la personne tant attendue, jusqu'à ce qu'elle ne se laisse plus faire. Mais tu ne peux pas savoir ça aujourd'hui. Vis un peu plus longtemps et tu verras.

— Je sais qu'Angel Hill est trop rare pour être gâchée, dit Isaiah, presque en l'air. Je ne sais pas si je suis digne d'une fille comme ça.

— Comme j'ai dit, répondit M. Morris en remuant sur le banc, il faut déjà qu'elle veuille bien de toi. Maintenant, hisse-moi jusqu'à cet atelier et jette-moi ces dessins à la poubelle.

ANGEL

Angel et Mlle Ferris avaient presque fini de réassembler le vélo. Il avait l'air flambant neuf.

— Veux-tu fixer ce dernier boulon ? Tu le mérites, Angel. Tu as travaillé sans relâche sur ce projet.

— Faites-le, vous. C'est vous qui en avez eu l'idée de A à Z.

Tandis que Mlle Ferris vissait lentement le boulon sur la poignée gauche, elle sourit.

— Je pense qu'Isaiah te convient, déclara-t-elle. Je sais que ce ne sont pas mes affaires, mais je dois simplement dire à haute voix ce que je pense depuis un certain temps. Vous allez bien ensemble.

Angel réfléchit avec attention à sa réponse et trancha :

— Je pense aussi.

Puis elle songea à toutes ses méchancetés accumulées au fil des années.

— Mais, mademoiselle Ferris, est-ce que les gens peuvent changer aussi vite ? Il a l'air d'avoir fait un demi-tour complet pour moi. J'ai du mal à croire que ce soit vrai, au fond.

La professeure, qui en avait fini avec le guidon, s'assit en tailleur dans l'herbe.

— Est-ce qu'il t'a récité sa poésie ?

— Ce n'est pas lui qui l'a fait, à vrai dire. Muggy lui avait pris son journal et m'a lu un poème à haute voix. C'était court, mais ça m'a fait pleurer.

— J'en suis sûre. Même lui ne comprend pas leur pouvoir. Isaiah a commencé à changer depuis quelque temps ; simplement, il n'a laissé personne voir cette transition. Il a gardé son armure pendant qu'il muait, c'est là son erreur.

— C'est ce que je pense aussi, reconnut Angel.

— Espérons que ce ne soit pas irréparable.

— Aucune erreur n'est irréparable.

Isaiah bondit par la porte, la tête couverte de sciure. Il avait l'air épuisé mais heureux.

— C'est un génie, M. Morris, annonça-t-il avec animation. Vous le saviez ?

Les deux femmes firent un signe de tête affirmatif.

— Pourquoi est-ce que moi, non ? Il m'a montré quelques-unes de ses œuvres les plus complexes et, mon Dieu, cet homme est un maître du bois.

Mlle Ferris se releva.

— Il faut passer du temps avec les gens pour savoir qui ils sont au juste.

— Mais ça ne prend pas si longtemps pour s'en apercevoir avec M. Morris, intervint Angel. Sa virtuosité est éclatante.

Isaiah frotta le long cou du vélo, à présent étincelant.

— Et ça, c'est un exploit que, franchement, je ne croyais pas possible. Il roule ?

— Essaye pour voir, dit Mlle Ferris en se dirigeant vers sa cour arrière.

— Tu viens avec moi ? demanda Isaiah à Angel.

Elle sourit en réponse.

— Toi d'abord. Je vais regarder d'ici, merci beaucoup.

Angel l'observa tandis qu'Isaiah enfourchait le vélo avec scepticisme. Il s'installa sur la selle lentement et posément, sans y mettre tout son poids dans un premier temps. Quand il le fit enfin, le vélo émit un craquement inquiétant.

— Qu'est-ce que... ?

— Ne t'en fais pas, dit Mlle Ferris. Il suffira d'un seul petit tour de piste pour être fixés.

Elle sortit un bloc-notes et un crayon de sa poche.

— Vas-y.

Il plaça ses pieds sur les pédales. Le premier tour fut pour le moins vacillant, puis il prit de l'assurance. Abstraction faite de ses grincements et soufflements, le vélo roulait merveilleusement.

— Regardez, s'exclama-t-il, sans les mains !

Mlle Ferris et Angel rirent à cette gaminerie. Faire du vélo pouvait avoir cet effet-là. Le vent colla sa chemise bleue à son torse et Isaiah sourit de toutes ses dents. *Quelle vision adorable*, pensa Angel. *Et quel moment absolument parfait.* Elle ferma les yeux et forma le vœu d'arrêter le temps.

— À mon avis, nous en avons fini pour aujourd'hui, dit Mlle Ferris. Rentrez à la maison, tous les deux, avant qu'il ne fasse trop sombre.

Isaiah descendit du vélo et tendit la main à Angel. Elle songea à refuser l'invitation. Fixa sa main. À Greenwood, se tenir par la main signifiait quelque chose de sérieux. Cela signifiait une relation, l'exclusivité et, surtout, qu'ils étaient officiellement ensemble. Ils ne feraient pas cinq mètres avant que la rumeur ne se propage dans la ville. Elle ne savait pas si elle était vraiment prête pour ça.

Angel détacha son attention de la main tendue d'Isaiah et le regarda droit dans les yeux. Il était rayonnant, exactement comme quand il était à vélo. Fatigué, sale et avec de la sciure de bois collée à ses épaules, à ses cheveux, à ses joues, il était plus beau que jamais. Crasseux et pourtant lavé de toute méchanceté. Si ça, c'était Isaiah, le vrai Isaiah, elle se rendit compte qu'elle pourrait l'aimer. Elle prit sa main, qui attendait patiemment, et marcha vers le portillon.

— Demain et après-demain, j'aide à préparer le char du Memorial Day à l'école, leur cria Mlle Ferris. On se voit après le jour férié.

— Est-ce que tu vas danser ce week-end ? demanda Isaiah à Angel avant que le portillon ne se referme derrière eux.

La paume de la jeune fille commençait déjà à suer à cause de la chaleur qui émanait d'Isaiah et elle pouvait difficilement se concentrer sur quoi que ce soit d'autre. Elle n'avait jamais tenu la main de personne auparavant, pas comme ça. Dans les livres qu'elle lisait, c'était un geste romantique réservé aux couples qui finissaient ensemble. Mais pour l'instant, tout ce qu'elle en avait tiré, c'était de la sueur partagée. Point.

Elle jeta un rapide coup d'œil à Isaiah, en se demandant s'il ressentait la même gêne. Il semblait tellement plus jeune que par le passé. Comme un enfant enthousiaste, alors qu'avant, il s'efforçait de paraître plus vieux. Muggy et lui avaient fait ça pendant de longues années – marcher voûtés, comme les vieux, et tirer sur des cigares.

— À quoi ressemble Muggy, en vrai ? demanda Angel, ressentant soudain le besoin d'en savoir plus sur leur relation. Je veux dire, je sais que les gens comme moi devraient l'éviter comme la peste, mais à quoi il ressemble quand il est dans un bon jour ? Il ne peut pas être tout le temps méchant. Personne n'est comme ça.

— Il...

Isaiah prit un instant pour regarder l'unique nuage dans le ciel qui s'assombrissait.

— Je pense qu'il souffre beaucoup.

— Explique.

— Son père est...

Isaiah fit une pause.

— Tu sais. Pas idéal.

Angel savait ; tout le monde savait. Elle se rappelait tous les détails d'un dimanche après-midi, il y avait peut-être trois ans de ça, quand elle avait vu Muggy Sr donner une claque sur le derrière d'une jeune serveuse d'une main, l'autre tenant celle de Mme Little. Angel se souvenait d'avoir été mortifiée pour la mère de Muggy. Elle se souvenait aussi de l'air gêné de tous les gens autour d'eux. Elle ne se rappelait pas, cependant, le visage de Muggy Jr. Ni qu'aucune personne ait été mortifiée pour lui – digne homonyme de son père. En fait, Angel n'avait jamais pensé que porter le nom d'un homme pareil puisse être blessant. Mentalement, elle avait barré la possibilité que Muggy Jr puisse souffrir. Tout Greenwood avait fait de même, sauf Isaiah.

— Et il est, euh, drôle, je suppose, continua-t-il, se rendant visiblement compte qu'Angel comprenait ce qu'il voulait dire à propos de Muggy Sr. Quand il n'est pas en train de monter un mauvais coup, il est même très drôle.

— Comment ça ?

— Eh bien... entama Isaiah, balançant la main d'Angel d'avant en arrière comme une scie. Difficile à expliquer. Les filles n'ont pas l'air d'avoir besoin des autres filles comme les garçons. Je peux avoir tort à ce sujet, donc ne sois pas fâchée.

— Je ne suis pas fâchée, répondit Angel, qui lui était reconnaissante d'avoir admis qu'il pouvait être en tort. Continue.

— Je peux...

Il s'arrêta.

— Je peux parler à Muggy de trucs dont j'aurais pu parler avec mon père. Des trucs qui offensent les filles, mais que les garçons comprennent. Des trucs marrants. Des trucs idiots. Des trucs dont j'ose pas te parler.

Il lui fit un clin d'œil.

C'était la première fois qu'il mentionnait son père et Angel capta la soudaine tristesse, intense, dans sa voix, en dépit de ses tentatives pour la masquer. Elle lui serra un peu la main ; elle commençait tout juste à être à l'aise. Pour une raison ou pour une autre, elle n'avait pas beaucoup réfléchi à la mort de son père. Ça ne lui ressemblait pas d'ignorer des situations où la compassion était aussi nécessaire, mais avec lui, elle ne se sentait pas comme d'habitude. Elle se sentait différente mais elle ne réussissait pas à comprendre en quoi. Elle montrait plus ses défauts, elle était moins facile à vivre, elle sortait de son personnage. Il la mettait à nu comme personne.

— Papa est en train de mourir, dit-elle à sa propre surprise. Je n'ai rien dit à personne, pas même à maman, qui m'aide à le soigner. C'est juste que, je suppose, parler de choses comme ça les fait exister. Ou non, c'est faux. Ça les rend réelles. Plus réelles que son affaiblissement ou que sa peau qui devient grise.

Cette fois, ce fut au tour d'Isaiah de serrer la main d'Angel.

— Désolé, lui dit-il. Je ne savais pas.

— Je suis désolée pour ton père, moi aussi. Je savais.

— Ce n'est pas juste de perdre son père, commença-t-il, les yeux rivés au sol en marchant dans les rues proprettes de Greenwood. Je pense que c'est encore moins juste de perdre sa mère – une mère, c'est la vie et la mort. Mais un père peut faire la différence entre un enfant qui galère et un enfant qui s'épanouit. En fait, c'est encore une des choses dont on a parlé, avec Muggy. Son père travaille tellement qu'il n'est jamais à la maison. Il lui donne de l'argent et des cigares et tout ce qu'il demande, mais ce qu'il ne lui accorde jamais, c'est du temps. Et il trompe sa mère allègrement. Ça met vraiment Muggy en colère.

« Mon père, il avait toutes les qualités qu'un homme peut avoir, continua Isaiah, cette fois les yeux levés au ciel. Il traitait ma mère comme la reine qu'elle est. Il ne l'aurait pas laissée soulever le moindre petit poids. Même les poêles quand elle faisait la cuisine. Et il sautait de table pour l'aider même quand elle n'en avait pas besoin. Ça, elle le mérite toujours.

Angel devina que l'humeur d'Isaiah avait changé quand sa main devint flasque.

— Hé, dit-elle, essayant de paraître enjouée, il nous reste deux pâtés de maisons pour parler de choses plus gaies. Dis, t'as prévu de faire quoi après ton diplôme ? Qu'est-ce que tu rêves de faire ?

Isaiah lâcha sa main avec humeur, ce qui la surprit. Suivant son regard, elle en découvrit la raison. Muggy Little Jr et Dorothy Mae étaient assis sur les marches de la vieille Mme Mable, guettant leur approche.

ISAIAH

De vieux réflexes resurgirent, menaçant de submerger Isaiah. Pendant un bref instant, son instinct lui avait dicté de renier Angel. De prétendre qu'il avait pris sa main accidentellement, par erreur ou désespoir. Il sentit se former sur son visage un sourire malveillant et familier qu'il s'obligeait à porter comme un costume trop serré. Puis il regarda en direction d'Angel. Elle avait remarqué son hésitation, il ne savait pas comment. Elle avait senti que l'énergie avait changé et cela le replongea immédiatement dans la réalité.

— Est-ce que je peux ? lui demanda-t-il, tendant la main.

Le regard d'Angel allait de lui à Muggy, qui était plié en deux. Puis ses yeux rencontrèrent ceux de Dorothy Mae, qui ne riait pas du tout. En fait, elle avait plutôt l'air de vouloir pleurer.

Isaiah fut envahi de gratitude lorsque Angel accepta de reprendre sa main. Tant et si bien qu'il l'approcha de ses lèvres et la baisa doucement.

Muggy s'arrêta de rire et commença à applaudir lentement et tout à fait théâtralement.

— Voyez-vous ça, dit-il. Si c'est pas mignon.

— Bouge, Muggy, dit Isaiah, la poitrine gonflée. Tu ne veux pas faire ça.

— Faire quoi, au juste ? répliqua-t-il, riant comme un enfant. Déranger ta promenade romantique avec ta *danseuse* ?

— Laisse-les tranquilles, Muggy, lança Dorothy Mae d'une voix plus fluette que d'habitude. Ils se baladent, c'est tout.

— T'es aveugle, ou quoi ? rétorqua-t-il, et Dorothy baissa la tête. C'est pas une balade. Ça... (Muggy coinça un cigare neuf entre ses dents découvertes) c'est de l'amour. L'amour d'un ange noir.

Isaiah, qui se tenait à présent juste en face de lui, mit Angel légèrement en retrait pour la protéger. Muggy ne toucherait sûrement pas à une fille mais, à voir Dorothy Mae, quelque chose clochait.

— Bouge de là, Muggy. Je veux pas jouer avec toi.

— Non, répondit-il fermement. Toi, tu bouges.

— Avec joie, dit Isaiah, heureux de contourner Muggy et Dorothy Mae, qui leur bloquaient à présent le passage.

Mais son ex-ami s'approcha d'un pas.

— Je te préviens. Ne fais pas ça.

Une fureur protectrice qu'Isaiah n'avait ressentie qu'en présence de sa mère s'éveilla en lui. La main d'Angel se serra légèrement, en signe d'avertissement, pensa-t-il. Ou peut-être de peur ; il ne pouvait pas le dire sans voir ses yeux mais il n'osait pas briser le contact visuel avec Muggy. Regarder ailleurs serait signe de faiblesse. Puis Angel serra de nouveau, plus fort, alors il détourna les yeux. Et quand il le fit, Muggy l'imita.

Profitant de la confusion, Dorothy Mae était allée en catimini à la maison la plus proche – celle de Mme Tate.

Celle-ci émergea de son genévrier, à la fois curieuse et fâchée.

— Angel, ma fille, dit-elle d'une voix lourde de désapprobation en défroissant son éternelle blouse et en ajustant son bonnet, pour l'amour de Dieu, qu'est-ce que tu fais avec cette bande-là ? Et toi, Dorothy Mae Bullock, tu te fais une sale réputation dans tout le pâté de maisons. Rentrez chez vous maintenant, toutes les deux.

— Oui m'dame, répondirent les deux jeunes filles à l'unisson, honteuses, et elles se dirigèrent chacune vers leur maison respective.

— Et vous deux, continua Mme Tate, tournant son jugement vers Isaiah et Muggy, à courir les rues comme des voyous en goguette, vous devriez avoir honte. Mon Timothy n'a jamais été une petite racaille dans votre genre, Dieu soit loué.

Muggy éclata de rire, puis se couvrit la bouche, les épaules encore secouées de pouffements.

— Et qu'y a-t-il de si drôle, jeune homme ?

Isaiah savait pourquoi il riait.

— Ne commence pas, Muggy, l'avertit-il. Garde ta sale bouche fermée et rentre chez toi auprès de ta mère.

Quand Muggy regarda Isaiah dans les yeux, celui-ci comprit qu'il aurait mieux fait de se taire. Maintenant qu'il lui avait ordonné de ne pas le faire, son ex-ami raconterait probablement à Mme Tate la vérité sur son fils adoré.

— Je vais y aller, madame, dit Muggy, mais avant que je parte, je vais vous dire un truc...

Isaiah le connaissait assez bien pour savoir qu'il allait faire souffrir Mme Tate. Il aurait dû lui donner un coup de poing bien carré dans le nez, ici et maintenant, mais, comme la fois où il avait vu Angel confrontée aux garçons blancs, il s'immobilisa.

— Votre fils si doux et si parfait aime les putes autant que moi.

— Mensonges ! cracha Mme Tate, comme si elle avait marché sur un cobra. De sales mensonges venus des tréfonds de l'enfer.

Muggy remit son cigare en place et continua :

— Vous devriez demander à votre mari.

— Arrête, mec, plaida Isaiah, qui avait remarqué qu'une petite foule grossissait autour d'eux.

Cette fois, il tendit la main pour toucher son épaule.

— C'est pas tes affaires.

Les mains de Muggy se levèrent d'un coup.

— Tu as raison, tu as raison.

Il sourit.

— Je lui en parlerai directement, la prochaine fois que je croiserai le précieux Timothy en train de se vautrer dans les bordels.

L'instant d'après, le poing serré d'Isaiah fusa contre le nez naïf de Muggy. La rencontre fut si violente que les pieds de Muggy décollèrent et que sa tête heurta le sol. Les sens en alerte, Isaiah entendit de multiples portes à moustiquaire s'ouvrir en grinçant et se refermer en claquant.

— Qu'est-ce qui se passe ici, nom de Dieu ? cria une voix.

Une autre lança dans la pénombre :

— Qui est-ce, par terre ?

— C'est le fils du boucher, répondit une voix de femme. Isaiah lui a remis les pendules à l'heure.

— Vous allez bien, madame Tate ? demanda une voix plus proche, mais l'interpellée ne répondit pas.

Isaiah ne distinguait rien. Il les entendait, mais tout ce qu'il voyait, c'était Muggy Little Jr étalé sur le sol, à sa juste place. Puis il sentit une paume sur sa nuque.

— Fiston ?

Quand Isaiah se retourna, il fut surpris de trouver M. Morris qui s'appuyait sur une canne derrière lui, de la sciure dans les cils.

— Comment vous avez fait ? demanda Isaiah, curieux de savoir de quelle façon il s'était rendu là sans assistance.

— Pas ton problème, jeune homme, dit-il. Il faut que tu partes. On va s'occuper de ça.

M. Morris fit un geste en direction de la douzaine d'hommes derrière lui. D'un coup d'œil rapide, Isaiah reconnut beaucoup de voisins un peu plus vieux que lui, y compris le fils de M. Morris qui avait baissé les yeux sur Muggy, à présent en train de gémir.

— Le gosse était prévenu, dit l'un d'entre eux. Rentre à la maison.

Et ainsi fit Isaiah.

Dimanche 29 mai 1921, *J-2*
ANGEL

Angel avait eu vent de la bagarre, mais voulait entendre la version d'Isaiah. Elle se leva encore plus tôt pour se préparer au catéchisme. En fait, elle avait attendu toute la nuit avec impatience que le soleil se lève. Des récits variés lui étaient parvenus aux oreilles : celui où Isaiah réduisait Muggy en bouillie et l'inverse. Une rumeur évoquait même Mme Tate qui battait les deux garçons à coups de branche de genévrier. Angel voulait savoir ce qui était vraiment arrivé de la bouche d'Isaiah, et elle espérait qu'il serait au temple ce jour-là. Elle priait pour qu'ils se soient simplement quittés après la brève altercation. Mais si elle connaissait Mme Tate aussi bien qu'elle le pensait, Angel devinait qu'il s'était passé autre chose.

Farfouillant dans son armoire, elle en tira la robe rose pâle que sa mère lui avait achetée quelques mois auparavant. Pour les occasions spéciales, d'après elle. Encore raide dans son plastique et suspendue par des ficelles, elle faisait trop habillée, se dit Angel avant de la ranger et d'attraper sa fidèle robe marron.

Elle entendit un coup à la porte.

— Angel, murmura sa mère, tu es debout ?

— Oui, chère Maman, répondit-elle en étalant sa robe sur le lit. Viens.

Sa mère, les yeux inquiets, ouvrit la porte et entra dans la pièce.

— J'adore quand tu te détaches les cheveux, dit-elle, souriant à travers ses larmes.

— Qu'est-ce qui ne va pas, maman ?

Angel sentit la panique serrer son estomac.

— C'est papa ?

— Non, non. Il dort.

Sa mère s'assit doucement sur le bord de son lit et tapota la place vide à côté d'elle.

— Assieds-toi, s'il te plaît. Il y a une conversation qu'il faut qu'on ait.

Angel obtempéra, posant la robe marron un peu plus loin.

— Tu me fais peur.

Sa mère passa la main dans les cheveux d'Angel, où étaient encore imprimées les tresses de la veille.

— J'ai toujours rêvé d'avoir une couronne de cheveux comme ça. Douce, libre, avec tout ce volume décomplexé.

Puis sa main retourna sur ses genoux.

— Je ne sais pas ce que j'ai fait dans ma vie pour mériter une fille comme toi.

Angel suivit le regard de sa mère dirigé au sol. Elle semblait avoir honte ou être gênée à propos de quelque chose, et elle ne l'avait jamais vue dans cet état. D'habitude, elle crachait du feu : elle était très franche mais toujours mystérieusement charmante. Jamais comme ça.

— La nuit dernière, j'ai fait le plus beau des rêves. J'ai rêvé que tu dansais en complète liberté. Sans le moindre souci du monde, tu dansais. Et c'était ça, le rêve. Ma fille si belle qui dansait librement.

Elle fit une pause.

— Je t'ai laissée rater tout ce qu'il y a de mieux quand on est une fille : tous les jeux, l'insouciance et, par-dessus tout, l'amour. J'ai laissé le temps filer et je n'y ai pas pensé du tout. Mais toi, plus que n'importe qui, tu mérites d'être aimée farouchement et sans limites. Je suis désolée de ne pas l'avoir vu.

— Maman, dit prudemment Angel, je ne comprends pas ce que tu veux dire.

— Tu as seize ans et tu es belle, continua-t-elle. Tu ne devrais pas avoir à prendre soin de ton père, de moi et du bébé de la voisine.

— Mais, maman, dit Angel, comprenant enfin ce que sa mère voulait dire, j'ai été mise sur cette terre pour...

— Aider les gens, finit-elle. Je sais.

— Alors tu sais que ça ne me dérange pas le moins du monde.

— Mme Tate est venue tard hier soir. C'est une femme qui parle de manière alambiquée, comme tu sais. Après sa déclaration de guerre à Muggy Little Jr, elle m'a raconté qu'Isaiah et toi vous teniez la main. Je ne me souviens pas du reste de sa tirade, je ne pensais qu'à toi. J'étais en colère à l'idée de perdre ton aide.

Une larme coula de son œil et roula sur sa joue.

— Sans toi, on n'y arrivera pas. C'est une façon très égoïste de raisonner.

Angel vit sa mère se cacher le visage dans ses mains. Elle commença à lui frotter le dos pour la réconforter.

— Ça va, maman, dit Angel. Je crois que tout le monde pense comme ça.

— Oui.

Sa mère redressa les épaules.

— Mais c'est injuste envers toi. Si tu veux passer du temps avec des amis après l'école, tu devrais pouvoir. Si tu aimes te promener main dans la main avec un garçon qui vit de l'autre côté de la rue, tu devrais pouvoir aussi. Tu ne devrais pas être en train de gâcher ta vie ici avec moi. Et je suis désolée d'avoir laissé s'installer cette situation. À partir de maintenant, plus de bébé Michael.

— Mais...

— Mais rien, l'interrompit-elle. Plus d'aide pour la toilette de papa.

— Tu ne peux pas le soulever seule...

— Écoute-moi bien.

Sa mère sourit.

— Il te reste un an au lycée Booker T. Washington. C'est tout. Après, tu seras adulte. Si c'est ce que tu veux, tu pourras alors sauver le monde, en commençant par les bébés qui ont la colique. Mais cette année, tu as le droit de tenir la main d'un garçon. C'est tout. Tu comprends ?

Angel fit un signe affirmatif.

— C'est bien, dit Mme Hill avant de se lever et d'ouvrir la porte pour quitter la chambre. Maintenant, prépare-toi pour le catéchisme.

Avec un regard à sa robe marron désormais toute froissée, Angel décida de plutôt mettre la rose.

Le temple se remplit encore plus tôt que d'habitude, ce jour-là ; les gens de Greenwood s'amassaient du parking jusque dans l'entrée, et même dans la salle de communion. On discutait en petits îlots, certains portant leurs mains à leur bouche en signe de surprise tandis que d'autres murmuraient des détails à des oreilles curieuses.

Muggy, se dit Angel. Cette racaille avait mis sa menace à exécution. Ce matin, sa mère avait sous-entendu qu'elle avait eu la vraie version de ce qui était arrivé chez Mme Tate, et elle avait eu l'air tellement bouleversée qu'Angel n'avait pas voulu la questionner davantage. Elle savait que ça sentait le roussi, mais elle distingua des « chut » se répandre dans la foule tandis qu'elle approchait. Ils parlaient d'elle.

On n'avait jamais colporté de rumeurs au temple sur Angel auparavant. C'était étrange de savoir que ses voisins, des membres de la congrégation, des amis, inventaient des récits qui la prenaient pour personnage principal. Elle pressa le pas pour arriver dans l'étude du pasteur, là où les autres danseuses de son groupe de prière étaient réunies.

— Waouh, dit Truly, la plus jeune. Tu as l'air d'une grande dame !

Betty, la deuxième plus jeune, prit la main d'Angel et la fit tourner pour voir sa robe gonfler.

— Tellement, vraiment beau !

— Merci, leur dit Angel avec un sourire. Est-ce que l'une d'entre vous sait de quoi ils parlent, dehors ?

— Tu sais pas, toi ? demanda Truly. Ma maman m'a dit que tu étais là, à embrasser et à te pelotonner contre le mignon Isaiah.

— Et c'est pas fini ! ajouta Betty. Ils disent que Muggy Little Jr a pris une sacrée raclée de la part de ton copain.

Mon papa dit qu'Isaiah l'a laissé allongé dehors, dans la poussière. Mon oncle a aidé à le ramener chez lui.

Angel perdit le contrôle de ses jambes et s'affala en glissant contre le mur.

— Oh mon Dieu, il n'a pas fait ça.

— Absolument que si ! dit Truly. Maman dit que ça lui pendait au nez, à Muggy.

Le son de l'orgue interrompit leur conversation et Truly et Betty se levèrent pour y aller.

— Tu viens ? demanda Truly.

— Je pense que je vais rester là cinq minutes.

— On te garde une place !

Elles s'éclipsèrent dans la salle de prière principale. Angel ramena ses genoux contre sa poitrine, essayant de se faire la plus petite possible. En se regardant dans sa robe rose raffinée, elle regretta désespérément de l'avoir enfilée. La marron serait mieux passée ; elle aurait moins détonné dans ce temple qui bruissait déjà. Elle avait vraiment choisi son jour pour se mettre sur son trente-et-un. Alors que la congrégation entonnait « The Lord Is My Light and My Salvation », elle n'arrivait toujours pas à se lever. La porte s'ouvrit alors derrière elle.

— Salut, souffla Isaiah.

Angel vit d'abord sa main bandée et sut tout de suite que les rumeurs étaient vraies.

— Comment est-ce que tu savais où... ?

— C'est Truly qui me l'a dit, répondit-il, souriant. Dès que je suis arrivé.

— Tu es au catéchisme, dit Angel, oubliant un instant toute la folie qui animait le temple.

Il mit les mains sur ses avant-bras et déclara :

— Après t'avoir vue danser, je ne raterai plus jamais le catéchisme.

Angel vit ses yeux avides qui la dévoraient, mais elle ne se sentait plus mal à l'aise. Elle se sentait bien, en fait, sous son regard. Elle pensa aux mots de sa mère, le matin même.

Angel avait toujours cru que sa mission était d'aider les gens. Être semblable au Christ et servir. Elle ne pensait jamais au temps gaspillé, aux opportunités manquées, ou à ce qu'elle méritait pour elle-même. Détaillant Isaiah, de ses yeux pleins de désir à son nez magnifiquement épaté et, enfin, à ses lèvres si pleines, elle ne voulait qu'une chose, l'embrasser, même sans savoir comment. Elle l'embrassa donc, là, dans l'étude du pasteur, même si c'était peut-être un grave péché.

La main bandée d'Isaiah alla se nicher au bas du dos d'Angel et des picotements fourmillèrent partout où elle l'effleurait. D'elle coulait la plus douce des magies. Son autre main était posée sur sa joue et, elle aussi, avait ses enchantements. Mais le plus mystérieux dans tout ça, c'étaient ses lèvres. Douces et pulpeuses comme rien de ce qu'elle avait touché auparavant. Elle essaya de les comparer à quelque chose, mais en vain. Ses lèvres bougeaient d'une manière qui lui donnait envie de l'embrasser pour toujours. Elle déplaça son corps pour le rapprocher du sien, aussi près que possible. Après un moment, il recula, la laissant figée dans le temps, yeux fermés et lèvres tendues.

— On devrait y aller avant qu'ils ne viennent voir ce qu'on fait, murmura-t-il, soufflant son haleine douce sur sa joue. Ils m'ont tous vu entrer ici. Angel ?

— Oui ?

— Ouvre les yeux.

Angel papillonna d'abord des paupières avant de les ouvrir complètement et de voir le visage d'Isaiah qui souriait largement.

— Est-ce que tu te sentirais mieux si on sortait l'un après l'autre ?

— Non, dit-elle, prenant sa main sans hésitation. On sort comme ça.

— Ça va jaser.

Elle lui planta un baiser bref mais passionné.

— Laisse faire.

Lundi 30 mai 1921, *J-1*
ISAIAH

Isaiah se faufila derrière sa mère qui était en train de laver des assiettes et l'embrassa sur la joue droite.

— C'était pour quoi, ça ? demanda-t-elle en se retournant.

— Je t'aime, maman. Et je te remercie pour ce que tu fais pour moi.

— Je t'aime aussi, mon bébé, dit-elle en essuyant ses mains et ses yeux sur son tablier. Merci de l'exprimer à voix haute. Une maman a besoin d'entendre ça de temps en temps.

— Je sais. À partir de maintenant, je vais t'aider beaucoup plus à la maison : à faire la cuisine, le ménage, le jardin, tout. Tu tiens cette maison sur tes épaules. Pas de raison que tu le fasses toute seule.

Au lieu de répondre, elle le serra fort dans ses bras.

— Tout va bien maintenant, dit-il, le souffle coupé par son étreinte. Il faut que j'aille chez Mlle Ferris pour le travail.

Elle retourna prestement à ses assiettes, évitant de le regarder dans les yeux.

— Allez, vas-y maintenant.

En franchissant le pas de sa porte, Isaiah se fit le serment que, désormais, il serait complètement différent. Il ne serait plus égoïste, paresseux ou indigne.

Pour la première fois depuis des années, il contempla les environs. Greenwood était bordé d'arbres et bien entretenu. Son monde était isolé du monde cruel dont Du Bois parlait. S'il y avait une chose au sujet de laquelle Booker T. Washington avait raison, c'était Greenwood. Il l'avait appelée le Wall Street noir de l'Amérique. Le Graal. Un flambeau d'espoir pour son peuple – et Isaiah avait reçu la grâce d'y vivre tous les jours de sa vie.

En passant devant des foyers bien-aimés, avec à l'intérieur des familles bien-aimées, il se posa la même question : pourquoi lui ? Pourquoi lui, une petite racaille de dix-sept ans, avait-il le droit de vivre dans un endroit pareil ? Il décida que la raison n'était pas très importante, du moins pour le moment. Ce qui était important, c'était qu'il apprécie cette chance si rare. La liberté d'apprendre et de savoir dont il bénéficiait, il s'en emparerait et la propagerait comme un feu au reste de son peuple. Pour que leur esprit s'illumine comme le sien, qui était né libre.

Il était arrivé au coin du pâté de maisons de Mme Tate. Il sentit le genévrier avant de la voir assise sur son porche. Tout en lui voulait faire comme s'il ne l'avait pas remarquée là, toute seule. Quelques semaines seulement auparavant, il l'aurait ignorée. Il poussa le portail et s'assit à sa gauche.

— Est-ce que vous tenez le coup ?

Même s'il savait qu'elle l'avait repéré, elle n'avait pas encore fait de signe pour le montrer.

— On ne vous a pas vue à Mount Zion hier.

— Il n'avait pas le droit, lui dit-elle, les dents serrées. Aucun droit de briser une vie si facilement, juste avec des mots. Pas le droit, pas du tout.

Muggy n'avait pas le droit. Ça, c'était évident, mais, pour Isaiah, ce n'était pas aussi simple et univoque que les révélations sur la famille de Mme Tate, qui tirait maintenant une tête de six pieds de long. Non, c'était toute une vie de ce comportement. Détruire les rêves et l'estime de soi des gens. Enfoncer des lames empoisonnées dans le cœur de ses propres voisins. Et pendant des années, Isaiah en avait été complice.

— Je n'avais pas le droit non plus, lui déclara-t-il. D'être témoin… Non, en fait, j'étais aussi coupable que Muggy de terroriser mon propre peuple. Avec vous, c'est la première fois que je lui ai dit stop. J'aurais dû lui coller mon poing dans la figure il y a bien longtemps.

Mme Tate se tourna vers Isaiah, s'intéressant à sa présence pour la première fois depuis qu'il s'était assis à côté d'elle.

— Tu es une goutte d'eau dans l'océan et tu es jeune, plus jeune que tu ne le crois, assez jeune pour apprendre à penser par toi-même. Soulève-toi contre ce que tu considères injuste. Bats-toi à coups de poing, manifeste ; l'avenir t'est encore complètement ouvert. Mets-toi à l'ouvrage maintenant et tu deviendras un homme sacrément énergique. Peut-être même aussi bon que mon Timothy.

— Merci de dire ça, répondit-il. J'apprécie d'être mis dans la même catégorie que votre Timothy. Je sais que c'est un très beau compliment.

À ces mots, elle éclata de rire.

— C'est sûr. Et c'est moi qui devrais te remercier.

— Pourquoi ça ?

— Voir cet horrible petit gars gémir dans la poussière m'a mis du baume au cœur.

— Il était prévenu, dit Isaiah avant de se relever des marches.

— Oui.

À nouveau, Isaiah était en retard chez Mlle Ferris, mais cette fois, elle n'était pas fâchée. Quand elle s'extasia sur la bicyclette fraîchement terminée, elle était plus heureuse qu'il ne l'avait jamais vue. Près d'elle se tenait son ange radieux, dans une robe verte qui lui tombait aux chevilles. À son approche, Angel lui fit un signe de main et il se sentit rayonner.

— Vous pouvez y croire ? demanda Mlle Ferris. M. Morris a installé ça tôt ce matin. C'est tellement mieux que mon dessin. Regardez ça.

Isaiah dut détacher ses yeux d'Angel pour observer en détail la remorque en bois à l'arrière du vélo. C'était une vraie merveille. Arrondie aux angles, avec des volutes d'un brun tout en nuances qui ornaient le bois brillant. Des compartiments à livre individuels et amovibles étaient installés dans chaque casier rectangulaire. Le premier était numéroté de un à cinq, un autre de six à dix, puis de onze à quinze, et enfin, seize et plus.

— M. Morris a fait un travail formidable avec Blue, dit Angel, lentement, doucement.

Isaiah sentit ses yeux chercher les siens.

— Oui, vraiment formidable, dit-il en croisant son regard.

Mlle Ferris savoura l'instant, souriant jusqu'aux oreilles et visiblement heureuse du lien qu'ils avaient formé.

— Eh bien, qu'est-ce que vous attendez, alors ? Chargez-la et allez distribuer ces livres. Vous êtes au travail, tous les deux.

ANGEL

Angel avait un pressentiment, ce jour-là. Qui n'était ni bon ni mauvais ; d'une façon ou d'une autre, elle savait que les vents du changement étaient imminents.

Elle avait embrassé quelqu'un, premièrement. Et deuxièmement, c'était elle qui avait initié ce baiser. Ce sentiment, ça devait être l'amour, pensa-t-elle, et puisqu'elle n'avait jamais vraiment aimé personne auparavant, elle ne savait pas que ça allait de pair avec un certain malaise. Chacun, sous l'emprise d'un tel charme, devait se sentir mal à l'aise, supposait-elle. Est-ce que c'était pour ça que tout le monde se comportait si étrangement ?

— Soit tu penses à un truc merveilleux, soit tu penses à un truc terrible, dit Isaiah à Angel alors qu'ils étaient tous les deux montés sur Blue et qu'ils descendaient paisiblement la route poussiéreuse. Et j'ai peur de découvrir la réponse.

Elle ne savait pas vraiment comment réagir, alors elle plaça sa main sur celle d'Isaih, qui tenait le guidon, et parla d'autre chose :

— Ces dernières nuits, j'ai lu les œuvres de Du Bois que tu as choisies.

— Et ?

— On ne peut pas nier qu'il ait du génie, dit-elle, essayant de ne pas l'offenser. Intellectuellement, il a des mots qui touchent juste, plus juste que tout ce que j'ai pu lire. Tout à fait philosophiques.

— T'as pas besoin de dire ça.

— Je sais que je n'ai pas besoin.

Angel s'attendait à ce qu'Isaiah évoque Booker T. Washington, mais elle était heureuse qu'il ne le fasse pas. Ça aurait été forcé. Et elle voulait uniquement la vérité venant de son Isaiah.

— C'est équitable, parce que tu m'as dit que *Le Jardin secret* t'avait beaucoup fait pleurer.

Elle attrapa son bras mince.

— Est-ce que j'ai dit pleurer ?

Il rit en cachant son visage de son bras libre.

— D'accord, je l'ai dit, mais pour ma défense, ce livre est – c'est quoi le mot ? – mélancolique.

— Mélancolique ?

— Tu sais, sinistre. Déprimant.

— Il n'est absolument pas sinistre !

Elle repoussa son bras par jeu.

— C'est un *opus magnum*, comme dirait notre prof de latin. Une œuvre d'art. Figure-toi une famille riche. Une fille qui a toujours eu tout ce qu'elle voulait. Qui a toujours été entourée de faste, de luxe, de bijoux, de richesses, mais tout ce qu'elle désire vraiment, c'est l'amour de ses parents morts. C'est une tragédie, or il n'y a pas de tragédie sans une certaine dose de pessimisme.

— Donc tu es d'accord ! s'écria-t-il. C'est sinistre.

Elle lui tapa légèrement l'avant-bras avant de s'en emparer de nouveau.

— Tu adores vraiment remporter les disputes.

— C'est dans mon caractère, dit-il. Ça ne sert à rien de le combattre.

— J'aime bien. C'est à la fois très pénible et mignon.

Ils traversèrent la moitié de Greenwood à vélo pour atteindre les rues les plus pauvres de la communauté. Angel s'aventurait rarement dans ces coins-là. C'est que, d'habitude, elle n'avait aucune raison d'y aller ; mais aujourd'hui, elle était prête à distribuer des livres.

Les habitations dans les deux derniers pâtés de maisons de Greenwood tenaient plus de la cabane que de la maison. Les jardins étaient beaucoup moins fleuris – juste de la poussière dans la plupart des cas. Mais les gens, eux, étaient les mêmes que dans son quartier. Plus sales, oui, mais les mêmes.

Les enfants se pourchassaient les uns les autres à travers de nombreuses cours, sautant les barrières pour jouer à chat tandis que leurs mères leur criaient de ralentir. Des lignes de linge prenaient l'air, se balançant dans le vent et gonflant pour sécher. Et même si Angel ne reconnaissait qu'une poignée de ces gens, ils les accueillaient tous en les saluant.

— Arrête-toi là.

Angel pointa du doigt un attroupement de sept fillettes assises en cercle resserré près de l'extrémité de la voie ferrée. Elles avaient l'air de faire des jeux de main.

Isaiah freina près d'elles.

— Bonjour, jeunes demoiselles.

La plus âgée n'avait pas plus de onze ans, mais elles tombèrent toutes en extase devant lui. Lui, en revanche, n'avait aucune idée de quoi faire ni où regarder, ce fut donc Angel qui prit les commandes.

— Je m'appelle Angel, commença-t-elle. Et lui, c'est Isaiah.

— Saluuuuut, Isaiaaaaaaah, gloussèrent-elles à l'unisson, ce qui le mit dans un état de panique totale, ses joues virèrent au rouge cramoisi.

Il les salua en vitesse avant de plonger derrière la remorque.

— Nous sommes là pour vous apporter les meilleurs livres au monde.

Angel s'accroupit près d'elles, dans la poussière.

— Choisis à la main par le seul et unique Isaiaaaaaaah, et moi-même.

Angel croisa son regard avant qu'il ne roule des yeux.

— Puis-je m'asseoir ?

— Tu vas salir ta jolie robe, dit une des plus jeunes du cercle. La saleté d'ici, c'est dur à faire partir.

Angel vit l'inquiétude sur le visage de l'enfant, elle lui rappela ses propres angoisses.

— Le privilège de s'asseoir dans un tel cercle vaut bien un peu de saleté sur ma robe.

Elles lui sourirent toutes comme si elle avait été de sang royal.

— Je suis Sally Ann, lui dit la petite fille. Enchantée de te rencontrer.

Puis les autres, à leur tour, dirent leur nom – Mattie Hayes, Anna Grace, Wilhelmenia, Cora Faye, Fanny et Hattie.

— Enchantée de vous rencontrer toutes, dit Angel, qui prit soin de regarder chacune d'entre elles dans les yeux.

— Tu vas au lycée Washington ? demanda Cora Faye avec des étoiles dans les yeux. C'est là que je vais aller.

— Tu aimerais bien, dit Wilhelmenia. Personne va à la grande école. On a notre école à nous, par là.

Elle désigna une cahute noire de suie juste à côté de la ligne de chemin de fer. Angel suivit le doigt du regard pour s'assurer qu'elle observait le bon endroit. Ce n'était pas un lieu où apprendre la physique, l'histoire et le latin en bonne et due forme. Les sifflements du train à eux seuls suffisaient à rendre l'espace impropre à l'apprentissage. Le dédain devait se peindre sur le visage d'Angel, parce que Isaiah, venant de nulle part, sauta à pieds joints dans la conversation.

— On va vous apporter le lycée Washington sur un plateau, alors, dit-il avec une exubérance forcée dans sa voix. Ça vous intéresse ?

Toujours en admiration, les sept fillettes approuvèrent de la tête.

Après trois bonnes heures assis en tailleur dans leur cercle resserré, Angel et Isaiah n'avaient couvert que quelques pages du *Jardin secret*, les premières. C'est à peine s'ils arrivaient à lire un paragraphe entier qu'ils étaient assaillis de questions sur la signification d'un nouveau mot ou bien d'interrogations plus profondes à propos de la richesse et des privilèges.

Angel sentit qu'elle était entourée d'excellence noire, comme dans l'avenue commerçante florissante de Greenwood ; cela émanait d'Isaiah et des filles, qui voulaient tout savoir, tout faire, avec justesse intellectuelle et force d'âme. Les livres, ça ouvrait un boulevard, mais ce n'était pas le seul. Angel voulait leur montrer tout ce qu'elle aimait dans son Greenwood, une vingtaine de rues plus haut : les coussins d'herbe grasse, la paix des graines semées qui germent au printemps. C'était sa mission à présent. Atteindre ces filles. Mais pas seulement celles-ci : toutes les filles noires, à la façon de Sojourner Truth[13].

Tandis qu'Isaiah était en grande conversation avec le groupe à propos de son interprétation du livre, Angel sentit une larme couler rapidement de son œil droit. Et puis, dans une espèce de flou, elle vit des nuages menaçants se former au-dessus de sa tête. Des nuages qui se moquaient d'eux, car il n'y avait pas la moindre condensation. C'étaient ceux dont son père lui avait parlé. Et avec ces nuages vinrent les sirènes.

---

13. Née esclave dans le comté néerlandophone d'Ulster, à New York, en 1797, Isabella Bomfree se rebaptise Sojourner Truth en 1843 en référence à son engagement religieux et devient une infatigable militante en faveur de l'abolition de l'esclavage, des droits civiques et des droits des femmes. Dans son célèbre discours « *Ain't I a woman* » (« Et ne suis-je pas une femme ? »), Sojourner Truth devient la première militante à articuler racisme et sexisme.
En 1850, la prédicatrice, qui n'a jamais appris à lire ni à écrire, dicte ce qui va devenir son autobiographie – *The Narrative of Sojourner Truth.*

ISAIAH

La mère d'Isaiah frappa à la porte de sa chambre.

— Allez, il faut se préparer pour le défilé.

Il était en train de lire un autre ouvrage de la sélection d'Angel : *Harriet Tubman : The Moses of Her People.* Il n'en était qu'à la moitié et il savait qu'il n'aurait pas le temps de le finir. À contrecœur, il plaça le livre sous son oreiller, à côté de celui de Du Bois – compliment suprême.

— Je suis debout, j'arrive.

Tout avait fermé dans Greenwood pour le Memorial Day. Les stores des boutiques étaient baissés et les persiennes closes, mais les rues étaient remplies de gens surexcités, prêts pour les festivités. Pour la plupart des habitants de Greenwood, c'était le plus grand défilé de l'année, avec des majorettes, des marches militaires et la meilleure fanfare de la région, dirigée par le seul et unique lycée Booker T. Washington.

La fanfare était populaire pour de bonnes raisons. La préparation était longue et exigeante. Les grosses caisses avaient secoué Greenwood pendant les six semaines ayant précédé le Memorial Day. Les tambours-majors recevaient un savon du directeur de la fanfare, M. Monty, s'ils déviaient de quelques centimètres à peine. Et il leur pinçait le bras si celui-ci n'était pas à quatre-vingt-dix degrés exactement. Quant aux majorettes qui faisaient tomber leur bâton, elles écopaient de tours de piste.

Plus on s'approchait du Memorial Day, plus les répétitions devenaient intensives. La semaine précédente, alors même que c'était la dernière semaine de cours, on pouvait voir les membres de la parade en formation bien réglée avant que le soleil ne se lève au-dessus de l'école, et toujours dans la même formation bien réglée au moment où la lune prenait place dans le ciel.

Isaiah avait songé à rejoindre le groupe, une fois. Il avait tâté un peu de flûte au début du collège, mais Muggy lui avait refusé le droit d'en jouer en lui expliquant que c'était un instrument de fillette. En y repensant, ça aurait été le bon moment pour être ferme avec lui. Une crise d'adolescence précoce leur aurait fait à tous les deux le plus grand bien ; hélas, Isaiah avait simplement rangé l'instrument sous son lit, livré à la poussière. Avant de le frapper devant le genévrier de Mme Tate, Isaiah pensait qu'il était impossible de se dresser contre Muggy. Maintenant qu'il l'avait fait une fois, il ruminait toutes les occasions parfaites qu'il avait eues de le faire plus tôt.

La mère d'Isaiah pressa le pas devant lui pour se faufiler à travers l'un des rares interstices dans la foule compacte. Jetant un coup d'œil à la ronde, celui-ci regretta de ne pas avoir mis de chapeau, car tous les hommes qu'il voyait en portaient. Bien qu'on soit un jour de semaine, la foule s'était mise en habits du dimanche. La taille des femmes était sanglée pour être domptée, leurs filles boudaient car elles voulaient enlever leur bonnet et leurs fils faisaient courir leurs pouces sur des bretelles bien serrées.

Isaiah scruta le public pour déceler un visage étranger, mais il n'en repéra aucun. Il connaissait bien tous ceux et celles qui étaient là. Il trouva cependant quelque chose de nouveau dans leur regard – du respect. Depuis Mme Edith, la bibliothécaire, jusqu'aux sœurs Barney en passant par George Morris. Ses yeux s'attardèrent sur Mme Tate ; quand elle leva les siens, elle hocha la tête puis se détourna en direction des tambours-majors qui arrivaient.

Pauvre femme, pensa-t-il. Elle se tenait dans la foule serrée, se forçant à redresser le menton tout en sachant que, dans son dos, les chuchotements iraient bon train pour encore quelques jours. Mais pas pour la même raison qu'Isaiah. Elle était la cible de ragots ; il recevait des louanges.

Avec sa robe de tous les jours, Mme Tate détonnait dans la parade comme un jardinier au milieu de religieux. Elle avait probablement taillé son genévrier toute la journée, entourée des souvenirs délicieux de son fils bien-aimé et de son mari estimé. Quelle horreur de découvrir que tout ça n'avait été qu'une farce... Elle avait été vaincue en quelques instants par une espèce de petit gars à la langue bien pendue qui s'appelait Muggy Little Jr. Il avait mérité sa raclée, vraiment.

Isaiah avait rarement pitié de quiconque, mais à ce moment-là, il eut de la peine pour la pauvre Mme Tate, si âgée. C'était l'influence d'Angel ; il s'en aperçut et il sourit intérieurement. C'était le modèle de cet être authentiquement bon dans sa vie qui déteignait sur lui. Les tambours-majors attirèrent son attention en tournant au coin de la rue et en entrant dans son champ de vision.

Quand Isaiah était petit, il avait accompagné sa mère du côté du Tulsa exclusivement blanc pour une excursion à la chambre de commerce. Ce jour-là, pour une raison qui lui échappait, ils avaient fermé les rues pour leur propre défilé. Isaiah se souvint des nombreux chapeaux verts et des banderoles dans le vent. Il se rappelait aussi les hurlements et les cris de guerre poussés par des hommes chancelants, à moitié ivres. Il s'était caché derrière la longue jupe de sa mère, regardant encore d'un œil pour apercevoir les tambours-majors blancs.

— Maman, maman, lui avait-il demandé, tirant sur son chemisier qui était rentré dans sa jupe. Qu'est-ce qu'ils font ?

Elle s'était penchée avec une grâce folle.

— Ce sont les tambours-majors, mon bébé. Ils sont comme ceux du lycée Booker T. Washington au défilé du Memorial Day, l'an dernier.

Après quelques instants de réflexion, il lui avait répondu :

— Ils n'ont rien à voir, maman. Rien du tout.

Elle avait souri et s'était redressée. À ce moment-là, Isaiah se souvint d'avoir été triste pour les Blancs dans cette foule verte. Personne ne devrait être obligé de contempler un spectacle si abrutissant : des tambours-majors saluant mollement d'avant en arrière et d'arrière en avant sans raison précise. Ils étaient censés divertir – danser, lever les genoux et lancer des coups de pied tellement haut qu'ils pouvaient faire saigner leur nez. Quelque chose n'allait pas, Isaiah se rappelait avoir pensé. Décidément.

Mais à présent, en voyant au travail ses camarades de classe, Thomas Odom et Reginald Tip, Isaiah savait que c'était la crème des tambours-majors. Pour la première fois depuis les débuts de la troupe, Thomas et Reginald avaient ajouté des saltos arrières synchronisés à la routine déjà incroyable de la fanfare du lycée Washington. Tous les yeux s'écarquillaient devant leur talent inégalé, y compris ceux d'Isaiah, même s'il pensait avoir vu et revu cette séquence de nombreuses fois.

— C'est toujours aussi merveilleux, non ?

Sa mère lui donna un coup de coude gentil.

— Regarde ! Comment ces filles envoient-elles leur bâton aussi haut ? J'ai toujours voulu faire ça. Mais je n'ai jamais eu le sens du rythme, ajouta-t-elle en se dandinant, hors tempo à la fin.

— Oui, maman. Je sais.

Isaiah sourit et se mit la main devant les yeux pour ne pas voir sa tentative de danse.

— Héé !

Quand la ligne de majorettes entra dans leur champ de vision, Isaiah aurait juré avoir vu la cheffe d'équipe, Faye Tifton, lui envoyer un clin d'œil discret, et Lillian Finn, la seule de l'équipe à être en Première, lui en faire un autre. Mais c'était sûrement son imagination.

— Est-ce que c'est moi, lui souffla sa mère à l'oreille, ou ces filles te font des clins d'œil les unes après les autres ? Doux Jésus, je suppose que mettre une raclée à la petite brute du quartier, c'est le philtre d'amour dont tu avais besoin.

Elle lui frotta le sommet du crâne et Isaiah sourit avant d'esquiver son geste en se penchant.

Il ne s'était pas aperçu qu'il la dépassait de beaucoup, à présent. Elle n'avait jamais eu à tendre autant son bras pour toucher sa tête. Ça le rendait triste, quelque part.

— La meilleure équipe de tambours-majors du pays, dit-elle sans les regarder.

Isaiah hocha la tête en les regardant marcher et jouer de façon synchronisée et vibrant à travers la ville. Après son échec à la flûte, Isaiah avait exprimé un certain intérêt pour la ligne de tambours. Ils étaient des aimants à nanas – tous les athlètes de l'école faisaient pâle figure à côté d'eux. Mais après avoir été conduit par son père à une leçon, il avait arrêté.

— Ces gars donnent l'impression que c'est tout simple, répondit Isaiah à sa mère, se rappelant cette unique leçon. Mais avoir les pieds, les mains, les bras et les épaules qui font des choses différentes et à leur propre rythme, ça ne devrait pas être possible.

— Il faut croire que je ne suis pas la seule à être dépourvue de sens du rythme dans la famille, le taquina-t-elle.

— Hé ! répliqua-t-il. Touché.

Le reste du défilé était une démonstration assez convenue de petite ville – des maternelles qui saluaient sur les côtés et jetaient des bonbons, des chars décorés à la main qui roulaient dans la rue, et des gens de tous âges qui agitaient des drapeaux américains sur des bâtonnets de glace à l'eau.

Les soldats fermaient la marche.

Isaiah détestait les voir, avec leur coupe courte dégradée sur les côtés, leurs visages maussades et leurs uniformes raides, mais il ne pouvait pas partir sans se mettre au garde-à-vous. Pieds collés, main qui ne fléchissait pas au front et menton levé, comme son père le lui avait appris.

Ne pleure pas, se répéta-t-il alors qu'ils le saluaient en retour un par un. Puis la foule comprit ce qui se passait, et tout le monde se mit également au garde-à-vous. Du plus jeune enfant à l'adulte le plus vénérable, d'un même accord, tous montrèrent leur déférence envers ceux qui s'étaient battus et honorèrent la mémoire de ceux qui étaient morts.

N'essaie même pas de pleurer, se sermonna encore Isaiah, regardant sa mère au bord des larmes quand elle salua. *N'essaie même pas de pleurer*, se répéta-t-il en imaginant son père si beau et rayonnant de fierté à l'idée que son fils devienne activement un leader et cesse d'être un suiveur. *N'essaie même pas de pleurer*, pensa-t-il à nouveau lorsqu'il sentit une odeur familière de chèvrefeuille flotter dans l'air – Angel. Son regard suivit la trace du parfum pour la trouver en effet, debout à quelques centimètres de lui. Elle aussi saluait les combattants.

Puis, toujours au garde-à-vous, il se mit à pleurer sans remords. Bientôt, ce furent de grosses gouttes de pluie qui tombèrent sur le défilé, dispersant la foule et dissimulant les larmes d'Isaiah.

Néanmoins, sa mère, lui et Angel restaient là, exposés à la soudaine mousson qui s'était abattue. Ils regardèrent les soldats, pour la plupart juste sortis de l'adolescence, marcher comme s'il ne pleuvait pas du tout. Ils avaient sûrement vécu bien pire, pensa Isaiah.

Le fondateur du journal le plus lu de Greenwood, le *Tulsa Star*, courut vers eux, criant quelque chose d'inintelligible à la formation. Immédiatement, ils rompirent les rangs.

— Je me demande ce qu'il leur a dit, déclara Isaiah, autorisant enfin sa main raidie à se relâcher.

— Je n'ai rien entendu dans le brouhaha, répondit sa mère. Allons, sortons de cette pagaille.

Et ils coururent à la buvette pour se sécher.

Cet après-midi, Angel et Isaiah marchèrent sans but précis dans Greenwood, puisque les festivités étaient terminées et que la pluie avait cessé. Profitant de la beauté du jour, ils se promenèrent dans toutes les rues, ne se souciant pas le moins du monde des voisins ou des camarades qui ragotaient.

Angel ne pouvait imaginer journée plus parfaite. Chaude, ça oui, mais sans nuages annonciateurs de pluie ou fichus vents qui soulevaient la poussière. C'était comme si le Seigneur Lui-même avait commandé le calme à la terre pour qu'ils puissent bénéficier d'un après-midi de bonheur.

— C'était si beau, ce que tu as fait, de lancer le salut, dit Angel à Isaiah, dont les épaules effleuraient les siennes en marchant. Je suis sûre qu'ils ont tous apprécié le geste.

Cependant, Isaiah resta silencieux ; Angel songea qu'il était probablement en train de penser à son père. Elle avait remarqué qu'il le mentionnait rarement. Un point sensible donc, et elle était trop fine pour amener elle-même le sujet. Mais elle n'eut pas à le faire.

— Ils sont allés à la guerre avec tous ces Blancs, commença Isaiah.

Il avait perdu sa légèreté et sa voix était à présent lourde de colère et de haine.

— Ils ont probablement été mis en première ligne, destinés à mourir. Et puis certains sont revenus. Ils s'attendaient à être fêtés en héros et, au lieu de ça, ils n'ont reçu que des crachats. Comme s'ils ne s'étaient pas battus pour la liberté de ces âmes souillées. Comme si on ne les avait pas utilisés, puis mis au rebut. Ils portaient les mêmes uniformes et les mêmes armes et, pire que tout, tuaient pour ce pays. Ils ont sûrement tué des gens qui les considéraient plus comme des hommes que ceux pour qui ils se battaient.

Isaiah s'arrêta pour donner un coup de pied dans une pierre de la taille d'une balle de base-ball et l'envoyer de l'autre côté de la rue, dans le jardin de quelqu'un.

— Ça vaut peut-être mieux que mon père n'ait pas vu ça. Qu'il n'ait pas su qu'il avait tué ceux qui s'opposaient à ses ennemis ici, chez nous. Tu vois ce que je veux dire ?

Isaiah regardait Angel avec des yeux suppliants. Il la regardait, excédé et hors d'haleine, comme s'il venait de mettre en mots quelque chose qu'il avait ruminé pendant très longtemps. Mais Angel n'avait aucune idée de comment répondre. La vérité, c'était que son esprit savait ce qu'il voulait dire, mais que son cœur ne pouvait accepter la haine d'où cela provenait. Isaiah semblait considérer tous les Blancs comme des ennemis, des méchants, qui avaient été mis sur terre pour être combattus et, à la fin, battus. Sa perspective à elle était différente. Elle considérait que les méchants étaient des ignorants. Pas tout à fait victimes du hasard, ce serait les absoudre beaucoup trop facilement, mais condamnés par leur éducation : ils menaient une vie opulente dans ce monde et étaient destinés à payer un lourd tribut dans l'autre. Il n'y avait rien à leur envier, selon Angel.

— Je vois ce que tu veux dire.

C'était tout ce qu'elle trouvait à répondre à une révélation si secrète. Elle se sentait à la fois gênée et honorée qu'il lui fasse assez confiance pour partager cela avec elle. Elle eut l'impression que c'était un moment charnière dans leur relation bourgeonnante.

— Mon père est... Il est mou... mou...

Elle s'arrêta. C'était beaucoup plus difficile à dire la deuxième fois.

— Mourant.

Elle fit enfin sortir le mot de ses lèvres peu coopératives.

— Les docteurs disent qu'il n'y a pas d'espoir. Papa dit qu'il est prêt. Je ne suis pas prête du tout.

Angel fixa le sol poussiéreux. Isaiah ne dit rien pendant longtemps et elle se demanda s'il était offensé qu'elle ait changé de sujet. Mais son père à lui était mort et le sien se mourait. C'était la seconde fois qu'elle venait se nicher dans sa douleur pour lui imposer la sienne.

— Je suis désolée, dit-elle, se rendant compte de son erreur. Je n'aurais pas dû couper la conversation pour la ramener à moi.

Isaiah resta silencieux, ce qui rendit Angel nerveuse. Tellement nerveuse, en fait, qu'elle n'eut pas le choix et dut continuer :

— Je ne sais pas ce qui s'empare de moi, parfois ; je ne peux juste pas m'arrêter de parler, parler, parler. Je pense que c'est un tic bizarre que j'ai pour meubler le silence.

Quand elle croisa son regard, il sourit.

— Je t'aime, Angel Hill. Je sais que c'est dingue de dire ça, mais j'en ai plus rien à faire. Je t'aime depuis que je t'ai vue danser. Peut-être avant ça, sans m'en rendre vraiment compte. Je pense que je t'aime depuis toujours et que je me suis battu contre cette idée comme on se battrait contre une herbe trop envahissante. J'étais effrayé et trop lâche pour m'élever contre Muggy, mais mon cœur savait ce que j'ignorais. Et quand je t'ai vue danser, ce savoir a éclos. J'ai pris conscience que cet amour, c'était quelque chose de libérateur, un soulagement. Je pense que c'est pour ça que je me suis dressé contre Muggy après toutes ces années. Je suis entier avec toi. Je n'ai pas besoin de Muggy ou d'avoir une place dans la bonne société de Greenwood. Je t'ai, toi. Et t'avoir toi, Angel Hill, c'est plus que suffisant.

Et là, au beau milieu de la rue, Angel Hill embrassa Isaiah Wilson. Elle l'embrassa avec confiance, avec abandon, elle l'embrassa comme si elle savait ce qu'elle faisait – alors que pas du tout. Mais ça ne comptait pas.

Pendant qu'elle l'embrassait, il n'y avait qu'eux deux. Debout au milieu de ce Greenwood idyllique, entourés de beauté et de fierté, d'excellence noire et de bonté, de ragots et d'êtres aimés, de pertes et d'espoir en l'avenir. Ils étaient les produits du rêve de ce lieu. De l'optimisme improbable de ceux qui avaient été enchaînés, amenés de force, conduits à travers le pays comme du bétail, achetés comme des denrées. Et puis, doux Seigneur, les voilà, ils étaient là.

Deux Noirs intelligents et passionnés qui s'embrassaient librement au milieu d'une rue qui appartenait à leur peuple. C'était le pays des merveilles.

Mardi 31 mai 1921
Greenwood

Nourri de votre sang, je me suis élevé. Brique après brique, j'ai été construit de vos mains qui méritaient le repos. Vous. Qui étiez noirs. Qui étiez beaux. Qui n'étiez jamais brisés. J'ai prié pour que vous prospériez et je vous ai regardés avec fierté quand votre fortune fut faite. Je voulais toucher vos épaules et murmurer ma jubilation à vos oreilles mais je ne le pouvais pas.

Alors, c'est silencieusement que je me suis montré.

J'ai brillé sur les pétales de la plus belle et la plus odorante verveine, celle qui s'illuminait, hybride, dans la posture d'une danseuse. Dans le plus haut, le plus beau genévrier, je vous ai regardés sourire quand vous respiriez mon parfum. J'ai caché des nids d'esprits et de chansons dans le plus secret des arbres à savon. Et à travers les oiseaux, je vous ai psalmodié mes encouragements – « Encore un petit effort, vous y êtes presque, encore un effort. » J'ai calmé les vents pour vous laisser le temps d'ériger votre paradis. J'ai poli le sol sous vos pieds pour que vous marchiez sur ce que je pouvais offrir de meilleur.

Mais hier.

Hier, le hurlement d'une femme blanche a fait trembler l'atmosphère si profondément que je n'ai rien pu faire. Son hurlement a attisé des étincelles de haine, a nourri et fortifié une foule assoiffée de vengeance. Son hurlement s'est répercuté à travers les journaux et les salons, a remonté les trottoirs et les a redescendus jusqu'à aujourd'hui – le trente et unième jour de ce mois de mai 1921 plein de promesses –, quand l'étincelle mit le feu aux poudres.

Mercredi 1er juin 1921, 01 h 00
ISAIAH

Isaiah était exténué. Il n'avait pas fait une vraie nuit depuis des jours. Comme il voulait désespérément nouer d'autres liens avec Angel, il avait dévoré la littérature qu'elle aimait. En lisant les livres qu'elle recommandait, l'un après l'autre, il commençait à comprendre le cœur de son raisonnement contre Du Bois.

À son grand plaisir, l'argument ne manquait pas de force. En fait, il luttait à armes égales avec celui d'Isaiah. La différence principale résidait dans la compassion. L'action, oui. Le mouvement, oui. Mais aussi la reconnaissance d'un flux profond de souffrances toujours présentes, fruit de décennies de servitude. Et c'était très certainement une bonne philosophie, qu'Isaiah pouvait comprendre.

Il s'assit par terre sous la fenêtre de sa chambre pour réfléchir à Booker T. Washington. L'ennemi juré de son héros et, par voie de conséquence, le sien. Isaiah l'avait pris pour un lèche-cul des Blancs, qui maintenait son peuple dans le giron de l'esclavage pour sauver sa peau. Un homme qui refusait d'oublier simplement sa condition spécifique, et de se battre sans retenue.

Mais à travers les yeux d'Angel, Washington se débattait avec la douleur de sa jeunesse. Douleur qu'Isaiah ne connaissait qu'à travers les livres, sans l'avoir jamais vécue. Douleur qui touchait des millions de personnes de sa communauté, à Greenwood et bien au-delà. Une telle douleur devait être reconnue et traitée de façon adéquate : c'était l'argument d'Angel. Et, pensa-t-il, ce pouvait être un argument très juste.

À penser à elle, son esprit dériva vers ses baisers. Il pouffa légèrement à la pensée de leur désordre. Angel n'avait aucune idée de la façon de faire, mais elle s'y jetait à corps perdu. Au début, ils avaient entrechoqué leurs dents tellement fort que ça faisait mal. Mais bientôt, elle avait trouvé son rythme et c'était devenu le baiser de sa vie. Elle avait le goût du chèvrefeuille tout juste cueilli de sa liane et ses lèvres étaient telle la première bouchée d'un pain à peine sorti du four. Il aurait pu l'embrasser toute la journée.

Il ressentit un picotement dans sa main droite et se rendit compte qu'il n'avait pas écrit depuis longtemps. En ouvrant son journal à l'une des rares pages blanches, il cligna des yeux pour en chasser le trouble. Il avait trop lu ces dernières nuits et ses yeux étaient usés. Cependant, ignorant le sommeil, il mit son crayon sur le papier et commença avec le mot...

Baiser...

Un souffle d'air sec lui parvint par sa fenêtre entrouverte et apporta une odeur de conifères brûlés. Il plaça son journal à côté de lui et glissa ses pieds dans les pantoufles qui les attendaient. En se relevant, il se pencha en arrière pour bien faire craquer le bas de son dos. Il avait besoin de repos. Il regarda à travers ses rideaux presque fermés, s'attendant à voir Greenwood endormi et plongé dans l'obscurité.

Au début, il crut que cette vision était le fruit de son imagination. Le halo orangé qui pulsait dans son quartier d'habitude paisible. La fumée qui dansait contre cette toile de fond impétueuse, tournoyant comme un ange déchu en furie. Des hurlements lointains, dont il ne parvenait pas à comprendre comment il ne les avait pas entendus plus tôt. Ils auraient dû l'avoir tiré de sa lecture ; mais non, c'était l'odeur bien distincte du genévrier en flammes de Mme Tate qui avait piqué ses narines et les avait alertées du chaos. Il n'avait jamais rien vu ni senti de pareil. *Incroyable*, pensa Isaiah, *que le genévrier qui avait gagné des prix pour sa beauté et ses couleurs puisse dégager une odeur si pestilentielle en se consumant*. Il se figura que cette odeur ne partirait jamais. Elle resterait toujours, d'une manière ou d'une autre, flottant dans le vent, se propageant de maison en maison, comme le feu à l'heure actuelle.

Il plissa des yeux pour voir, dans le lointain, un étrange alignement d'allumettes à la flamme dansante. Après un moment de confusion, il comprit soudain que c'étaient des hommes qui portaient des torches.

— Mon Dieu.

Il murmura un genre de prière pour Greenwood.

— Mon Dieu, dit-il une seconde fois avant de courir réveiller sa mère.

Mercredi 1er juin 1921, 01 h 00
ANGEL

Angel ne pouvait absolument pas dormir après ce baiser, elle resta donc éveillée à lire *Les Âmes du peuple noir* pour mieux comprendre Isaiah.

Au premier abord, il semblait entier, indomptable. Mais plus tôt cet après-midi, il s'était totalement ouvert à elle, il lui avait montré ce qu'il avait de plus complexe en lui. Il l'aimait et elle le croyait.

Dans le méli-mélo des dents qui s'entrechoquent et des lèvres qui s'embrasent, elle regrettait une seule chose – de ne pas lui avoir dit qu'elle l'aimait en retour, alors que c'était le cas. *Je t'aime, je t'aime, je t'aime !* C'était une chose si facile à dire, pourquoi est-ce qu'elle n'avait pas su le faire, au nom du ciel ?

Quand elle était retournée chez elle, après le baiser, sept de ses voisins l'avaient arrêtée et lui avaient posé des questions sur Isaiah. À sa grande surprise, les commentaires étaient adorables.

Mme Turner lui avait dit :

— Cet Isaiah a été un champion pour Mme Tate, hein ?

Puis M. Morris avait renchéri :

— Il m'a aidé à rejoindre mon atelier. Chouette gars, maintenant qu'il s'est débarrassé de son Muggy.

Même le diacre Yancey avait nuancé ses propos d'une touche de gentillesse en déclarant :

— Je ne l'aime toujours pas, mais il a fait preuve de caractère au défilé aujourd'hui.

Angel sourit en pensant à la ville qu'elle aimait. Une ville où chacun était au courant des affaires de tous, et ça ne la dérangeait pas le moins du monde.

Alors qu'elle levait les yeux de son livre, perdue dans ses pensées, sa chambre se mit à flamboyer d'une étrange couleur ambrée. Les coins de sa coiffeuse et le pied de son lit furent soudain animés d'une lueur nouvelle. Les rayons se balançaient comme des bateaux en papier sur l'eau, de haut en bas et de bas en haut, plongeant hors de vue puis refaisant surface.

Elle se leva de son lit et regarda par l'ouverture entre ses rideaux. Se trouvait face à elle avec un œil d'un bleu brillant. Un homme aux yeux écarquillés pressait son visage contre sa vitre, tenant une torche bricolée dans une main et une grande barre de fer dans l'autre.

Un hurlement remonta des entrailles d'Angel et elle courut se réfugier auprès de ses parents.

ISAIAH

Isaiah n'entrait jamais dans la chambre de sa mère sans frapper, mais il le fit cette nuit-là. Quand il ouvrit la porte, il la vit étendue sur les couvertures, recroquevillée en position fœtale. Un léger sourire éclairait son visage dans la pénombre.

Isaiah ne désirait rien plus que la laisser dormir. Il voulait refermer la porte derrière lui afin que sa douce maman achève son dernier beau rêve. Il ne voulait pas qu'elle sache ce que lui savait à présent – que leur Greenwood tant aimé était en train de brûler. L'unique endroit où les Blancs avaient laissé vivre les Noirs de Tulsa était devenu trop prospère à leur goût. Il était devenu une trop grande menace, si bien que, maintenant, il devait être éliminé aussi, exactement comme son père l'avait prédit.

Isaiah entendit des pleurs au loin et il sut qu'il devrait réveiller sa mère. Mais au lieu de ça, il referma la porte sans faire de bruit puis regarda sa montre.

— Deux minutes, murmura-t-il dans les ténèbres.

Il lui donnerait deux minutes de sommeil souriant de plus.

Dans le placard de l'entrée, il trouva le sac militaire extralarge de son père qui pendait à un crochet. Il prit un instant précieux pour en respirer l'intérieur. Il avait une odeur d'huile inhabituelle et de sueur. Le tissu était doux, comme s'il avait été traîné en de multiples endroits, et il était vide, à l'exception des plaques militaires de son père, qui faisaient un bruit métallique.

Presque instinctivement, Isaiah inclina la tête et les passa à son cou, comme pour s'adouber lui-même. Il voulait se battre. Pour sa mère souriante, endormie. Pour son ange bienveillant, illuminé. Et pour son Greenwood étouffant sous les flammes.

Se déplaçant rapidement d'une pièce à l'autre, il commença à rassembler les biens de première nécessité – haricots secs, riz, six miches de pain tout juste cuites. Puis il tourna son attention vers les souvenirs qui ornaient le manteau de la cheminée.

Les photos de lui nouveau-né, puis bébé, puis enfant, puis maintenant. De fragiles coupures de journaux de la nécrologie de son père, avec un portrait de lui au garde-à-vous et le programme des funérailles. Ses médailles, alignées avec soin le long de la cheminée comme de petits soldats, de la taille de la main. Isaiah ne s'autorisait que rarement un coup d'œil de ce côté-là. C'était trop dur de s'en souvenir. Mais à présent qu'il y était obligé, il s'aperçut qu'il n'y avait rien concernant sa mère. Pas même une photo avec elle. Il jeta un coup d'œil à sa montre pour voir que les deux minutes étaient presque écoulées. Il fallait qu'il trouve un objet à valeur sentimentale pour elle. Quelque chose représentant la force tranquille de son amour. Le sac de nourriture et de souvenirs ne serait tout simplement pas complet sans cet objet.

Isaiah caressa une dernière fois du regard sa petite maison douillette.

— Merci, murmura-t-il dans les ténèbres.

La couverture en laine tricotée, avec ses carrés colorés, pliée sur l'un des bras du canapé. La petite table contre laquelle il se cognait la tête quand il apprenait à marcher. Il avait encore une cicatrice qui le prouvait. C'était probablement la dernière fois qu'il voyait tout ça, et il le savait.

— Merci pour tout, dit-il à son foyer.

Ouvrant tout doucement la porte de sa chambre, il retrouva sa mère toujours souriante dans son sommeil. Près d'elle, il vit, encadré sur sa table de chevet, un collage fabriqué à l'occasion de ses noces, composé d'une photo de mariage, d'un morceau de dentelle de sa robe à elle et du mouchoir de son costume à lui. Débordant du cadre, il y avait leurs vœux, écrits à la main sur de l'épais papier luxueux.

Isaiah prit le collage et le mit dans son sac, puis s'accroupit à côté d'elle.

— Maman, souffla-t-il, voulant la réveiller avec délicatesse. Maman, maman chérie.

Elle remua et sourit, faisant encore ce qui semblait être le plus doux des rêves. Il plaça gentiment une main sur le sommet de sa tête, recouverte d'une écharpe.

— Maman, insista-t-il un peu plus fort. Ma chère maman, il faut que tu te réveilles.

Les yeux de sa mère s'ouvrirent lentement pour lancer un bref coup d'œil sous ses longs cils et se refermèrent. Puis elle se réveilla brusquement, comme si elle s'était aperçue de l'étrangeté de la présence d'Isaiah à ses côtés.

— Mon Dieu, dit-elle, paniquée. Que se passe-t-il ? Quel est le problème ? Tu t'es fait mal ?

— Pas moi, dit-il, aussi calmement que possible. Greenwood.

Elle secoua la tête pour en chasser les derniers restes de sommeil et demanda :

— Qu'est-ce que tu veux dire, Isaiah ? Comment est-ce que Greenwood se serait fait mal ?

Au lieu de répondre, il se leva et ouvrit les rideaux blancs pour révéler leur communauté en flammes. Au début, ne comprenant pas bien ce qu'il se passait, elle plissa les yeux ; puis elle les écarquilla, ayant trop bien saisi.

— Il faut qu'on y aille, lui dit-il. Tout de suite.

— Où ? demanda-t-elle comme si les rôles étaient inversés et que c'était devenu lui, l'adulte. Si ce n'est pas à Greenwood, où va-t-on ?

C'était une bonne question. Tandis qu'Isaiah était debout, le lourd sac de voyage au bout de son bras, ses pensées lui revinrent d'un seul coup, pour la première fois depuis qu'il avait senti l'odeur de genévrier brûlé. Où pourraient-ils bien aller ? Comment se coordonneraient-ils avec tous les autres ? Comment sauraient-ils s'ils ne couraient pas vers leurs ennemis ?

Ses mains commençaient à avoir des crampes à force d'être crispées. Son genou vacillait un peu, flanchant sous le poids du père absent. Il déplaça son regard pour voir les flammes tournoyer au loin et essaya de les situer mentalement.

Les lueurs clignotaient plus fort à l'est. D'après l'odeur du genévrier, celui-ci avait été atteint tôt dans la nuit, ce qui signifiait qu'ils devaient éviter à tout prix la maison de Mme Tate. Puis Isaiah s'aperçut que l'atelier de M. Morris ferait un exceptionnel bois d'allumage et que le vieil homme aurait sûrement besoin d'aide pour en sortir. Et ils étaient tout juste une rue plus bas que le proviseur adjoint, M. Anniston, sa femme Mme Nichelle et leur nouveau-né. Isaiah ferma brièvement les yeux et récita une petite prière pour leur jeune famille.

Puis, il se rendit compte que...

— Mon Dieu, dit-il à sa mère. Angel.

En réponse, elle se leva et regarda par la fenêtre. La rue d'Angel était celle où les flammes brillaient le plus fort.

— Il pourrait être trop tard.

Isaiah ignora son commentaire, bien qu'il l'ait clairement entendu.

— Habille-toi vite. Je vais chercher des chiffons pour nous protéger le nez de la fumée.

Il pressa le pas pour ouvrir le débarras dans le couloir.

— Je t'attends près de la porte d'entrée. Et, maman...

Il fit une pause, regardant ses yeux interloqués, scintillants.

— Je t'aime.

Il disparut pour s'affairer à ses tâches sans lui laisser une chance de lui dire la même chose en retour.

ANGEL

Angel fut terrifiée jusqu'à l'hystérie par ce sinistre œil bleu qui regardait dans l'intimité de sa chambre. Le cœur battant la chamade, elle hurla et courut réveiller ses parents. Sur le chemin dans le couloir, elle remarqua plusieurs torches dans son champ de vision, qui convergeaient vers son petit foyer. *La maison devrait être sombre*, se dit-elle, mais à la place elle flamboyait d'orange, aussi chaude qu'une poêle.

Elle fit irruption dans la chambre de ses parents et les réveilla en sursaut. Dès qu'ils eurent les yeux ouverts, ils commencèrent à comprendre. L'odeur des bâtiments en feu submergea les narines d'Angel et les éclairs orange qui en émanaient étaient aussi brillants que les premiers éclats du soleil levant. Le pire de tout, cependant, c'était le chœur des hurlements.

Ces hurlements appartenaient à ses frères et sœurs du temple, à ses camarades de classe, à ses professeurs, à ses médecins. Aux gens qui constituaient la toile de fond magnifique et compliquée de sa vie merveilleuse. Mais les plus perçants de tous sortirent de la bouche de sa mère quand elle découvrit l'homme aux yeux bleus, torche à la main, qui se tenait juste derrière sa fille. Il avait réussi à entrer dans la maison.

Angel se retourna et vit à son tour un homme maigrichon, à peine plus grand qu'elle. *Sans la torche et la barre d'acier, il serait probablement beaucoup moins menaçant*, pensa Angel. Un tigre de papier qui n'aurait pas eu droit à la parole s'il n'avait pas été blanc. Angel le haïssait sans le connaître.

L'homme attrapa son bras et la jeta au sol vers ses parents.

— On se casse.

Ce fut tout ce qu'il leur dit. « On se casse. » Ce fut tout ce qu'ils obtinrent de l'homme qui était entré chez eux aux premières heures du jour. Angel se releva de toute sa hauteur et lui fit face avec toute la force qu'elle pouvait rassembler.

— Où est-ce que vous nous emmenez ? demanda-t-elle, luttant pour que sa voix ne tremble pas.

— C'est pas tes oignons, répliqua-t-il, l'odeur forte de l'alcool remplissant la pièce. Maintenant, d'bout avant que j'brûle la maison et vous avec !

La mère d'Angel se tenait du côté gauche de son père malade.

— Angel, dit-elle avec un calme surprenant, il va falloir le porter.

Angel s'accroupit au côté droit de son père et, ensemble, elles soulevèrent son corps flasque du lit.

— S'il vous plaît, réussit-il à articuler, laissez-moi. S'il vous plaît.

L'intrus se tenait debout à la porte, grimaçant un sourire de ses chicots noirs de tabac.

— Il a raison, hein. Ça sert à rien d'essayer d'le bouger. On va brûler toutes vos putain de maisons. Vous deux, faudra courir si v'voulez avoir une chance de passer la nuit. Impossible avec un poids mort.

— Laisse-moi, dit son père à Angel, la fixant droit dans les yeux. Ta mère ne le fera pas. Il faut que tu prennes la décision.

Mme Hill la regarda.

— Angel, ne le fais pas, n'y pense même pas. On réussira à s'en sortir tous ensemble. Tu m'entends ?

Ses deux parents l'imploraient. Ils lui demandaient tous les deux l'impensable. L'un, de le laisser, lui son précieux père, brûler derrière elles. Et l'autre, de le défier, parce qu'il ne pouvait pas se battre à armes égales.

— Je ne peux pas le soulever seule, supplia sa mère dont les pleurs redoublaient. J'ai besoin de toi, sinon il va tomber. S'il te plaît, Angel, s'il te plaît.

Puis Angel regarda son père. Il lui souriait. Il avait un sourire qui pouvait illuminer une pièce déserte et apporter de la joie là où il n'y en avait plus du tout. C'était le même sourire qu'elle l'avait vu arborer tous les dimanches midi quand sa mère plaçait une assiette débordante de nourriture devant lui. C'était exactement le même qu'Angel lui avait vu quand elle restait assise des heures à écouter ses paroles sages et philosophiques. C'était le sourire qui lui donnait de l'espoir quand le monde entier semblait ligué contre elle, la fille bizarre.

Angel se pencha pour embrasser la joue souriante de son père avec autant de tendresse qu'elle pouvait trouver en elle, puis elle fit selon sa volonté. Elle le lâcha, laissant tout son poids reposer sur sa mère, qui vacilla.

Angel se cacha le visage dans ses mains pour tenter de soustraire sa douleur au regard de l'homme blanc qui se tenait dans l'embrasure, mais sa poitrine la trahit, hoquetant de sanglots tandis qu'elle voyait ses parents s'embrasser. Il n'y avait plus d'espace entre leurs corps et Angel les entendit se murmurer des « Je t'aime » réciproques dans le cou.

— On n'a pas la journée, annonça l'homme. J'vous ai laissé plus de temps qu'y n'en faut pour dire au revoir. Allez !

Quand la mère d'Angel lâcha son père, à sa grande surprise, il se tint seul. Les deux pieds solidement plantés dans le sol, il fit deux impossibles pas pour dépasser l'intrus et accompagner sa femme et sa fille en sécurité. Mme Hill partit devant, pleurant convulsivement, et disparut par la porte.

— Je t'aime plus que la vie même, dit son père à Angel, qui atteignait juste le salon. Scrute ces gros nuages gris si sournois, tu y trouveras des indices.

Il lui fit un clin d'œil puis tourna son regard vers l'homme à quelques dizaines de centimètres de lui.

Angel vit alors son père s'emparer de la torche de l'oppresseur et l'abaisser au niveau de son visage, réduisant la bouche de l'homme blanc en bouillie hurlante et fumante.

— Angel ! Partez ! leur cria-t-il. Fuyez !

Elle courut dans le jardin, trouva sa mère, saisit sa main tremblante et se précipita vers l'obscurité, loin de tout cet orange.

ISAIAH

— Mount Zion ! annonça Isaiah à sa mère, qui s'était habillée, au moment où elle atteignait la porte d'entrée. Je pense que c'est là qu'ils vont tous aller. Ils n'oseront pas brûler la maison du Seigneur. Ils se disent chrétiens, après tout.

Au fond, tout au fond, Isaiah savait que ses mots sonnaient creux et étaient dépourvus de vérité. Il avait suffisamment lu pour savoir que l'hypocrisie de tels démons n'autorisait aucun refuge, pas même les sanctuaires ou lieux de prière. Mais il fallait qu'il procure un peu de réconfort à sa mère. Les vrais leaders projetaient de la confiance, même dans les situations les plus désespérées. Le temple de Mount Zion, c'était ce que son cerveau exténué pouvait imaginer de mieux.

Il mit les mains sur les épaules de sa mère.

— Prête ?

Elle acquiesça sans mot dire et ils sortirent de leur maison immaculée pour la dernière fois – ils le savaient. Traversant le jardin, Isaiah leva les yeux vers l'arbre dégingandé devant sa chambre. Pendant une brève seconde, il implora Dieu d'épargner cet arbre, pour sa beauté et ses souvenirs.

Quand il était petit, il s'était servi des énormes rochers à sa base pour s'élever et atteindre les branches les plus basses. Une fois ses paumes fermement accrochées, il balançait ses jambes par-dessus et, à partir de là, le tour était joué. Il se souvint de la première fois qu'il avait rassemblé suffisamment de courage pour se tenir debout, sans les mains, sur la plus haute branche. « Tu vas te casser le cou », avait dit son père, sans jamais vraiment lui ordonner de descendre. Il avait vu de la fierté dans ses yeux souriants. Il avait vu que son père était honoré d'avoir pour fils un garçon si courageux.

— Je t'en prie, mon Dieu, murmura Isaiah au vent brûlant, sauve au moins cet arbre.

L'atmosphère était étrange, la nuit avait été arrachée de force aux ténèbres par les flammes éblouissantes. Un calme surnaturel était descendu sur Isaiah et sa mère qui couraient au milieu de la rue. À part quelques silhouettes au loin, ce côté de Greenwood dormait encore. Le réflexe de s'arrêter aux passages piétons serrait les entrailles d'Isaiah. Celui de lever la main pour saluer ses voisins, et peut-être cueillir une tige de verveine pour sa mère, était puissant. Des instincts pareils étaient enracinés en lui, coulaient dans ses veines, lui étaient inhérents. Il se demanda s'il serait jamais capable de s'en débarrasser pleinement. Puis, les souvenirs affluèrent.

Passant devant la boîte aux lettres de la vieille Mme Edward, la lueur des flammes proches illumina la marque de brûlure permanente laissée par l'explosion que Muggy et lui avaient provoquée. L'idée était venue de Muggy – c'était lui qui avait apporté le matériel, c'était lui qui avait mis le plan au point, mais c'était Isaiah qui avait craqué l'allumette ayant mis le feu aux poudres, littéralement. Il pensa à la pauvre Mme Edward, douillettement installée sous une de ses couvertures cousues main, se réveillant au moment où elle serait réduite en cendres.

À sa gauche, la maison de Dorothy Mae, le seul bâtiment de deux étages dans leur rue. Ses parents appréciaient l'opulence et leur demeure le montrait bien, avec ses arbrisseaux pointus bien taillés et ses volets impeccables. Isaiah pensa à Dorothy Mae qui l'avait trompé et avait chambardé sa vie d'avant. Il la considérait comme froide, sournoise et pragmatique, elle qui se servait de sa beauté et de ses lèvres douces comme d'autant de clés pour ouvrir des royaumes cadenassés. Puis, il se rappela qu'elle voulait voler. La manière dont elle y arriverait importait peu, avait-elle déclaré. Pur produit de Greenwood, comme Isaiah, elle voulait désespérément être libre.

À côté de chez Dorothy Mae, il y avait la petite maison discrète de Bloody Mary. Quelques numéros plus loin, c'était celle d'Annie Carlson, la poétesse ratée du cours d'anglais. Pile en face, il y avait le logement de Scott Hall, qu'il avait cruellement enfermé dans la cabine des toilettes en primaire.

Isaiah lâcha la main de sa mère et resta immobile au milieu de la rue.

— Il faut que tu partes devant.

— Quoi ? fit-elle, stupéfaite. Non !

— Ces gens n'ont aucune idée de ce qui les attend, dit-il, tripotant nerveusement les plaques d'identité de son père.

Il faut que je les réveille, pour qu'ils aient au moins une chance.

Sa mère acquiesça à la vue des plaques de son défunt mari, se rendant compte qu'on ne pourrait pas arrêter son fils. Elle le connaissait mieux que quiconque sur cette terre. Et elle savait quand son esprit buté s'était fixé un objectif.

— Je vais t'aider, dit-elle.

— Non, objecta-t-il, lui tendant le sac de voyage plein. Il faut que tu ailles à Mount Zion et que tu rassembles des réserves dans les cuisines et les garde-mangers.

Elle fit un pas pour protester.

— Et autre chose encore.

Il toucha de la main sa joue si douce.

— Il faut que tu expliques ce qui se passe à tous ceux que je t'envoie. Ils seront à bout et complètement déboussolés quand ils t'arriveront. Tu dois les aider à se préparer à de nombreux jours difficiles, comme je sais que toi seule peux le faire.

Elle le dévisagea entièrement, d'abord avec scepticisme, puis avec respect.

— D'où viens-tu, mon chéri, mon garçon chéri ? Tu ne devrais pas être obligé d'être un homme, pas si tôt.

— Tu n'aurais pas dû être obligée de tenir les deux rôles si longtemps, répliqua-t-il. Dépêche-toi, pars ! Il faut que j'aille réveiller ces gens avant qu'ils ne soient brûlés vifs.

ANGEL

— Comment as-tu osé ?

La mère d'Angel continua à hurler alors que les voisins s'enfuyaient de leurs maisons envahies de fumée avec juste ce qu'ils portaient sur le dos.

— Angel ! On aurait pu s'en sortir, tous ensemble !

Sa mère était en panique. Impossible de la consoler par des paroles ou par des gestes – ou quoi que ce soit qui vienne à la pensée d'Angel. Elle prit conscience des hommes qui s'approchaient avec des torches. Ils avaient déjà dépassé la maison de Mme Tate. Elle ne la voyait pas de là où elle était, mais elle sentait la forte odeur du genévrier qui brûlait.

— Il faut qu'on y aille, tout de suite, dit Angel à sa mère avant d'attraper son avant-bras.

En réponse, celle-ci se jeta violemment sur l'herbe, formant une boule sanglotante, impossible à faire avancer.

Des gens de toutes sortes s'enfuyaient par les rues. Des voisins, qu'elle connaissait depuis toujours. Des amis, qui s'asseyaient sur les mêmes bancs qu'elle au temple, les dépassaient, sa mère et elle, se demandant dans quelle direction aller. Et puis il y avait aussi des hommes blancs, menaçants, dans cette foule. Comparés à ses voisins qui semblaient pris par surprise, les intrus avaient l'air tout à fait prêts à semer le chaos. Ils approchèrent par petits groupes de trois tandis que les autres restaient en arrière pour une embuscade parallèle.

C'est là qu'Angel fut projetée dans un espace mental étrange, à mi-chemin entre l'hébétement et le choc. Son esprit se vida et il ne resta plus une goutte d'espoir en elle. Elle n'aurait pas su dire combien de temps s'était écoulé, mais les odeurs s'étaient renforcées. Un relent de viande grillée tourbillonnait dans la fumée du genévrier en flammes, à présent. C'était de la chair humaine, se rendit-elle compte. Dans le meilleur des cas, c'était de malheureux animaux pris dans ce massacre de flammes. Des pensées fiévreuses et paniquées commencèrent à déferler dans l'esprit d'Angel.

Elle venait de tuer son père.

Elle l'avait laissé s'effondrer. Contre la volonté de sa précieuse maman, qui désormais la haïssait. Évidemment qu'elle la haïssait. Angel avait laissé l'unique amour de sa vie brûler dans la maison de son enfance. Elle pouvait tout aussi bien brûler avec le reste.

Puis des hurlements familiers déchirèrent la brume de ses pensées. Michael ! Ce fut comme si quelqu'un avait piqué Angel dans les côtes avec la pointe d'une aiguille. Elle tourna de tous côtés pour le chercher. Mme Nichelle se tenait sur son porche, portant un Michael vagissant comme s'il était le dernier trésor qui lui restait au monde.

Angel s'accroupit à côté de sa mère en pleurs.

— Il faut que je vérifie si Michael va bien. Pleure tout ton saoul et quand je reviens, on s'en va d'ici ensemble. Tu m'entends ?

Sa mère ne répondit pas. Angel courut chez Mme Nichelle.

— Où est M. Anniston ? demanda-t-elle, hors d'haleine.

— À... à... à l'intérieur... Il prend des affaires.

— Pas le temps, lança Angel. Les cris de Michael font de vous une cible facile. Il faut que vous partiez.

Mme Nichelle fixa les yeux de la jeune fille comme si elle n'avait pas dormi depuis des mois.

— Qu'est-ce qui se passe, Angel ? Pourquoi ils nous font ça ?

Angel savait qu'elle n'avait pas le temps, mais elle céda au besoin de la rassurer.

— Le pourquoi n'a pas d'importance, dit-elle en se forçant à sourire et en mettant une paume douce sur le front en sueur de Michael. Tout ce qui compte, c'est que vous mettiez votre petit bout à l'abri. C'est votre unique but, madame Nichelle. Le feu n'a pas d'importance. Même Greenwood n'a pas d'importance. Vous devez juste survivre pour faire de ce petit garçon un homme qui puisse reconstruire un Greenwood meilleur un jour.

Michael arrêta de pleurer et se calma, comme pour accepter la tâche qui lui était échue. Angel jeta un regard aux alentours pour voir que des hommes, à seulement trois maisons de là, faisaient flamber des arbustes.

— Vous devez partir.

— Seigneur Dieu, dit M. Anniston apparu sur le porche, un sac surchargé dans les bras. Où va-t-on aller ?

— Au temple de Mount Zion, dit Angel, tout en sachant pertinemment, d'après ses lectures, qu'ils ne seraient à l'abri nulle part, pas même dans la maison du Seigneur. On se retrouve là-bas.

Elle regarda la destruction qui régnait.

— Ceux d'entre nous qui y arrivent, je veux dire.

À ce moment précis, la voix de sa mère se fit entendre dans le chaos :

— Angel, dit-elle, pas d'une voix perçante mais pas non plus sur un ton normal, comment est-ce que je peux… Qu'est-ce que je devrais…

— Pas le temps pour des excuses, l'interrompit Angel. Il faut que tu ailles au temple. Monsieur Anniston, vous pouvez vous assurer que ma mère est en sécurité ?

— Tu as ma parole.

Angel regarda sa mère dans les yeux et dit :

— Je t'aime, maman. On se retrouve très vite.

— Je t'aime aussi, mon bébé.

Sa mère n'avait pas complètement repris ses esprits qu'Angel s'était déjà mise en route dans la direction opposée au temple de Mount Zion.

— Où est-ce que tu vas ? cria sa mère après elle.

Mais Angel continua son chemin sans répondre.

Au loin, elle l'entendit poser à nouveau la même question. Et une troisième fois. Sa mère avait bien pu la reposer une quatrième fois, mais Angel était hors de portée de sa voix. Il fallait qu'elle y aille. Il fallait qu'elle aide les gens.

ISAIAH

Isaiah tonna à la porte de la vieille Mme Edward et, après quelques brèves minutes, fit le tour de la petite maison pour atteindre la fenêtre de sa chambre. Approchant facilement les soixante-dix ans, Mme Edward était dure d'oreille, se rappela-t-il.

— Madame Edward ! hurla-t-il, cognant de plus belle contre la fenêtre.

Comme en chœur, les lumières des maisons voisines s'allumèrent à ses cris. Il faisait d'une pierre de nombreux coups. Encouragé, il commença à beugler encore plus fort.

— Madame Edward ! Réveillez-vous !

Dans les maisons aux alentours, des voix s'élevèrent : « C'est quoi ce raffut ? », suivies de près par des gémissements stupéfaits à la vue des flammes qui approchaient. Pas besoin de dire quoi que ce soit. En quelques secondes, ils sentaient et voyaient la destruction par eux-mêmes. Le but d'Isaiah, c'était de réveiller en même temps le plus d'habitants possible pour qu'ils puissent s'en rendre compte et se sauver. Mais Mme Edward ne répondait pas et il ne la laisserait pas brûler.

Même si elle n'avait jamais su qui avait allumé la mèche pour faire exploser sa boîte aux lettres, Isaiah lui avait fait du tort. Elle était toujours calme et gentille, ne dérangeait jamais âme qui vive en colportant des ragots ou en étalant ses soucis. Mme Edward ne méritait pas de dépenser une somme qu'elle n'avait pas dans une nouvelle boîte aux lettres et une nouvelle pelouse. Elle ne méritait pas de brûler à son tour. Et Isaiah avait une dette envers elle. Le jour suivant son méfait, il lui avait dit bonjour en souriant – comme s'il ne venait absolument pas de détruire une de ses possessions. À cet instant-là, il avait eu honte, mais il s'était trouvé malgré tout très habile d'avoir réussi à s'en sortir. Maintenant, il voulait désespérément la sauver.

Beaucoup de maisonnées avaient été réveillées par ses cris, mais celle de Mme Edward restait obscure et silencieuse. *Réveillez-vous*, pensa-t-il frénétiquement. *Allez, réveillez-vous, que je puisse faire amende honorable. Que je puisse être libéré de ma dette envers vous.*

ANGEL

Angel regarda de loin M. et Mme Anniston emmener sa mère et le petit Michael en direction du temple. Autour d'elle, l'enfer avait entraîné une spirale de confusion et de terreur pures. De la chaleur liquide, semblable à de la lave, dégouttait des réverbères éteints pendant que de multiples ombres, certaines soutenant des vieux parents ou des enfants, se dispersaient sans ordre ni raison. Des fenêtres explosaient sous la pression des flammes, changeant des foyers accueillants en démons ravageurs crachant leurs habitants dans les rues. En quelques heures, son magnifique quartier avait attrapé une fièvre de haine et avait été transformé en tableau infernal.

« Que le Seigneur nous vienne en aide » fut la meilleure prière d'Angel. Puis elle courut.

Sa chemise de nuit était trempée de sueur et collait à son corps. Même dans le chaos de la perte et de la mort imminente, elle était affreusement consciente de sa nudité presque totale. Le bon Dieu la pardonnerait sûrement, au vu des circonstances. Il l'avait mise sur terre pour aider et, si ce n'était pas sa chance de le faire, elle ne voyait pas ce que ça pouvait être d'autre.

Au fil de sa course, elle dépassa des maisons parties en fumée et des voisins perdus dans ce qui avait été leur jardin.

— Au temple de Mount Zion ! hurlait-elle quand son regard tombait sur un de ces groupes de gens paralysés par la peur. On se retrouve tous au temple !

L'épaisse traînée de fumée noire des torches étouffait ses poumons remplis de poussière pendant qu'elle courait. Elle avait besoin d'eau ; pour autant, elle ne ralentit pas sa course pour envoyer tout le monde vers la destination la plus adéquate à laquelle elle ait pu penser, dans l'espoir que ce serait une bonne idée.

Extrêmement alerte, elle voyait sans cesse surgir des ennemis à la périphérie de son champ de vision. Ils jetaient des regards furtifs de derrière les buissons, se rassemblaient entre les maisons qui brûlaient, et quelques-uns marchaient même sur les voies ferrées sans précaution, souriant et pointant du doigt la destruction dont ils étaient la cause. Comment avaient-ils pu brûler un endroit pareil ? se demanda-t-elle entre deux quintes de toux. Du Bois avait raison. Isaiah avait raison. Et son Booker T. Washington bien-aimé s'était trompé, plus qu'elle n'aurait jamais pu l'imaginer.

Il n'y avait aucun moyen de vivre paisiblement à côté de ses ennemis. Le progrès à la force des poignets ou la renaissance de ses cendres, ça n'existait pas. Ça n'avait été qu'une hypothèse de Washington, tout comme, en cet instant, prendre la direction du temple était une hypothèse d'Angel. Il avait mené le peuple noir vers quelque chose dont il n'était pas sûr ; et à voir le feu dévorer son chemin par tous les interstices du Wall Street noir, elle admit sur-le-champ son erreur.

— Au temple ! hurla-t-elle par-dessus sa colère à un autre groupe de voisins terrifiés agrippés les uns aux autres. Allez au temple ! Le temple de Mount Zion ! répéta-t-elle en remarquant l'ombre d'une fillette, toute seule dans son jardin.

Elle plissa les yeux pour essayer de distinguer sa silhouette obscure, qui se détachait sur l'orange irascible en toile de fond. Un bref vacillement de lumière passa sur la joue de la petite fille.

— Truly ?

Angel courut vers elle, bras grands ouverts. Plus elle s'en approchait, plus elle voyait que Truly était écrasée de souffrances. Angel ne voulait pas poser la question, car elle en lisait la réponse sur le visage de la petite fille, mais elle n'avait pas le choix.

— Où sont tes parents ?

Truly ne répondit pas tout de suite. À la place, elle baissa sa toute petite tête et sanglota comme aucun enfant ne devrait sangloter.

— Papa est retourné à l'intérieur pour aider maman.

Angel s'agenouilla pour être au même niveau que l'enfant de sept ans qu'était Truly.

— Il y a combien de temps ?

— Trop longtemps.

Angel joua brièvement avec l'idée d'essayer de les sauver. Elle vit son père se relever une dernière fois pour brûler la bouche de cet homme qui s'était introduit chez eux et la faire taire pour de bon. Elle ressentit une gratitude égoïste d'avoir eu ses deux parents pendant seize longues années alors que cette pauvre fillette, elle, était probablement devenue orpheline en quelques minutes. Angel se remit sur pied aussitôt et commença à faire le tour de la maison de Truly en courant, à la recherche d'un signe de vie à l'intérieur. Presque toute la bâtisse était cerclée par les flammes ; le seul point d'entrée possible était une fenêtre entrouverte dans une toute petite chambre à l'arrière. Jetant un coup d'œil à travers, Angel vit une silhouette et cligna des yeux. Non, ce n'était pas possible.

— Madame Arnold ? cria-t-elle dans la fumée noire.

Elle devait être morte au milieu d'une telle combustion tourbillonnante.

— Madame Arnold !

Pas de réponse. Les bruits du bois craquant là-haut annonçaient un effondrement du toit mais, sans s'en soucier, Angel enleva sa chemise de nuit, l'enroula autour de son visage et grimpa dans la chambre.

ISAIAH

Des traînées de sang giclaient chaque fois qu'il frappait à la porte de Mme Edward, mais Isaiah n'allait pas l'abandonner. Il avait une dette envers elle et, s'il la laissait mourir, sa dette ne s'effacerait jamais. Au loin, il entendit une foule confuse grandir.

— Que Dieu ait pitié, dites-moi que je rêve.

— Comment ont-ils pu faire ça ?

— Pas ici, répétait quelqu'un encore et encore. Pas ici. Pas ici. Pas ici.

Isaiah aurait voulu se retourner et leur dire à tous de taire leurs gémissements. Évidemment que c'était ici. Si ce n'était pas à Greenwood, quel intérêt ? C'était classique. Annihilez les plus prospères d'entre nous et le reste perdra espoir. Éliminez le *dixième talentueux* et vous l'avez, votre servitude éternelle. Ces gens n'avaient donc jamais lu Du Bois ?

Le contact léger d'une main le fit sursauter. Sur le qui-vive, il pensa aussitôt que c'étaient les Blancs et se tourna d'un coup vers l'inquiétante silhouette.

— Du calme, dit une voix familière à Isaiah, qui ne l'avait toujours pas remise. Ce n'est que moi.

Muggy. Isaiah n'avait pas pensé à lui une seule fois dans tout ce grabuge.

— On n'a pas le temps de jouer, Muggy, siffla-t-il à travers ses dents qui claquaient.

Il s'écorchait les mains, laissant des lambeaux de peau à chaque coup sur la porte de Mme Edward.

— Va-t'en.

Muggy attrapa les poignets d'Isaiah par-derrière et les retint.

— Isaiah, elle entend rien. Elle est presque sourde.

Isaiah fit un geste brusque pour se libérer de l'emprise de son ex-ami.

— Donc on l'abandonne, c'est ça ? On s'enfuit et on se sauve pendant que cette pauvre femme brûle avec le reste. Mais qui en a quelque chose à foutre, hein ? C'est juste une vieille chouette dure d'oreille, pas vrai, Muggy Little Jr ? Bah, vas-y, toi. Fuis ! Moi, je reste. J'ai une dette envers cette femme.

Muggy souleva une grande hache de boucher récemment affûtée du sac en cuir qu'il portait en travers du dos.

— J'ai une dette envers elle aussi, Isaiah.

Muggy leva l'arme terrifiante bien haut et l'abattit avec toute la force et la vitesse dont il était capable sur la porte en bois de Mme Edward, leur créant un chemin.

ANGEL

Angel empoigna les pieds flasques de Mme Arnold et commença à la tirer vers la fenêtre ouverte. À sa grande surprise, elle n'était pas lourde du tout. Son poids, dans le chaos, semblait plus léger que celui du petit Michael ; faire passer ses jambes pendantes par l'encadrement de la fenêtre et les faire basculer dehors, tout cela était plus facile qu'elle ne l'aurait imaginé.

Elle entendit Mme Arnold tomber sur le porche en tas, puis les craquements du plafond qui faiblissait. Angel se glissa aisément par la fenêtre, prit la mère inconsciente par les aisselles et commença à la tirer en hurlant à l'aide, mais en s'attendant à ce que personne ne vienne.

Toutes les maisons de Greenwood se consumaient dans leur propre enfer. Angel continua de traîner le corps inerte jusqu'au milieu du jardin. Ses lèvres fatiguées et sèches rencontrèrent celles de Mme Arnold, et elle se mit à souffler autant d'air frais dans ses poumons qu'elle pouvait en inspirer. Puis elle posa ses paumes à plat sur sa poitrine, encore et encore, priant pour le faire correctement.

Et tandis qu'elle appuyait régulièrement, elle pensa à Truly, seule au milieu du jardin. La courte vie de la fillette lui apparut en éclair devant les yeux. Elle devrait se battre.

Plus que ce qu'aucun enfant ne devrait endurer. Elle devrait naviguer dans ce monde horrible avec seulement ses toutes petites mains et son corps de femme pas encore développé. Elle serait une cible parfaite. Sans protection contre les hommes, elle serait ravagée, et vite. Angel se mit à pleurer à chaudes larmes sur les joues immobiles de Mme Arnold. C'était la mère de Truly qui était étendue sur le sol devant elle. L'unique espoir de l'enfant d'avoir une vie qui vaille d'être vécue.

— Madame Arnold, l'implora Angel en pressant sa poitrine de toutes ses forces, j'ai besoin que vous reveniez de là où vous êtes partie. Pas le temps de traînasser ; vous avez une fillette, là, toute seule. Être une fille, c'est jamais facile, madame Arnold, vous le savez. Surtout quand on est noire. Il ne faut pas que vous alliez vers la lumière, il faut que vous reveniez ici pour élever votre petite Truly. Sinon, elle se fera rejeter par tout le monde.

À nouveau, Angel prit une grande goulée d'air frais et se pencha sur elle pour le partager. Elle souffla jusqu'à ce que ses poumons soient vides et qu'elle sente la poitrine de Mme Arnold se soulever. Puis elle répéta l'opération, aussi souvent que Dieu lui commanda de le faire. Il n'y avait rien ni personne d'autre au monde à cet instant. Il n'y avait qu'Angel et Mme Arnold, le dernier espoir de Truly. Abandonner ne traversa pas même son esprit. Pas une seule fois. Elle respirerait pour cette femme jusqu'à ce que la femme puisse respirer pour elle-même.

Et soudain, comme une étincelle s'enflammant au choc d'un silex, le corps de Mme Arnold revint à la vie, son buste soulevé comme sur des ressorts et cherchant à reprendre son propre souffle. Angel hurla quelque chose d'incohérent et quelqu'un apparut à leurs côtés pour l'aider.

Dans la faible lumière, Angel reconnut les lunettes vertes de Mlle Ferris. Elle tenait un grand verre d'eau et le porta aux lèvres desséchées de Mme Arnold. Quelques autres voisins l'entourèrent et Angel faillit s'évanouir d'avoir donné tant de son oxygène.

Elle tomba un peu à l'écart et regarda la maison de M. et Mme Arnold qui cédait au feu. La bâtisse s'écroula de façon théâtrale, comme si elle avait décidé de partir sur un coup d'éclat. Les étincelles firent plisser les yeux d'Angel, mais elle ne les ferma pas. Au contraire. Elle regardait de toutes ses forces.

Pendant qu'elle prenait de petites gorgées d'air brûlant, on couvrit son corps d'un grand drap blanc. Quelque part dans la pagaille, elle avait perdu la chemise de nuit qu'elle avait enroulée autour de son visage. Elle était probablement en train de brûler avec le reste de la maison des Arnold. Mais Dieu merci, Mme Arnold toussait et était vivante. Elle ne la voyait pas, mais elle entendait les bruyants raclements de ses poumons crachant la glaire qui obstruait ses bronches.

Toujours recroquevillée sur le sol, Angel vit Truly arriver par le portail arrière et appeler sa mère en hurlant. Elle courait comme elle aurait couru vers l'espoir, le plus loin possible du chagrin. La foule s'écarta pour la laisser passer et elle se jeta au cou de sa mère en lui promettant de ne jamais l'abandonner.

Angel s'arracha du sol, s'enroula dans le drap et se remit à courir.

— Où est-ce que tu vas ? demanda Mlle Ferris, toujours accroupie auprès de Mme Arnold et de Truly.

— Chercher Blue, cria-t-elle en toussant. Je l'utiliserai pour porter les gens. Votre maison...

— Pas encore, mais ça ne saurait tarder.

Un nuage s'abattit sur les yeux embrumés de Mlle Ferris.

— La porte de derrière est ouverte ; vas-y et habille-toi.

— Oui, madame, toussa Angel.

— Et, Angel ! cria Mlle Ferris dans son dos. Tu es la meilleure d'entre nous.

ISAIAH

Muggy entra le premier chez Mme Edward, tenant toujours sa grande hache de boucher. Ensemble, ils se déployèrent dans différentes directions pour la trouver.

— Par ici ! cria Muggy.

Isaiah suivit rapidement sa voix jusqu'au salon de Mme Edward, où, bien réveillée, elle regardait les flammes grandir et se rapprocher. En se balançant d'avant en arrière dans sa chaise, elle fredonnait « A Charge to Keep I Have », l'air bizarrement apaisé.

— Madame Edward ?

Isaiah s'approcha de l'étrange silhouette avec lenteur et précautions.

— Pourquoi vous n'êtes pas sortie ?

Elle regarda autour d'elle et sourit, faisant un signe vers son oreille gauche.

— Il va falloir parler plus fort, jeune homme.

Isaiah traversa la pièce en deux enjambées et s'accroupit à ses pieds.

— Si vous restez là, vous allez mourir. Il faut qu'on parte. Et vite.

Mme Edward sourit de nouveau et plaça sa main ridée par les ans sur celle d'Isaiah.

— L'arthrite m'a grippé tout le corps. Mes jours sportifs sont derrière moi.

— Eh bien, intervint Muggy avec un air familier de grandeur, je vais vous porter.

— Tu es bien gentil de le proposer, commença-t-elle, mais il faut que vous aidiez les gens qui en ont besoin. J'ai eu une belle vie bien remplie, voyez-vous ? La satisfaction est mon bien le plus précieux et je peux tout à fait mourir ici aujourd'hui.

— Je refuse d'entendre ça ! cria Muggy.

— Jeune homme, dit-elle, toute trace de sourire effacée, on ne s'adresse pas ainsi à ses aînés, pas même dans cette situation.

Elle fit un signe vers les flammes.

— Vous devez arriver là où je suis parvenue. Faire le difficile trajet que j'ai réalisé. Je mérite votre respect, c'est bien clair ?

— Oui, madame. C'est clair.

Muggy s'était radouci, à la grande surprise d'Isaiah.

Celui-ci comprenait sa colère. Mme Edward ne les autorisait pas à la sauver. Plus encore, elle ne leur accordait pas de se racheter pour avoir endommagé sa propriété, toutes ces années plus tôt. Elle leur bloquait la voie de la liberté.

— C'est nous qui avons explosé votre boîte aux lettres, laissa échapper Isaiah avant de baisser la tête jusqu'au sol.

— Je sais, dit-elle. Je me demandais quand votre conscience vous rattraperait.

— Comment avez-vous appris ? demanda Muggy.

Elle éclata de rire.

— Vous en savez si peu. Vous donnez bien le change, mais au fond, ce ne sont que des paroles en l'air. Jeune homme, je passe la majeure partie de mon temps assise ici. À me balancer, à regarder dehors, en attendant que le Seigneur vienne à ma porte et m'emmène dans Sa maison. Je vous ai vus le faire.

— Mais pourquoi vous n'avez rien dit ? demanda Isaiah.

Il savait qu'il perdait de précieuses minutes, mais il était incapable de partir sans la réponse.

— La satisfaction est quelque chose qui s'acquiert, répondit-elle. On ne l'obtient pas sans accumuler les cicatrices de la vie. Je considère que faire exploser ma boîte aux lettres pour le regretter ensuite, cela faisait partie de votre chemin de vie.

Elle regardait par la fenêtre, yeux écarquillés, un avion qui décrivait des cercles dans la nuit comme un oiseau choisissant sa proie.

— Il faut que vous partiez, tous les deux. Aidez autant de gens que possible dans cette ville.

Isaiah se leva et regagna la porte, résigné.

Elle sourit de nouveau.

— Ne vous en faites pas. Je vous ai pardonné au moment même où vous le faisiez. Allez-y, maintenant.

Muggy et Isaiah quittèrent Mme Edward, la laissant toute seule dans sa maison.

ANGEL

Comme promis, la porte arrière de la maison était ouverte. Alors qu'elle en franchissait le seuil, Angel se débarrassa de son drap. À nouveau nue, elle partit en quête de l'armoire de Mlle Ferris. Angel la trouva rapidement et se jeta sur la première chose qu'elle y vit, à savoir une salopette de jardin et une longue blouse blanche.

Sur le chemin pour sortir, elle passa devant le garde-manger bien fourni et collecta une brassée de conserves de fruits et autant de miches de pain qu'elle pouvait tenir, coincées sous le menton. Mais comme elle repassait le pas de la porte, la minuscule bibliothèque de Mlle Ferris attira toute son attention. En fait, c'était un livre qui l'avait attirée – *Le Jardin secret*.

Elle se dépêcha de charger le vélo avec la nourriture puis retourna à l'intérieur pour prendre le livre. Ensuite, presque instinctivement, elle agrippa *Ascension d'un esclave*, *Peter Pan*, *The Negro*, *Les Noirs de Philadelphie*, *Le Magicien d'Oz*, *The Story of My Life and Work* et *Le Dixième talentueux* sur l'étagère. Les deux autres, *Les Âmes du peuple noir* et *Harriet Tubman : The Moses of Her People*, étaient chez Angel et Isaiah, hors d'atteinte. Elle ne pouvait supporter de laisser les livres qu'Isaiah et elle avaient choisis avec tant de soin et de méticulosité pour leur travail commun de cet été. Elle ne pouvait se les représenter carbonisés et illisibles. Elle les porta jusqu'à la remorque et prit quelques instants pour les ranger.

C'était une perte de temps dommageable, elle le savait dans ses os, mais elle ne voulait pas que ces hommes malfaisants lui prennent ça aussi. Quand elle eut fini, elle enfourcha le vélo et se dirigea vers les parties de la ville où Mlle Ferris les avait envoyés, avec Isaiah, distribuer des livres.

Alors qu'elle pédalait, Angel visualisa ces sept petites filles en plein jeu de mains, installées en cercle. Tout à l'opposé de Greenwood, elles étaient probablement inconscientes de ce qui approchait. Elle ne se rappelait plus leurs noms à toutes, mais elle se les représentait dans leur lit. Entassées tête-bêche, réduites en cendres innocentes. Elle pédala plus vite, dépassant plus de destruction que son esprit n'en pouvait imaginer.

Plus elle s'éloignait de sa rue massacrée, plus Greenwood s'apaisait. Au fur et à mesure que les maisons s'appauvrissaient, la fumée s'éclaircit et la chaleur tomba.

Elle sentit une pointe de culpabilité à la pensée de les réveiller avec d'aussi horribles nouvelles. Ralentissant le rythme, elle éprouva des douleurs vives dans ses cuisses et ses bras. Puis la chaleur du sang qui coule enveloppa ses mains qui glissèrent, ne tenant plus si fermement le guidon. Dans ce tumulte, elle s'était fait de longues coupures profondes partout sur le corps. Sa blouse blanche était rose à certains endroits et d'un rouge brillant à d'autres. Si ça se trouve, ils ne lui ouvriraient même pas la porte. Elle avait l'air terrifiante.

Mais elle n'avait pas d'autre choix. Elle appuya son vélo contre le mur d'une maison en briques rouges et se mit à tambouriner à la porte.

— Réveillez-vous ! cria-t-elle. Il y a le feu ! Greenwood brûle !

Aussitôt que la lumière d'une lampe s'alluma, Angel se rendit à une seconde maison où elle répéta ses cris. Après avoir réveillé ainsi bien des habitations, elle se retrouva à l'endroit où elle avait rencontré les fillettes.

Elle pensa à la petite famille de Truly, brisée pour toujours parce qu'elle avait été prise par surprise. Une énergie nouvelle lui vint. Angel ne s'arrêterait pas avant d'avoir retrouvé toutes les filles. Avant d'avoir veillé personnellement à leur sécurité, en les laissant dans un semblant d'abri.

Avec plus de force et de passion qu'auparavant, elle hurla de nouveau :

— Greenwood brûle !

ISAIAH

Quand Mount Zion fut en vue, Muggy et Isaiah, qui accompagnaient la foule, se précipitèrent vers le refuge. En silence, ils coururent d'une même foulée, familière, retrouvée, comme les tambours-majors de M. Monty. Isaiah ne pouvait pas s'empêcher de se sentir réconforté par cette camaraderie. Contre son gré, le sentiment s'instilla de lui-même.

— Tu m'en as foutu une, lâcha Muggy, pas en colère mais pas amusé non plus. C'était un coup de poing de mauviette, si tu veux mon avis.

Isaiah ne pouvait pas s'excuser. Il était beaucoup trop tard pour le faire et la démarche aurait été, au mieux, malhonnête.

— Tu l'avais bien mérité, Muggy.

Le Muggy qu'Isaiah connaissait aurait piétiné ce commentaire et en aurait fait de la bouillie. Il aurait clamé éhontément son innocence et se serait débrouillé pour faire une scène devant leur ville encore meurtrie. Mais cette nuit-là, seul le silence lui répondit.

Leurs voisins déplacés s'écroulèrent sur les marches du temple les uns après les autres. Certains serraient fort contre eux les enfants effrayés ; d'autres étaient seuls, en état de choc silencieux. Ils couraient vers la croix, pensa Isaiah, où les fardeaux pesant sur leurs cœurs s'allégeaient. Muggy s'arrêta au pied des marches et, au nom de toutes leurs années d'amitié, Isaiah s'arrêta à côté.

— Ils ont mis le feu à la boucherie de mon père, dit Muggy d'une voix trop calme pour sa personnalité fougueuse. C'est la seule rue où l'odeur est à peu près supportable. Comme un barbecue de fête nationale.

— Désolé.

Isaiah le pensait vraiment, mais c'était tout ce qu'il pouvait articuler en regardant la foule. Les genoux des gens de foi défaillant sous la malfaisance des gens médiocres.

— Je suis allé te chercher, dit Muggy avant de se retourner pour fouiller dans son sac. J'ai trouvé ça.

Il en sortit le journal maltraité d'Isaiah et le lui tendit avec tout le soin qu'on porte à un nouveau-né. Isaiah se revit courir comme un fou dans sa maison si pure, fourrant pêle-mêle affaires et souvenirs dans le sac de son père. Comment avait-il pu oublier ça ? Ça n'avait ni queue ni tête.

— Et ça, pour ce que ça vaut...

Muggy lui tendit la flûte poussiéreuse dont personne n'avait joué depuis qu'il avait dit à Isaiah que c'était un instrument de fillette.

Isaiah prit l'étui des mains noires de suie de Muggy et le tint. Il était chaud et brumeux comme la nuit. Il voulait l'ouvrir, mais il n'avait pas le temps. Alors il le mit en sécurité sous les marches devant le temple.

— C'est pas un instrument idiot, admit Muggy. Si tu faisais partie d'un groupe, je voulais en faire partie aussi.

C'est tout. Et si tu tombais amoureux d'une danseuse, tu me laissais tout seul.

Isaiah plongea son regard dans le sien.

— Regarde autour de toi, Muggy, dit-il avant de placer une paume amicale sur sa nuque. Je ne te laisserai jamais seul. Notre amitié, c'est tout ce qu'on a.

— Isaiah !

Par-dessus le trouble, il entendit la voix de sa mère qui l'appelait.

— Isaiah ! On a besoin de toi !

Muggy hocha la tête tandis qu'Isaiah montait les escaliers quatre à quatre pour la voir. Elle avait transformé le sanctuaire en un genre de gare de triage, exactement comme Isaiah l'avait prévu. Les Anciennes, soignées une par une aux premiers rangs. Les petits enfants, dans le chœur, en cercle étroit ; c'était Mme Merritt, la maîtresse des maternelles, qui les distrayait. Et les blessés à l'arrière, bandés et pansés par le Dr Owens, M. Tate et son fils Timothy, rentré pour les célébrations.

La mère d'Isaiah le dirigea vers la main grièvement brûlée de Mme Turner. Il l'avait vue pour la dernière fois au Memorial Day, distribuant des fleurs rouges et blanches gratuitement dans son échoppe. Sa boutique, c'était là que le père d'Isaiah achetait à sa mère une rose jaune à longue tige tous les vendredis, sans raison. Quelquefois, les roses tenaient plus de deux semaines et elle pouvait alors en rassembler un maigre bouquet pour la cuisine – celles qui séchaient, fanées, étaient rangées juste à côté des roses fraîches aux pétales rebondis.

Isaiah pensa à toutes les fleurs cueillies par les mains de Mme Turner. À tous les anniversaires illuminés, les commémorations célébrées, les bébés accueillis dans ce monde grâce à elles. À tous ces vendredis sans raison. Maintenant, elles n'étaient plus que de la chair cuite mêlée de tissu fondu, gisant dans les crevasses.

— Nous n'avons pas de sédatifs ici, lui dit sa mère en toute hâte. Il nous faut de l'aide pour la tenir le temps que le Dr Owens soigne la blessure.

— Elle l'a bandée alors que sa peau brûlait encore, annonça le Dr Owens à Timothy. J'ai besoin de quelques instants où elle ne bouge pas pour récupérer les fibres de tissu avant que la chair ne cicatrise par-dessus. Cinq minutes, ça fera l'affaire.

— Madame Turner, dit la mère d'Isaiah, mordez ce bâton, s'il vous plaît. Et ne regardez pas.

Isaiah s'empara de son avant-bras droit tandis que les autres hommes lui tenaient le gauche et les deux jambes. Pendant que le docteur travaillait, elle hurla tellement fort dans l'épais bâton que les échos se répercutèrent dans le sanctuaire. Les enfants ne pouvaient plus être distraits par les jeux de Mme Merritt. Leurs petits yeux curieux apparaissaient du haut de la chaire pour voir de quoi il retournait. Ceux de la plupart des personnes présentes aussi, à l'exception notable du groupe des Anciennes, à part à l'avant.

Ce fut ce moment que choisit la mère Williams, toujours la première à témoigner au catéchisme, pour entonner :

A charge to keep I have,
A God to glorify,

A never-dying soul to save,
And fit it for the sky.

La mère Jackson, qui n'allait pas se laisser distancer, se joignit à elle, suivie de près par la mère Evans.

To serve the present age,
My calling to fulfill.
O may it all my powers engage,
To do my Master's will.

Puis le temple entier s'unit à elles, quelques-uns fredonnant simplement pour les accompagner.

Arm me with jealous care,
As in Thy sight to live ;
And O Thy servant, Lord, prepare,
A strict account to give.

Dans le sanctuaire, on avait l'impression que c'était dimanche. Tenant fermement Mme Turner qui gesticulait, Isaiah ferma brièvement les yeux pour se le figurer. Éclairés par le soleil, des tapis marron si épais qu'il pouvait y tracer ses initiales du talon. Tous les témoignages rapportés en chantant pour que chacun soit au courant, amen. Et Angel. Angel qui tourbillonnait à travers les trente-cinq pâtés de maisons de Greenwood pour y dessiner un motif bien plus confus et complexe.

Help me to watch and pray,
And on Thyself rely,

Assured if I my trust betray,
I shall forever die[14].

— Où est mon ange ? murmura-t-il pour lui-même, alors que le docteur donnait son feu vert pour relâcher Mme Turner, qui s'était presque évanouie de douleur.

---

14. Sur les épaules j'ai une tâche, / J'ai un Dieu à glorifier, / Une âme immortelle à sauver / Et à préparer pour le ciel // Pour servir le présent, Et répondre à ma vocation. / Ô puisse-t-il engager toutes mes forces / De faire ce que mon Maître ordonne. // Avec un soin jaloux arme-moi, / Comme si je devais vivre sous Ton regard ; / Et prépare ton serviteur, Ô Seigneur, / À rendre compte du moindre de ses actes. // Aide-moi à voir et à prier / Et à me reposer en toi, / Assuré que si la foi me manque / Je mourrai pour toujours [*NdT*].

ANGEL

Après ce qui lui avait paru un temps infini, Angel n'avait réussi à trouver que la plus âgée des sept filles, Hattie.

Angel s'agenouilla pour croiser son regard tandis que ses parents surveillaient les alentours, terrifiés.

— Est-ce que tu peux me dire où les autres habitent ?

Enveloppée dans une couverture pour enfant, Hattie désigna du doigt trois maisons de l'autre côté de la rue, et encore trois autres immédiatement à gauche.

— Elles sont toutes là, dit-elle d'une minuscule voix inquiète.

— Merci, tu es très gentille, répondit Angel avant de se lever pour parler aux parents de Hattie. Ne prenez que le strict nécessaire. Des changes pour tout le monde, de la nourriture qui ne périme pas et des photos que vous chérissez. Rien de plus, vous entendez ?

Ils acquiescèrent, les yeux écarquillés sur les cieux incendiés au loin.

— Une fois que vous avez tout, rendez-vous ici, devant votre maison, leur dit-elle. Si je ne suis pas là, vous (elle fixa son attention entière sur le père de Hattie) irez frapper à cinq portes. Dites-leur ce que je vous ai dit et envoyez-les ici.

Il hocha la tête en silence tandis qu'Angel reculait pour partir.

— Mademoiselle, fit la mère, vous voulez peut-être un verre d'eau ? Ou vous changer rapidement ? Vous avez l'air de revenir de l'enfer.

À nouveau, Angel jeta un coup d'œil à ses habits tachés et déchirés.

— Merci, madame, dit-elle, reculant toujours. Mais j'ai encore du travail.

Angel commença par la maison directement à gauche et se mit à frapper comme une folle. Tout de suite, la lumière du porche s'alluma et un œil curieux regarda à travers les rideaux sur le côté.

— Il y a le feu, Greenwood brûle ! cria-t-elle à cet œil effrayé, puis elle se rendit à la deuxième maison et à la troisième pour répéter l'opération.

Elle continua de crier en traversant la rue, espérant réveiller plus de personnes sans avoir à frapper aux portes.

— Greenwood brûle ! Greenwood brûle !

Au début, son esprit refusait d'enregistrer les deux mots qui forçaient un passage pour exploser à ses lèvres. C'étaient des mots utilitaires, pas des mots pourvus de sens. Deux mots attachés ensemble dans le seul but de réveiller les endormis, voilà tout. Mais alors que de plus en plus de minuscules lumières se mettaient à clignoter à l'intérieur des maisons endormies, elle fut frappée d'une prise de conscience : *Greenwood brûlait.*

Elle arrêta de courir et se tint immobile, retenant sa respiration. De très loin, elle vit un avion approcher. Décrire des cercles lents, hors d'atteinte. Elle pencha la tête pour mieux le voir. Il ressemblait à un sale oiseau qui encerclait sa proie. Une attaque depuis les airs, ce serait inouï. Et Greenwood n'aurait pas la moindre chance.

Un instant plus tôt, elle avait cru que la situation ne pourrait pas être pire. Des hommes ivres, des hommes mauvais, des hommes ivres et mauvais qui riaient aux éclats en brandissant des torches de part et d'autre des rues paisibles, ça suffisait. L'odeur du genévrier en flammes et les corps en feu de son père et de celui de Truly, ça suffisait. La verveine pourpre juste éclose déjà recroquevillée, en cendres, ça suffisait. Mais ça...

Se concentrant pour mieux regarder, elle vit ce que l'avion encerclait avec tant de soin : dans sa ligne de mire, le clocher du temple brillait avec sa croix dorée, lustrée toutes les semaines. La cible était le temple baptiste de Mount Zion.

— Dieu du ciel, qu'est-ce que j'ai fait ? balbutia-t-elle avant de retourner Blue dans l'autre sens et de crier au père de Hattie : Réveillez autant de monde que possible ! Ils vont bombarder le temple depuis les airs !

— M'dame ! cria-t-il en réponse. Où est-ce qu'on va, tous ?

Elle ne répondit pas et ne regarda pas en arrière. Elle ne supportait pas de voir la petite Hattie qui tenait toujours sa minuscule couverture de bébé pour s'assurer un semblant de sécurité – tellement pas à sa place. Et d'ailleurs, que pouvait répondre Angel ? Initialement, elle avait pensé au temple. C'était là-bas qu'elle avait envoyé d'innombrables familles, dans l'espoir fugace que ce lieu serait épargné. Si elle ne les retrouvait pas à temps, elle les aurait condamnées à une mort certaine, exactement comme elle avait condamné son père.

L'avion menaçant continuait de faire des cercles autour du clocher comme une lionne acculant sa proie. Angel pédalait tellement vite que le vélo criait ; il l'avertissait de son grand âge et de sa faible résistance, mais elle l'ignora. Égoïstement, elle aurait voulu avoir accepté le verre d'eau proposé par la mère de Hattie. À présent, sa gorge lui donnait l'impression d'avoir avalé en même temps de la laine de fer et du papier de verre. En colère contre elle-même, elle pédala encore plus vite vers le temple. Approximativement dix-sept rues se dressaient entre elle et l'évacuation de Mount Zion.

Elle se pencha vers la gauche pour couper par l'avenue, qu'elle avait jusque-là pris soin d'éviter. La logique lui disait qu'ils cibleraient certainement le centre prospère de la communauté. *C'était le but même de l'opération*, avait-elle longtemps supposé, *de tout voler*. De prendre possession de ce qui ne leur appartenait pas, depuis les médicaments de la pharmacie de M. Tate jusqu'aux sculptures en bois de l'atelier de M. Morris. Pour que les habitants de Greenwood continuent d'être à leur disposition.

Angel aurait voulu épargner à son cœur la vision d'une telle injustice en train de se commettre, mais ce raccourci lui faisait gagner trois rues. Dès qu'elle atteignit l'entrée de ce qui avait autrefois été la florissante Grande Rue Noire, des larmes marbrèrent ses tempes. Encore plus de feu, oui, c'est ce qu'on y voyait, mais il y avait aussi le pillage et le saccage de leur dur labeur. Des Blancs qui empilaient dans leurs automobiles des caisses d'outils volés à la quincaillerie de M. Odom. Buvant des sodas et mangeant des glaces volés chez les Williams. Ils s'étaient même emparés des costumes emballés et des chapeaux à la blanchisserie de M. Massey.

Mais ce qui mit Angel hors d'elle fut une vision inattendue : des femmes blanches en train de saccager la boutique de fleurs adorée de Mme Turner. Elles entraient en souriant et ressortaient avec de magnifiques bouquets sur lesquels elles s'extasiaient. Angel mit pied à terre et perdit quelques précieux instants à contempler l'étrange scène formée par ces femmes blanches dans Deep Greenwood, aux premières lueurs de l'aube. Elle regarda les hommes leur ouvrir la voie, vérifiant et revérifiant qu'il n'y avait personne dans les échoppes, puis y envoyant les femmes prendre ce qu'elles voulaient avant que tout ne soit détruit.

Angel savait que les femmes se prétendraient parfaitement innocentes, après coup. Elles se cacheraient chez elles, tricoteraient et se balanceraient – feraient tout ce qu'elles trafiquaient d'habitude de l'autre côté des rails. Pourtant, elles étaient là. Juste à côté des hommes. À voler le fruit du travail de Greenwood.

Angel se dirigea vers une femme brune longiligne. Elle était longue en tout : silhouette, cheveux ; même son nez touchait presque sa lèvre supérieure. Elle portait une brassée de robes violettes prises à la boutique de Trisha. C'était comme si elle avait choisi exprès dans les rayons tout ce qui était violet. Ensuite, elle ressortit du magasin de fleurs de Mme Turner en tenant fermement un bouquet d'un violet vif.

Ce qu'elle ne savait pas, et se fichait de savoir, c'était que Mme Turner lui aurait joyeusement donné ce bouquet, gratuitement. Mme Turner ne se souciait pas le moins du monde que ses clients la payent ou non. Son but premier n'était pas l'argent, c'était d'injecter de la beauté dans les lieux oubliés. Et ils étaient là, se ruant pour voler la plus généreuse d'entre eux.

Puis, le bouquet dans une main et les robes dans l'autre, la femme blanche trop longue pointa son doigt odieux vers le ciel et commença à sauter sur place comme un enfant impatient. Quand Angel suivit le doigt du regard, elle vit le ventre d'un avion qui se préparait à lâcher sa bombe. Elle pédala de plus belle pour l'amour de Greenwood.

ISAIAH

Isaiah trouva la mère d'Angel dans un coin, au fond de Mount Zion, avec le proviseur adjoint, Mme Anniston et le petit Michael à côté d'eux. Elle était inconsolable et Isaiah imaginait bien pourquoi. Tout comme Mme Edward, pleine d'arthrose, il n'y avait aucune chance que le père d'Angel ait pu s'en sortir dans son état. Isaiah supposait qu'il avait préféré mourir que d'être porté par sa femme et sa fille ; il en aurait fait de même à sa place.

— Madame Hill.

Isaiah s'approcha d'elle avec précaution.

— Je suis tellement désolé...

M. Anniston leva la main pour l'arrêter et se redressa pour prendre Isaiah à l'écart.

— Elle vient de perdre son mari, confirma-t-il, sur le même ton d'autorité qu'il utilisait en tant que proviseur adjoint du lycée Washington. Il lui faut du temps. Je présume que tu voulais parler d'Angel. Si mes suppositions sont correctes, elle fait ce que chacun de nous s'attend à la voir faire.

— Quoi ?

— Elle est là, dehors.

M. Anniston sourit.

— Elle aide les gens.

Sans un mot de plus, Isaiah tourna les talons et courut vers la sortie. Debout, frénétique sur les marches du temple, il plissa les yeux et scruta la ville à travers l'air chargé de fumée. Son instinct lui dictait de courir dans la nuit, d'aller la chercher, mais de quel côté pouvait-elle bien être ?

Ses pieds le portèrent jusqu'aux dernières marches puis s'arrêtèrent, défiants. « Tu te trompes, lui disaient-ils. Tu vas avoir tout faux. »

Puis il vit une silhouette percer la fumée au loin. Elle ne marchait pas ; au lieu de ça, elle était montée sur un étrange objet qui ressemblait à...

— Blue, souffla-t-il avant de s'avancer à grandes enjambées vers elle.

Rien d'autre n'importait à Isaiah que de réduire la distance qui le séparait d'Angel, de la serrer dans ses bras. Plus il se rapprochait d'elle, cependant, plus il se rendait compte que ce ne serait pas de tendres retrouvailles. Il y avait urgence et cela se lisait sur son visage.

— Qu'est-ce qui se passe ? demanda-t-il en découvrant la peur au fond de ses yeux. Mon Dieu, Angel, reprit-il devant ses vêtements ensanglantés et ses coupures qui avaient l'air douloureuses, tu vas avoir besoin de points de suture partout.

— L'avion, lança-t-elle sans ralentir le rythme.

Isaiah dut courir pour rester à son niveau tandis qu'ils retournaient en direction du temple.

— On a vu. Il fait des cercles.

— Tu ne comprends pas, Isaiah, dit-elle, le suppliant du regard. Il fait des cercles autour du temple.

Une terreur absolue se répandit dans le corps du jeune homme et, à nouveau, ses pieds prirent le dessus et volèrent vers le temple. Alors qu'ils atteignaient les marches, ils virent Dorothy Mae et Muggy debout l'un à côté de l'autre, l'air horrifié.

— Qu'est-ce qui se passe ? demanda Dorothy Mae, dont les mains tremblaient.

— Regarde en haut, lui dit Isaiah, se souvenant de son envie de voler. Angel pense qu'ils vont lâcher une bombe. C'est possible ?

Dorothy Mae arrêta de bouger et se fit une visière de la main afin d'avoir une meilleure vue sur le dessous de l'avion.

— Dieu tout-puissant, murmura-t-elle simplement.

— Évacuez tout le monde ! hurla Angel en la dépassant fougueusement.

Angel, suivie d'Isaiah, suivi de Dorothy Mae, suivie de Muggy firent irruption dans le sanctuaire pour annoncer à tout le monde que le dernier endroit où ils pensaient être en sécurité était sur le point d'être anéanti.

MUGGY

Muggy suivait Isaiah de près et notait tous les yeux sceptiques qui scrutaient ses moindres faits et gestes. Pour qui est-ce qu'ils se prenaient ? Le regarder comme si c'était un criminel endurci. Ils devraient s'occuper d'autre chose que de lui, tiens. Et ils se demandaient pourquoi il était devenu ainsi... Ils devraient se regarder dans un miroir et ils sauraient.

Puis il observa à nouveau les gens et commença à remettre en question ses propres intuitions. Il vit Timothy Tate tout entier à sa tâche de bander des brûlures et des plaies. Il vit George Morris qui soignait le pied cloqué de son père. Celui-ci devait avoir été chassé de sa maison sans chaussures. Tout le monde était occupé à survivre. Peut-être qu'ils ne le regardaient pas du tout. Peut-être, mais peut-être seulement, attendaient-ils qu'il prenne le commandement, qu'il indique une direction. Muggy leva haut le menton, prêt à laisser toutes les vieilles rancœurs de côté et à endosser ce rôle.

— Ils vont bombarder le temple ! annonça-t-il avant qu'Isaiah ait eu l'occasion de le faire. Tout le monde doit sortir.

Il s'attendait au chaos le plus total, aussi se tint-il prêt pour la bousculade, mais pas un muscle ne bougea.

— Isaiah, dit une voix dans la foule compacte, qu'est-ce qui se passe ?

Isaiah poussa Muggy pour commencer son propre discours éloquent.

— L'avion au-dessus (il pointa vers le ciel) fait des cercles. Angel a déterminé que sa cible, c'était très probablement l'endroit où nous sommes à présent.

Un étranglement étouffé se fit entendre dans la foule. Ce même bruit que Muggy s'était attendu à obtenir lui-même, lorsqu'il avait annoncé le même événement imminent quelques secondes auparavant. Isaiah nierait avoir reçu cette attention. Peut-être ne l'avait-il même pas remarqué, songea Muggy, mais Isaiah avait toujours été le préféré des gens de Greenwood. Ils l'adoraient, alors qu'ils méprisaient Muggy. Des incidents quotidiens pareils à celui-ci arrivaient depuis leur enfance. Autant d'affronts commis par les mains et les bouches de ceux qui auraient dû croire en lui.

Quand ils étaient petits, Muggy imitait les hochements de tête charmeurs d'Isaiah et son utilisation impossible des « madame » et des « monsieur », mais ça ne marchait pas. Tout le monde voyait clair dans son jeu. Son propre père lui avait ordonné d'arrêter d'être un suiveur. De penser par lui-même. D'utiliser sa tête pour autre chose que porter des chapeaux.

Il l'avait frappé avec la constance d'un champion de boxe jusqu'à ce qu'il ne soit plus un suiveur. Et quand Muggy était devenu méchant, son père avait souri et s'était vanté d'avoir un garçon né pour diriger. *Fort*, il l'appelait. Maintenant qu'il l'avait battu jusqu'à ce qu'il n'y ait plus trace de faiblesse en lui.

La pensée de son père faisait bouillir le sang de Muggy. Chaque mot vicieux qu'il lui avait adressé depuis l'enfance était resté accroché dans son esprit. Même les fois où il avait le plus outrageusement enfreint les règles, refusé ses responsabilités. Mais en regardant dans le temple, il vit sa mère seule.

Son père s'était purement et simplement volatilisé avant le massacre, disparaissant avec une de ses maîtresses la nuit précédente. Muggy et sa mère connaissaient la chanson. Tenir la boucherie pendant deux jours tandis qu'il prenait le train vers la côte sud avec une femme sans nom.

— Occupe-toi de ta mère, avait-il dit à Muggy en touchant son chapeau. Je serai de retour dans quelques jours.

Mais il ne devrait pas avoir à prendre soin de sa mère. C'était le job de Muggy Little Sr, après tout. Il bénéficiait du titre d'« homme marié », des plats délicieux d'une femme loyale et d'une maison bien tenue par une épouse bien habillée. Mais quand la ville était en flammes, on ne le trouvait nulle part ; il était probablement au grand air à siroter du cognac avec elle – n'importe laquelle.

La mère de Muggy se tenait près de l'orgue, respirant le calme et apparemment en pleine forme. La posture était l'une des seules armes de son arsenal : c'était ce qui la protégeait du jugement de la ville, qui venait avec les tromperies du mari et les méfaits du fils.

En l'observant à côté de l'estrade du chœur, Muggy prit conscience qu'elle avait été assez punie. Par lui, par son père, par la ville ; sans doute en avait-elle assez bavé. Et comme si elle avait senti son regard, elle leva la main pour lui faire un signe avant de la porter à son cœur avec fierté, lui disant quelque chose d'inaudible. Il n'avait aucune chance de l'entendre avec la foule en pagaille et se fraya donc un chemin vers elle.

— Je suis fière de toi, mon fils, déclara-t-elle, mesurée et à l'aise au milieu de cette mêlée. Tellement fière. Tu as parlé en révolutionnaire.

— Ils ne m'ont pas écouté.

Muggy regarda ses pieds.

— Ils me détestent, tous, et ils ont raison.

Il n'y avait pas de place pour la vantardise ou l'arrogance infondée. La vérité brute, c'était tout ce qu'on pouvait énoncer en un moment pareil. D'ailleurs, sa mère le savait probablement déjà. Elle avait toujours été prudente. Jamais à s'avancer. Elle était plutôt du genre à attendre que ceux qui l'entourent reprennent leurs esprits et changent d'eux-mêmes. Ce qui aurait été un trait de caractère admirable si elle avait épousé un meilleur mari. Un homme comme le père d'Isaiah, celui d'Angel ou de Dorothy Mae. Même morts, ils valaient mieux que Muggy Little Sr.

— Tu auras l'occasion de te faire pardonner, mon fils, dit sa mère d'un ton empreint de dignité. Nous devons nous hâter avant que ce qui doit arriver n'arrive.

Le temple s'était presque vidé, à l'exception des Anciennes, qui attendaient trop patiemment qu'on les escorte dehors.

— Pars devant, maman, lança Muggy. Je dois aider ces dames à sortir.

Une par une, il les guida le long de la nef, par l'entrée et jusqu'en bas des marches.

— Arrête de te ronger les ongles, mon garçon, dit la mère Williams alors qu'ils marchaient lentement sur les tapis marron. Laisse voguer tous tes soucis.

Muggy ne s'était pas aperçu qu'il se rongeait les ongles. Il avait pris cette habitude il y avait longtemps et elle ne réapparaissait que lorsqu'il était terrifié. Il baissa les yeux vers la main ridée de la mère Williams qui serra la sienne.

— Tu as encore le temps, continua-t-elle. Il reste encore du temps pour toi.

Muggy la guida jusqu'à la dernière marche et Dorothy Mae la prit en charge.

À cet instant précis, il se sentit lié à Greenwood comme jamais auparavant. Non pas parce qu'il était riche, ou aisé, mais parce qu'il était avec les autres dans les tranchées. Avec eux tous, depuis les Anciennes jusqu'aux plus petits enfants. Il resta debout à les regarder tandis qu'ils papillonnaient les uns vers les autres. Même face à la destruction, l'ingéniosité et les liens tissés dans la communauté de Greenwood régnaient. Et enfin, il en faisait partie.

Après avoir aidé les dernières personnes à sortir, Muggy rejoignit Isaiah, Angel et Dorothy Mae qui s'étaient réunis quelques maisons plus loin. Ils étaient en plein débat lorsqu'il arriva.

— Ce sera bientôt le tour de l'école, dit Angel en agitant des mains expressives. Toute cette zone sera partie en fumée demain matin ; l'école est une cible autant que le temple.

— Ne dis pas ça, intervint Dorothy Mae, dont on sentait qu'elle était blessée. Tu n'en sais rien.

— Si, répliqua Isaiah. Elle a raison, tu le sais.

— Oh !

Angel vit arriver un homme, pantelant après ce qui semblait une longue course.

— C'est le père de Hattie. Une des filles qui faisaient le jeu de mains, expliqua Angel à Isaiah avant de s'adresser à l'homme en question. Pourquoi vous êtes venus ?

— On va... on va dans le champ. (Il haletait entre les mots.) On a vu un groupe qui se dirigeait par-là, le temps que les incendies s'éteignent.

Isaiah cracha par terre.

— Pourquoi on devrait aller là où on nous en donne la permission ? Ils n'ont aucun droit sur nous. Nous sommes libres ! On pourrait traverser le monde si ça nous chantait.

— Regarde autour de toi, Isaiah, lui dit Angel. Regarde nos mères. Nous devons les aider à survivre à cette nuit avant de penser à une quelconque révolution. Il y a des gens dans cette ville qui dorment encore. Pense à eux d'abord, pas à nous.

— Je suis passé dans des rues où personne n'était réveillé, les informa le père de Hattie. Il y aura beaucoup de morts au petit jour.

Muggy leva les yeux vers l'avion qui décrivait ses cercles et se demanda pourquoi il n'avait pas encore largué sa bombe par sa trappe de lancement. Puis il aperçut la cloche en bronze, en haut du temple baptiste de Mount Zion. Encadrée de briques, éclairée du halo orange des flammes qui s'y reflétaient, elle l'appelait et lui donnait la réponse.

Sa mère lui avait dit qu'une occasion de se faire pardonner se présenterait et la cloche scintillante était la clé. Muggy savait qu'il avait lui-même commencé à détruire Greenwood de l'intérieur, bien avant que les hommes blancs n'arrivent avec leurs torches. Un voisin après l'autre, il avait semé tant de discorde qu'il n'y avait qu'un seul moyen de se racheter et, devant lui, l'opportunité brillait de tous ses feux.

— Allez au champ, lança-t-il à Isaiah, Angel et Dorothy Mae. Emmenez tout le monde avec vous et faites-moi le plaisir de survivre. C'est tout ce qu'on peut faire pour cette nuit. J'ai une idée pour réveiller ceux qui dorment encore.

Isaiah fit un pas pour protester.

— Quoi que tu aies en tête, je vais t'aider.

— Isaiah, dit Muggy, tenant son visage entre ses mains, tu es un homme meilleur que moi. Et de loin. Tu le sais, je le sais, Angel Hill le sait très certainement, affirma-t-il en souriant dans sa direction. Dorothy Mae, tu le sais aussi.

Leur attention fut brièvement distraite par le bruit de l'avion menaçant, plus haut.

— Laisse-moi être meilleur que toi. Seulement pour une nuit, laisse-moi être meilleur que toi.

À contrecœur, Isaiah acquiesça et le laissa partir.

Muggy scruta la foule à la recherche de sa mère et courut vers elle.

— Maman ! l'appela-t-il. Maman ! J'ai quelque chose à te dire.

Elle plissa les yeux, lisant quelque chose en lui.

— Qu'est-ce que tu vas faire ?

Il sourit devant sa sagesse calme et l'embrassa sur les deux joues.

— Je t'aime, maman. Je t'aime vraiment, sincèrement.

— Je t'aime aussi, répondit-elle, sentant un élan dangereux chez son fils. S'il te plaît, ne le fais pas.

Elle n'aurait pas pu savoir ce qu'il allait faire, mais elle lui demandait quand même de s'abstenir. Il l'attrapa pour la serrer fort puis courut à l'intérieur du temple, montant les marches quatre à quatre pour atteindre le clocher.

Chœur

Angel, Isaiah et Dorothy Mae rejoignirent la mère d'Isaiah pour lui dire qu'ils allaient au champ. Elle était devenue la référente ; tout le monde attendait ses instructions et directives.

— Écoutez-moi tous, lança-t-elle par-dessus le raffut, le seul endroit sûr qui nous reste, c'est le champ. Il faut marcher, donc si vous tenez bien sur vos jambes, trouvez quelqu'un de plus faible et aidez-le. J'ai besoin que tout le monde approuve ! George, tu prends M. Morris sur le vélo...

Et elle distribua des tâches spécifiques aux gens selon leurs capacités.

Isaiah et Angel regardèrent la foule qui acquiesçait à ses ordres et partait vers le champ. Dorothy Mae prit les devants pour vérifier que sa famille, heureusement indemne, allait bien. Sa mère et son père s'en étaient sortis avec les habits qu'ils avaient sur le dos et sa jeune sœur avait eu la présence d'esprit d'emporter son édredon et sa poupée duveteuse bleu pâle. Le jeune couple les vit ouvrir les bras à Dorothy et l'embrasser.

— C'est bien, dit Angel, presque à elle-même. Certaines familles sont encore unies.

Elle fixa Isaiah.

— C'est ça, l'espoir.

Isaiah l'entoura de son bras gauche, lui permettant de s'appuyer sur lui pour avoir un peu de soutien. Alors qu'ils marchaient vivement, ils se tinrent l'un contre l'autre – prenant un moment pour respirer dans ce qui restait de Greenwood devenu irrespirable.

— Je t'aime aussi, au fait, dit Angel, enfouie au creux du cou d'Isaiah. Je me demandais si j'aurais une chance de te le dire. Je t'aime de tout mon cœur, Isaiah Wilson.

Portant les Anciennes, la foule avançait moins vite qu'Isaiah et Angel ne l'auraient voulu. Mais ils ne se désolidariseraient pas. C'était leur communauté, à présent, et une communauté restait soudée en dépit des circonstances.

Angel jeta un coup d'œil en arrière, au temple, mais elle ne voyait que le haut du clocher qui scintillait comme un phare. Puis une silhouette à l'intérieur attrapa la corde et commença à sonner la cloche plus fort qu'elle n'avait jamais sonné auparavant. La foule qui avançait péniblement leva la tête comme un seul homme vers le bruit, et là, tous en chœur, ils virent l'avion descendre encore plus bas sur le temple.

— Muggy, s'écria Isaiah, non !

Il relâcha Angel et essaya de courir vers Mount Zion, mais il fut arrêté par le diacre Yancey.

— Laisse-le faire ce qu'il a à faire, mon garçon, dit ce dernier, la voix chargée d'émotion. Et toi, fais ce que *tu* as à faire.

Isaiah contourna aisément le diacre, mais il fut arrêté par M. Anniston.

— Le diacre a raison, mon fils, déclara le proviseur adjoint. Laisse-le.

C'était plus compliqué de le dépasser, mais une fois qu'Isaiah l'eut fait, ce fut au tour de M. Morris, soutenu par son fils George, de lui barrer la route.

— Tu ne vas pas interrompre ce garçon, dit-il avec tant de force qu'Isaiah en tomba presque. Il a décidé d'utiliser ce qu'il lui reste de temps pour sauver la vie du peuple. Il n'y a pas plus grand amour que cela.

Alors que le glas sonnait, les mères recommencèrent à chanter :

There is no greater love,
There is no greater love
There is no greater love
No greater love

Angel fit un pas pour s'approcher de M. Morris et montrer son accord silencieux. Puis, pleurant de lourdes larmes, la mère de Muggy se joignit à la rangée ainsi formée.

No greater love,
That a man would lay down his life for a friend.

Alors que la cloche continuait de sonner et que l'avion décrivait des cercles toujours plus bas, comme pour prévenir Muggy de sa mort imminente, la ville chanta en chœur.

No greater love,
No greater love,
No greater love[15].

Isaiah savait qu'ils avaient raison, mais son cœur s'arrêta.

— Il faut qu'on continue à marcher, annonça sa mère.

Les gens de la ville firent ce qui leur était intimé, mais n'arrêtèrent pas de chanter ces trois mots, « *No greater love* », encore et encore. Cette fois, ce fut Angel qui entoura Isaiah d'un bras réconfortant et qui l'entraîna avec elle. Ses pieds étaient lourds en traversant les pâtés de maisons et il se prit à imaginer que l'avion ne larguerait pas sa bombe. Peut-être que ça ne tenait qu'à un fil, peut-être que c'était uniquement de la fanfaronnade venue du ciel et que Muggy survivrait.

En marchant, Isaiah s'aperçut que la stratégie de Muggy fonctionnait. Les lumières s'allumaient une à une au fur et à mesure qu'ils dépassaient ce qui avait été des maisons endormies et, quand un nez curieux se glissait par la porte entrouverte, quelqu'un dans la foule criait :

— Il y a le feu ! Greenwood brûle !

Et quelqu'un d'autre hurlait :

— Au champ ! Au champ !

Tout cela entrecoupé du cantique de « *No greater love* », du glas de la cloche et du vrombissement du moteur de l'avion.

---

15. Il n'y a pas de plus grand amour / Il n'y a pas de plus grand amour / Il n'y a pas de plus grand amour / Pas de plus grand amour // Pas de plus grand amour / Qu'un homme qui donne sa vie pour sauver son ami // Pas de plus grand amour / Pas de plus grand amour / Pas de plus grand amour [*NdT*].

Muggy Little Jr avait probablement déjà sauvé plus de vies que n'importe qui d'autre en ville. Son idée était brillante. Son exécution parfaite. Quant au courage que cela demandait de tirer cette corde pesante de haut en bas comme la mort se rapprochait de lui à chaque instant, Isaiah n'arrivait pas à le concevoir.

La ville ne se souviendrait plus des méchancetés de Muggy à présent, quel que soit leur degré. Sa malveillance pâlissait en comparaison de la bravoure dont il faisait preuve cette nuit. M. Morris avait eu raison de l'arrêter, s'aperçut Isaiah. Muggy avait besoin de ce moment. Il méritait ce moment.

Quand le champ fut enfin en vue, Isaiah et Angel échangèrent un sourire. Ils avaient réussi. Tous, tous ensemble, des Anciennes aux plus jeunes enfants. Ils s'installèrent dans le pré, pour la plupart sans aucune possession terrestre, mais reconnaissants tout de même.

Leur bref rayon d'espoir fut assombri par le bruit de la bombe qui tombait sur Mount Zion. Les gens émirent un cri de surprise à l'unisson et Isaiah hurla.

Il ne put faire la différence entre le lever du soleil et l'explosion du temple.

Vendredi 1er juillet 1921,
un mois plus tard
ANGEL

Honorez et glorifiez le travail ordinaire. Car c'est par le premier échelon de la vie que nous devons commencer, pas le dernier.

Booker T. Washington

Angel était assise, couverte de bandages et de points de suture, au milieu d'un cercle de filles qui gloussaient. Elle leur lisait l'exemplaire sauvé du *Jardin secret* à haute voix. L'âge des filles oscillait entre six et dix ans et elles ne trouvaient pas le livre sinistre du tout, au contraire d'Isaiah. Elles se délectaient des descriptions de lieux et de personnages.

Elles étaient suspendues aux lèvres d'Angel et, toutes les deux ou trois pages, l'une de leurs minuscules mains fusait vers le ciel avec des questions pointues. Angel était fière d'être assise dans ce cercle, à discuter avec elles des livres qu'elle avait aimés et sauvés des flammes. Pour les emmener vers des lieux plus souriants. Pour leur dire de fermer les yeux et de se représenter les odeurs et les images du *Jardin secret*. Puis, comme une mécanique bien huilée, une des filles intervenait...

— Est-ce que tu aimes Isaiah Wilson ?

— Il est mignon-on-on !

— J'adore ses yeux !

— J'adore tooooout son visage !

Angel, faisant mine d'agiter une pomme bien juteuse devant elles, leur murmurait :

— J'adore tout son visage aussi.

— Ooooooh !!! diraient-elles. Angel est amoureuse !

Et elle les perdait pendant un instant de fou rire. *Elles étaient si jeunes*, pensa Angel. Déracinées et perdues, mais chuchotant et gloussant à propos d'un garçon mignon. Angel sourit à cette idée. C'était de l'espoir, songeait-elle, au milieu de ce qui pourrait être vu comme une situation désespérée.

Une des filles pointa Isaiah dans le coin opposé, à gauche du champ.

— Qu'est-ce qu'il leur dit ? Je me demande, s'interrogea Truly.

— Il leur parle probablement de la beauté d'Angel, lança Hattie en riant. Il ne parle que d'elle, après tout.

Tandis qu'elles continuaient leurs messes basses, Angel commença à se poser la question à son tour. Isaiah avait une posture très sérieuse devant un groupe de dix hommes. Il parlait avec animation, et ils le regardaient comme une congrégation regarde son pasteur.

— Il ne parle pas de moi, les filles, leur répondit-elle. Mais il dit quelque chose d'important ; ça, c'est sûr.

Elle fit un sourire rayonnant dans sa direction.

ISAIAH

Je crois en la liberté pour tous les hommes ; l'espace d'étirer leurs bras et leur âme ; le droit de respirer et le droit de voter, la liberté de choisir leurs amis, de profiter du soleil et de prendre le train, indiscriminé selon la couleur ; de penser, de rêver, de travailler comme ils le veulent dans un royaume de Dieu et d'amour.

W. E. B. Du Bois

— Le monde dans lequel nous vivons maintenant, messieurs, ne sera pas notre monde pour longtemps.

Isaiah se força à se redresser le long d'une corde invisible devant dix hommes beaucoup plus âgés que lui.

— Nous avons vu ce que la vie peut être pour les hommes et les femmes, les enfants et les familles. Pour les humains. Nous avons goûté à la gloire. À la paix. Nous les avons tenues dans nos mains ; elles ont glissé mais nous les rattraperons, mes amis, souvenez-vous de ce que je dis.

« Chaque famille représentée ici est une lumière brillant de ce savoir, continua-t-il avec autant de puissance qu'il en pouvait sortir de ses entrailles. Ceci, mes amis, est de loin plus important que n'importe quelle brique et n'importe quel mortier. Ceci, mes amis, ne peut pas nous être enlevé, même en le brûlant. Vous voyez ? Ce ne sont pas nos maisons ou nos commerces que les hommes blancs ont essayé de nous voler en cette nuit fatidique. Non, c'est la connaissance qu'ils nous voyaient construire. Notre posture, avec des épaules hautes sur notre dos droit. Aussi hautes qu'elles l'étaient avant qu'ils ne nous poussent sur des bateaux et nous amènent ici.

« Booker T. Washington a déclaré un jour qu'"aucun homme ne peut maintenir un autre homme dans les bas-fonds de l'existence sans y rester avec lui". C'est tout à fait juste, mais insuffisant. Ce que Washington ne dit pas, c'est que, tôt ou tard, le but de l'homme maintenu dans les bas-fonds finit par changer. Par la lutte, ses bras s'affermissent et développent des muscles assez forts pour le hisser au-dehors, laissant son geôlier pourrir seul dans sa rage.

— Mais ne devrions-nous pas rentrer ?

Le diacre Yancey leva la main pour le demander à Isaiah, comme s'il était à l'école.

— Maintenant que nous n'avons plus notre place ici, ne devrions-nous pas rentrer sur la terre de nos ancêtres ?

Isaiah observa les hommes approuvant la suggestion du diacre. Il les contempla un moment et sourit en connaissance de cause.

— Mon cher Monsieur, commença Isaiah, notre terre est celle-ci, à présent. Nous serions des étrangers sur les terres de nos ancêtres. Nous n'en connaîtrions pas la langue ni les coutumes ; il faudrait tout recommencer. Nous ne serions pas bienvenus chez ceux auxquels nous avons été enlevés il y a bien des générations.

Les mêmes hommes qui avaient approuvé l'idée du diacre s'étaient désormais rangés à l'avis d'Isaiah.

— C'est un argument valable que tu tiens, jeune homme, dit le diacre Yancey en retournant au silence.

— Ils nous ont emmenés ici (Isaiah était debout au-dessus d'eux comme un père au milieu de ses fils) pour bâtir un pays à partir de rien. Pour travailler aux champs, mener les moutons et, mon Dieu, pour que nous nous reproduisions. Cependant, ce qu'ils n'avaient pas anticipé, c'était nous.

Isaiah étendit ses bras et tourna sur lui-même, montrant Greenwood désormais incendié.

Les hommes regardèrent autour d'eux pour ne voir que des cendres au loin. Aucun bâtiment ne subsistait, aucune maison où se rassembler pour s'abriter.

— Mais, mon fils, ils nous ont rayés de la carte, intervint M. Monty.

En réponse, Isaiah bondit sur la terre herbeuse et tous les hommes suivirent ses moindres mouvements des yeux.

— Regardez par là, dit-il, pointant du doigt la cuisine de fortune de sa mère et de Mlle Ferris, qui distribuaient des rations de soupe de légumes et de pain de maïs aux gens de la communauté qui attendaient. Est-ce qu'elles ont l'air de se laisser rayer de la carte ?

Un chœur de « non » voire de « non, monsieur » lui fit écho.

— Et là ?

Il esquissa un geste vers Mme Nichelle, qui avait pris sur elle de s'occuper des enfants de moins de deux ans. Elle avait rassemblé autant de couvertures que possible et les avait empilées sur l'herbe pour créer un parc de jeu pour ce petit monde chancelant.

— Est-ce que ça ressemble à une femme qui s'est inclinée devant les circonstances ?

À nouveau, beaucoup de « non » et encore plus de « non, monsieur » s'élevèrent du petit cercle d'hommes attroupés. Le proviseur adjoint, le mari de Mme Nichelle, lui fit un signe de la main avec tant de fierté et de reconnaissance qu'il dut s'essuyer les yeux.

— Et puis il y a mon ange.

Isaiah n'en fit pas des montagnes pour la présenter ; il la regarda simplement avec calme et plus de déférence qu'il n'en avait envers n'importe qui d'autre dans le champ.

— Cette femme est un rempart, une enseignante, un guide. Il n'y a pas assez de mots pour la décrire. Elle ne se laissera jamais vaincre, ni par moi ni par personne. Notre avenir lui ressemble : comme elle, il est courageux, brillant, et il s'agrippe fermement aux forces puissantes qui ne peuvent jaillir que d'une seule source, l'amour. Elle incarne Greenwood – elle est criblée de lourdes pertes et de souffrances, mais elle avance. Elle grandit. Avec la détermination qu'aucun homme blanc ne pourra jamais conquérir. Une fois que les Blancs ont perdu leur emprise sur Angel et ses semblables, ils nous ont tous perdus.

« Ils ne l'auront jamais, camarades, souvenez-vous-en et marquez-le sur vos bras, dans vos cœurs et au plus profond de vos âmes. Elle s'est liée à moi, de son plein gré.

— Eh bien, mon garçon, le héla M. Morris, va la voir.

Isaiah bondit en direction d'Angel. Ses jeunes élèves émirent des « oooh » et des « aaah » à son approche. Le peuple de Greenwood s'arrêta pour le regarder réduire la distance entre son amour et lui.

Plus il avançait, plus il accélérait. Il voulait la soulever en l'air. Respirer sa peau parfum de beurre de cacao aussi longtemps qu'elle le permettrait. Mais quand il fut assez proche d'elle pour la toucher, Truly s'interposa, bras croisés.

— Est-ce que je peux vous aider, m'sieur ?

Isaiah se pencha pour se mettre au niveau des grands yeux de Truly.

— J'aimerais demander la permission de parler à votre professeure, s'il vous plaît.

— Vous ne l'avez certainement pas, dit-elle, tapant du pied sur le sol. Quelles sont vos intentions, au juste, avec Mlle Angel ? Je le saurai si vous dites pas la vérité.

Après un rapide clin d'œil à Isaiah, Angel s'accroupit devant la fillette.

— Truly, ma petite... l'homme le plus sage que j'aie jamais connu m'a dit un jour que la pitié et la vérité ne pouvaient exister l'une sans l'autre, déclara-t-elle en lui remettant en place une mèche rebelle derrière l'oreille.

— Eh bien, répondit Truly, pleine de gratitude, c'est exactement ce que j'essaye de faire, Mlle Angel. Obtenir la vérité de ce garçon qui raconte des tas d'histoires et qu'on appelle Isaiah Wilson.

— Tu devrais faire preuve de pitié envers M. Isaiah, non ?

— Comment je fais ça ?

— Autorise-le à passer.

Alors que Truly, toute petite mais farouche, faisait un pas de côté, Isaiah tira Angel tout contre lui et lui chuchota à l'oreille :

— Exactement.

Le succès est à l'aune non pas tant de la position que l'on atteint que des obstacles que l'on surmonte.

Booker T. Washington

Je suis né libre.

W. E. B. Du Bois

Note de l'autrice, qui inclut aussi ses remerciements

Ce roman a commencé comme tous les autres : c'était quelque chose qui n'avait rien à voir. Au début, c'était censé être l'histoire d'un lieu fictif que j'avais appelé provisoirement « Mon Wakanda ». Pas de super-héros ou de champs de fleurs magiques à avaler, non. Juste une communauté noire autosuffisante, où deux adolescents noirs tombent librement amoureux. C'est tout. C'était ça, le lieu magique dont j'écrivais l'histoire.

Ils faisaient des allers-retours à vélo dans des rues bordées de plates-bandes. Ils partageaient des glaces dans un salon de thé tenu par un de leurs voisins, appelé Fred. Ils allaient voir le même pédiatre, le Dr Watts, au coin d'un immeuble bas en briques dans une rue adjacente à la rue principale. Ils aimaient les livres, les films et le lait frais nature. C'était censé être un roman calme, où rien de spécial ne se passait, à part les deux tourtereaux qui s'occupaient de leur histoire d'amour.

Je ne m'attendais pas à ce que cette histoire soit publiée, puisqu'il n'y avait pas d'histoire à proprement parler. Mais je m'en fichais. Je l'avais écrite pour moi ; c'était un rêve plus qu'un livre. Tout du long, je visualisais un lieu où ma fille et mon fils noirs pourraient se balader, faire du vélo, manger des glaces et enfin tomber amoureux en paix. C'était ça, le Wakanda, pour moi. Et le coucher sur le papier, c'était délicieux.

Mais un après-midi, chez ma merveilleuse amie Claudia Pearson, j'ai rencontré l'une des meilleures bibliothécaires du monde, Lisa Churchill. Elle m'a demandé à quoi je travaillais et je lui ai parlé de mon livre. En réponse, elle m'a raconté l'histoire de Greenwood. Mon rêve s'était incarné en un véritable lieu, il s'était réalisé dans les années 1900. Puis, il a été réduit en cendres. Les deux personnages anonymes sont devenus Angel et Isaiah sur-le-champ. Et ce petit roman sans prétention est devenu une histoire complexe, *Angel of Greenwood*.

Je suis donc reconnaissante...

Je *reconnais* que je suis fatiguée.

Je *reconnais* à présent que, tout ce que je veux dans la vie, c'est un lieu sûr pour que mes enfants noirs y tombent amoureux.

Je *reconnais* que ça peut sembler peu de choses, mais, pour le peuple noir de ce pays, ça peut frôler l'impossible. Et l'incendie de Greenwood et d'autres endroits semblables ont directement construit ce plafond de verre.

Enfin, je *reconnais* que bien des Noirs ont rêvé leur propre version du Wakanda, eux aussi.

Permettez-moi d'en *reconnaître* certains :

Colonel Allen Allensworth, Allensworth (Californie), 1908

Oliver Toussaint Jackson, Dearfield (Colorado), 1910

Joseph C. Clarke et Lewis Lawrence, Eatonville (Floride), 1887

Priscilla « Mother » Baltimore, Brooklyn (Illinois), v. 1820
Free Frank McWhorter, New Philadelphia (Illinois), 1836
Joshua Lyles, Lyles Station (Indiana), v. 1840
Jack Moss, Mossville (Louisiane), 1790
Joe Penny, Pennytown (Montana), 1871
Isaiah Montgomery, Mound Bayou (Massachusetts), 1887
Clem Deaver, DeWitty (Nevada), 1907
Thomas Marshall, Marshalltown (New Jersey), v. 1830
Frank et Ella Boyer, Blackdom (Nouveau-Mexique), v. 1900
Frank et Ella Boyer, Vado (Nouveau-Mexique), v. 1920
Andrew Williams, Seneca Village (New York), 1825
Epiphany Davis, Seneca Village (New York), 1825
James Weeks, Weeksville (New York), 1838
A. R. Brooks, Brookesville (Oklahoma), 1903
Edward McCabe, Langston (Oklahoma), 1890
E. L. Barber, Redbird (Oklahoma), 1889
Harrison Barrett, Barrett (Texas), 1889
Jeff et Hanna Hill, Little Egypt (Texas), 1870
Anderson Moore, Moore Station (Texas), 1876
Robert et Dilsie Johnson, Mosier Valley (Texas), v. 1870
James et Winnie Shankle, Shankleville (Texas), 1867

J'espère sincèrement que quelqu'un va écrire un livre en hommage à chacun d'eux. CHACUN D'ENTRE EUX MÉRITE UN LIVRE ! Faites-le, bon sang ! Sinon, c'est moi qui le fais.

Randi

Histoire de l'attaque

Bien qu'*Angel of Greenwood* soit un récit de fiction, l'attaque tragique de 1921, qui prit pour cible le quartier de Greenwood, à Tulsa (Oklahoma), a bien eu lieu.

Après la Première Guerre mondiale, Greenwood a d'abord été appelé le « Wall Street nègre des États-Unis » et ensuite le « Wall Street noir » en raison de ses commerces florissants et de sa communauté soudée. C'était l'une des communautés noires les plus prospères du pays à cette époque, jusqu'au matin du 30 mai 1921 où, dans le Drexel Building de Tulsa, une jeune femme blanche répondant au nom de Sarah Page a hurlé dans un ascenseur. Elle y était en compagnie d'un jeune homme noir nommé Dick Rowland.

Ce qui s'est passé exactement dans cet ascenseur dépend des récits et de la personne qui raconte. On ne saura peut-être jamais la vérité avec précision. Mais les policiers de Tulsa ont arrêté Dick Rowland le lendemain et ouvert une enquête. Ce même jour, le *Tulsa Tribune* publiait un article en une avec ce titre : *Nab Negro for Attacking Girl in an Elevator* (« Un Nègre coincé pour avoir attaqué une fille dans un ascenseur »). Cela attisa la confrontation au tribunal où Rowland était retenu. Plusieurs dizaines d'hommes noirs, dont des vétérans de la Première Guerre mondiale, se sont armés et sont allés sur place pour protéger Rowland d'une foule blanche menaçante qui se rassemblait pour l'attaquer. Les nerfs ont lâché, des coups de feu ont été tirés. À nouveau, les récits varient au sujet du camp qui aurait tiré le premier, mais, en infériorité numérique, les Noirs du tribunal ont battu en retraite vers le quartier de Greenwood.

Aux premières heures de l'aube du 1er juin 1921, Greenwood, si idyllique, si prospère, si exceptionnel, fut pillé et brûlé par des émeutiers blancs. En l'espace de moins de vingt-quatre heures, trente-cinq pâtés de maisons furent incendiés, plus de huit cents personnes furent blessées, et les historiens estiment qu'entre cent et trois cents personnes perdirent la vie.

Cet événement est resté largement méconnu, même par les descendants et résidents de Tulsa. Mais en 2001, une commission officielle chargée des émeutes raciales, la Commission de l'Oklahoma pour l'étude de l'émeute raciale de Tulsa en 1921, a été mise en place pour faire la lumière sur cet événement. Et récemment, le maire de Tulsa, G. T. Bynum, a lancé un appel à témoignages dans le cadre d'une enquête sur les charniers en divers lieux de Tulsa.

À l'intérieur de chacune des maisons de Greenwood qui ont brûlé ce fameux jour de 1921, il y avait une histoire. Seul un petit nombre de ceux et celles qui l'ont vécue en est rescapé. Beaucoup de ces histoires ne seront jamais racontées, bien que la commission ait rapporté des entretiens avec des survivants encore en vie au moment des délibérations et des rapports d'enquête, il y a environ vingt ans. Angel et Isaiah relèvent de la fiction. C'est vrai. Mais à travers eux, c'est Greenwood que j'honore. Et, Dieu tout-puissant, j'espère que je leur ai fait justice.

Références littéraires de Angel et Isaiah

Par Kanelle Valton

***Ascension d'un esclave*, Booker T. Washington**

Dans *Up from Slavery, Ascension d'un esclave émancipé* (1901), sa seconde autobiographie, Booker T. Washington raconte son parcours exceptionnel de l'esclavage à la liberté, de l'extrême pauvreté à des relations cordiales avec le président Roosevelt et de l'analphabétisme à un diplôme honorifique de l'université de Harvard.

***Peter Pan*, James Matthew Barrie**

Peter Pan, publié en 1911, est l'ouvrage le plus connu de James Matthew Barrie, auteur écossais. Adaptation de l'une de ses pièces de théâtre créée en 1904, ce roman suit les aventures de Peter Pan, un garçon qui refuse de grandir, et emmène la jeune Wendy et ses deux frères sur l'île fantastique de Neverland.

Selon les spécialistes de l'œuvre de Barrie, le personnage de Peter Pan aurait été inspiré par le frère aîné de l'auteur, qui, mourant dans sa jeunesse, serait devenu un enfant pour toujours. La version originale du roman, plus sombre que les nombreuses adaptations qui suivront, est celle d'un enfant malveillant, animé d'une haine profonde pour les adultes, qui récupère les enfants morts ou abandonnés pour les envoyer au pays de « Neverland ».

***Le Jardin secret*, Frances Hodgson Burnett**

Le Jardin secret est publié par la romancière anglo-américaine Frances Hodgson Burnett en 1911. Les symboles du renouveau et de l'évolution intérieure sont omniprésents dans ce conte optimiste qui traite des guérisons physiques et spirituelles que vivent les personnages principaux grâce à la nature.

***Harriet Tubman : The Moses of Her People*, Sarah H. Bradford**

Publiée en 1886, la biographie *Harriet Tubman : The Moses of Her People* est le fruit d'une étroite collaboration entre Sarah H. Bradford et Harriet Tubman. L'ouvrage retrace le destin hors du commun de cette Afro-Américaine née en esclavage dans le Maryland en 1822 et qui s'est émancipée en 1849 avant de conduire les membres de sa famille et plusieurs dizaines d'autres personnes vers la liberté.

Harriet Tubman est une pièce maîtresse de l'Underground Railroad (le chemin de fer clandestin), une organisation clandestine qui conduit des personnes réduites en esclavage vers les États du Nord ou vers le Canada, où l'esclavage n'est pas pratiqué. Cet engagement et sa grande piété lui vaudront le surnom de « Moïse de son peuple » en référence à la figure biblique qui conduit le peuple hébreu hors d'Égypte.

Surnommée « Général Tubman », Harriet s'illustre comme infirmière et espionne dans l'armée de L'Union pendant la guerre de Sécession. Elle continue de militer pour le suffrage des femmes et les droits civiques jusqu'à la fin de sa vie.

***_The Story of My Life and Work_, Booker T. Washington**

The Story of My Life and Work, première autobiographie de Booker T. Washington, est destinée à un lectorat afro-américain rural. Elle consacre notamment un chapitre entier aux moyens par lesquels les Noirs peuvent eux-mêmes changer leur condition (avec le risque de démobiliser le lectorat blanc du Nord) et inclut un passage racontant comment l'oncle de Washington se faisait fouetter (susceptible de créer un sentiment de culpabilité chez les lecteurs blancs du Sud). Ces passages seront supprimés, un an plus tard, dans *Up From Slavery*, une nouvelle autobiographie qui laisse place à un récit tout entier pensé pour conquérir et apaiser l'opinion blanche. Cette première version, quoiqu'elle ait été vivement critiquée par Washington lui-même en raison de son style et de sa grammaire imparfaits, est probablement celle qui répond le mieux aux critiques qui lui reprochent d'absoudre totalement les esclavagistes de leurs responsabilités.

***Les Âmes du peuple noir, W.E.B. Du Bois**

Les Âmes du peuple noir, recueil d'essais publié en 1903 par W.E.B. Du Bois, est une réflexion pluridisciplinaire concernant la perception des Noirs au sein de la société américaine. Mêlant histoire, anthropologie de terrain et éléments autobiographiques, Du Bois livre une œuvre unique qui interroge les effets de la ségrégation sur la conscience des Afro-Américains.

Il décrit notamment le concept de « double conscience » des Noirs, leur double identité à la fois noire et américaine. Cette œuvre majeure est une opportunité pour son auteur de formuler une critique des positions de Booker T. Washington, qui estime que l'accès au droit de vote n'est pas une priorité. Du Bois présente au contraire l'émancipation des Noirs, leur accès au pouvoir politique et à l'éducation supérieure comme les clefs du progrès. Contrairement à Washington, qui prévoit la disparition progressive des préjugés raciaux et de la discrimination, Du Bois prophétise que « Le problème du xxe siècle est le problème de la ligne de couleur. »

*** *Le Dixième talentueux*, W.E.B. Du Bois**

W.E.B. Du Bois publie *The Talented Tenth* en 1903, en réponse au « Compromis d'Atlanta » théorisé par Booker T. Washington. Dans cet ouvrage, il souligne l'importance de l'enseignement supérieur dans l'amélioration de la condition des Afro-Américains. La théorie du « *talented tenth* » propose de développer les capacités de leadership des 10 % d'Afro-Américains les plus brillants afin qu'ils soient le moteur des progrès de l'ensemble de leur communauté.

****The Negro*, W.E.B. Du Bois**

Dans *The Negro* (1915), W.E.B. Du Bois propose un récit approfondi de l'histoire de l'Afrique et de l'impact de sa diaspora sur les sociétés occidentales, de l'Éthiopie à la

Caraïbe en passant par l'Amérique latine. Il fait une analyse critique des représentations et stéréotypes dont les sociétés africaines font l'objet et aborde l'impact transgénérationnel de l'esclavage.

***Les Noirs de Philadelphie*, W.E.B. Du Bois**

W.E.B. Du Bois publie *Les Noirs de Philadelphie* en 1899 et produit, à la demande de l'université de Philadelphie où il enseigne, la première grande étude sociologique de terrain concernant les Afro-Américains. Il a pour objectif de dévoiler les causes structurelles des inégalités raciales à une époque où les théories concernant la prétendue infériorité naturelle des Noirs foisonnent. À la croisée de l'histoire et de l'ethnologie, cette étude de ce qui deviendra le ghetto noir de Philadelphie est également un instrument militant en faveur de l'émancipation des Afro-Américains.

***Le Magicien d'Oz*, L. Frank Baum**

Le Magicien d'Oz est un conte de fée moderne écrit par L. Frank Baum et publié en 1900. Il raconte les aventures de Dorothy, une enfant emportée par une tornade au pays d'Oz, où elle se lie d'amitié avec des personnages attachants parmi lesquels le Bucheron en fer blanc, l'Épouvantail et le Lion. Certains critiques considèrent Dorothy comme l'une des premières héroïnes féministes de la littérature pour enfants.

#lisez! engagé
www.lisez.com
Pour plus d'information :
Imprimé sur du papier issu de forêts gérées durablement.

Toute notre actualité et nos auteurs sur :
www.slalom-editions.fr